LE
VALMONT

DE LA JEUNESSE.

Par M. l'Abbé Paul JOUHANNEAUD.

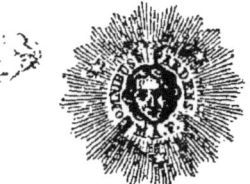

Paris,
Chez Martial Ardant Frères,
rue Hautefeuille, 14.

Limoges,
Chez Martial Ardant Frères,
rue des Taules.

1847.

BIBLIOTHÈQUE
RELIGIEUSE, MORALE, LITTÉRAIRE,
DE L'ENFANCE ET DE LA JEUNESSE,

APPROUVÉE

PAR Mgr L'ARCHEVÊQUE DE BORDEAUX,

Dirigée par M. l'abbé Rousier.

Propriété des Éditeurs,

Martial Ardant frères

OUVRAGES DU MÊME AUTEUR,

approuvés par Monseigneur l'Evêque de Limoges.

LEÇONS A L'ADOLESCENCE, 1 vol. in-12.
NOUVEAUX CANTIQUES, 1 vol. in-12.
MORALE EN QUATRAINS, 1 vol. in-18.
JACQUES, LE JEUNE DÉTENU, 1 vol. grand in-52.

— Une des choses dont je jouis le plus c'est le spectacle de la nature. Page 75.

Le Comte
DE VALMONT
DE
Jeunesse

PARIS.   **LIMOGES.**

chez Martial Ardant frères,   chez Martial Ardant frères,
rue Hautefeuille 14.   rue des Saules.

LE
VALMONT
DE LA JEUNESSE.

Édition revue et refondue,

Par l'abbé Paul JOUHANNEAUD,

Ancien professeur de Littérature, et Préfet des classes, au séminaire
du Dorat.

PARIS.

Chez Martial Ardant frères,

rue Hautefeuille, 14.

LIMOGES,

Chez Martial Ardant frères,

rue des Taules

1847.

AVERTISSEMENT.

Nul n'ignore quel légitime et éclatant succès le Comte de VALMONT a obtenu dès le jour, déjà éloigné, de son apparition, et de quelle considération il jouit encore. C'est pour en accroître, s'il se peut, la popularité que nous l'éditons aujourd'hui avec confiance sous le nom de VALMONT de la jeunesse.

Il nous a semblé que l'excellent ouvrage de l'abbé Gérard trouverait plus de lecteurs si l'on en retranchait ou modifiait ces dissertations métaphysiques, ces longues thèses qui ne peuvent être suivies et appréciées que par des intelligences fortes et sérieuses; ces détails sur des lois, des mœurs, des habitudes d'un siècle et d'une cour si peu ressemblantes à celles de notre temps et de notre monarchie constitutionnelle; ces pages trop passionnées, qui, pour avoir leur excuse et leur antidote dans le motif qui les a suggérées, n'en offrent pas moins des dangers réels à l'adolescence; enfin ces innombrables notes qui ont sans doute une valeur philosophique et scientifique, mais qui, interrompant à tout instant le récit, donnent

à cet ouvrage l'allure, nous dirions presque toute la sécheresse d'un traité de théologie dogmatique ou morale.

Le volume que nous offrons au public est donc le travail
même de l'abbé Gérard, moins les retranchemens, les
corrections, que nous avons cru devoir lui faire subir,
et qui, à nos yeux, n'empêcheront pas le lecteur de le
considérer comme un ouvrage tout à la fois agréable et
utile.

La principale difficulté que nous avions à vaincre était
de ne pas ôter à cet ouvrage L'ACTION qui fait que l'attention et l'intérêt grandissent jusqu'à la fin.

Or, cette difficulté, nous l'avons vaincue en substituant
aux LETTRES moins importantes, des sommaires qui les
analysent succinctement; de sorte que le lecteur constamment captivé, retirera, en dernier résultat, de ce volume,
nous osons l'assurer, tout ce qu'il aurait retenu de la lecture
de l'ouvrage entier.

Si nous ne nous trompons, le comte de Valmont ainsi
retouché, sera recherché par toutes les maisons d'éducation.

LE
VALMONT DE LA JEUNESSE.

LETTRES Iʳᵉ, IIᵉ, IIIᵉ.

LE vénérable marquis de Valmont, victime de la calomnie,
est banni de la cour et séparé de sa famille. Il écrit au
comte, son fils, de ne point chercher à tirer vengeance de
cette disgrâce, et à rester ferme dans les principes de l'honneur
et de la religion, ainsi que Emilie sa jeune et tendre épouse.—
Désormais éloigné de son père, et attéré par cette flagrante
injustice, le comte de Valmont émet d'affreux doutes sur
l'action de la Providence en ce monde.—Emilie, effrayée
par le scepticisme et le découragement de son mari, fait
part à son beau-père de ses craintes et surtout de l'ascen-
dant que prend de plus en plus sur lui l'impie et immoral
baron de Lausane.

LETTRE IVᵉ.

Le marquis de Valmont à son fils.

.   .   .   .

QUOI! c'est mon fils qui m'ôte l'unique ressource
et la consolation la plus douce qui puisse rester
au malheur! Dans ma peine, je levais les mains
vers le ciel, je me disais à moi-même : « Il y a

» un Dieu témoin de mon innocence (et j'étais
» consolé). Il y a un Dieu qui permet l'injustice
» des hommes et qui ne la fait pas; qui tôt ou
» tard jugera ma cause, et me rendra avec usure
» les fruits de ma soumission et de ma patience. »
Maintenant quel langage veux-tu que je tienne, et
que m'offriras-tu qui puisse me dédommager des
consolations que tu m'enlèves ?

Si tout arrive par une fatalité aveugle, je n'ai
donc plus rien à attendre que du hasard; je cours
donc le risque affreux d'être à jamais le seul qui
saurais que j'étais innocent. Rien ne peut donc
compenser les pertes qu'on a faites une fois; les
maux qu'on éprouve ne sont donc, à le bien
prendre, qu'une source de désolation et de regrets;
notre patience est vaine, et souvent sans ressource
devant les hommes; il ne faut en chercher alors
que dans le désespoir : c'est-à-dire encore, que tu
condamnes la vieillesse de ton malheureux père à
descendre dans le tombeau, non-seulement sans
honneur, mais sans espérance? Désolante doctrine!
Est-ce la raison, est-ce la vertu qui t'a fait naître?
et à quoi pourrais-tu être bonne, qu'à rassurer
les méchans? Mais, mon fils, dis-moi sur quel
fondement solide tu pourrais croire que la matière
et le hasard tout seuls, par une nécessité fatale,
aient formé l'univers : car ici, partout, la nature
des choses te dément.

Si c'est la matière qui, par une nécessité aveugle,

a formé l'univers, d'où te sont venus tant d'idées
et de sentimens si contraires à leur principe, et
dès lors impossibles dans leur origine? Comment
se trouvent dans toi et dans tes semblables ces
notions et ces caractères de prudence, de prévoyance
et de choix, qui répugnent dans le système de la
fatalité? Comment une conscience, des remords, une
loi morale et des devoirs naturels sentis par tous
les hommes? Comment sous l'empire de la nécessité
absolue, le sentiment intime et l'idée de la liberté?
Que dis-je! sorti de la matière, aurais-tu des idées?

Si c'est une cause aveugle qui a formé le monde,
pourquoi partout de l'intelligence et de la sagesse?
pourquoi des rapports si évidens entre les êtres qui
le composent? pourquoi de l'ordre dans les choses,
et l'idée, le sentiment de l'ordre dans ton âme,
qui presque partout le découvre, le saisit et
l'admire.

O mon fils, contemple le monde que tu habites;
de quelque côté que tu tournes tes regards, dans
le tout et dans les parties, quel ordre, quels rapports n'apercevras-tu pas! Chaque chose est évidemment faite l'une pour l'autre : la terre, les cieux,
la mer, les élémens et les saisons, tout se lie, tout
s'enchaine, et concourt à l'harmonie de tous les
êtres : et songe que les proportions ne s'étendent
pas à ce monde tout seul; il faut qu'elles embrassent l'immensité de l'univers, et l'assemblage de
ces corps célestes dont les distances prodigieuses et

l'étonnante grandeur épuisent les calculs des plus vastes génies. Ces astres qui roulent sur nos têtes, ces globes de lumière qui brillent au firmament, ces mondes semés de toutes parts avec tant de magnificence et d'éclat, forment un système complet où tous les corps pèsent les uns sur les autres et s'impriment un mouvement réciproque, où tout se tient, et par des lois générales se prête un secours mutuel et est soumis à une mutuelle dépendance. Si l'ordre, si la proportion, si les rapports se démentent dans un seul de ces vastes corps, si étroitement liés, si nécessairement enchaînés, le reste du système s'écroule, et ici, Valmont, les proportions sont immenses, et les rapports sont infinis.

Maintenant, mon fils, de l'infiniment grand descends à l'infiniment petit. A l'aide d'un microscope, considères ces animalcules qui sont des millions de fois plus petits qu'un grain de poussière ; ils ont leur tête, leur bouche, leurs yeux, et dans ces yeux leurs fibres, leurs muscles et leur prunelle ; ils ont leurs veines, leurs nerfs et leurs artères ; ces veines ont leur sang, ces nerfs leurs esprits, ces esprits animaux ont leurs particules, ces particules ont leurs pores, et ces pores sont remplis de parcelles qui ont chacune leur figure, et se rompent, se divisent en de moindres parties. De toutes ces parties innombrables, et dont aucun effort d'esprit ne peut nous faire concevoir la petitesse, se forme, dans la proportion la plus exacte,

VALMONT.

— Si tu veux des objets qui soient plus à ta portée, choisis, mon fils, parmi ceux qui t'environnent. *(Page 2.)*

un être vivant et animé. Cet être a des alimens qui lui sont propres, il a son chyle et ses humeurs, il a ses fonctions comme les autres corps, la trituration, la circulation du sang, la digestion, etc., etc., etc., et toutes ces opérations qui sont autant de merveilles de la nature et de témoignages irrésistibles de l'intelligence, de la sagesse et de la toute-puissance de son auteur.

Si tu veux des objets qui soient plus à ta portée, choisis, mon fils, parmi ceux qui t'environnent; ou si tu l'aimes mieux, prends au hasard, et examine. L'oiseau qui vole; le poisson qui nage; l'araignée qui file; l'abeille qui a sa police et ses lois; l'insecte industrieux qui pourvoit avec tant d'art à ses besoins et à ceux de ses petits qui vont éclore; la chenille rampante qui se métamorphose dans le plus léger papillon; la plante qui végète; l'arbuste qui croît à l'aide des sucs qui le nourrissent; la semence que la terre reçoit dans son sein et te rend au centuple; le pépin, qui devient pour ton usage un arbre, fleurs, et fruits; l'édifice mobile de ton propre corps, dont Gallien n'a pu exposer la structure sans s'écrier, dans l'enthousiasme dont il était saisi, qu'il avait chanté le plus bel hymne en l'honneur de la Divinité; chaque partie de la nature, chaque être, examine-le selon les lois les plus sévères; considère bien sa construction et sa fin; partout, mon fils, partout tu trouveras de l'ordre et tu en seras transporté. Tu verras que, dans la moindre fleur, la plus petite feuille, la moindre plume, l'auteur de toutes choses n'a pas négligé le juste rapport des parties entre elles : tu verras que l'art est toujours grossier auprès de la nature, que plus on soumet l'un à la critique, plus il paraît imparfait; et que, plus on étudie les ouvrages de l'autre, plus on y découvre de beautés et de perfections : tu verras dans tout l'univers un arrangement de causes sans nombre, qui agissent partout avec poids et mesure pour opérer des effets prévus et déterminés; et, saisi d'admiration, tu t'écrieras avec Pope : « L'ordre est la première loi du ciel. »

Ne parle donc plus, Valmont, de combinaisons fortuites, de jets, de chances et de hasard : l'univers est un livre ouvert à tous les hommes; et, si tous ne savent pas y lire l'existence d'un être suprême, tous au moins en trouvent, malgré eux, le sentiment dans leur cœur. Eh! d'où vient-il ce sentiment de la divinité, si naturel, que, quelques sophismes qu'on invente pour le combattre, un cri sourd et involontaire les dément en dépit de nous-mêmes; sentiment si universel, que les nations les plus barbares, que les peuples les plus sauvages, dès que leur entendement commence à s'ouvrir, même en la défigurant, s'accordent tous à la reconnaître? D'où vient-il, puisque enfin il n'y a point d'effet sans cause, et que ces sentimens pris dans la nature, ne peuvent avoir que l'auteur même de la nature pour principe?

Cher Valmont, instruit par les idées les plus claires de ton entendement et les plus pures lumières de ta raison, convaincu par les sentimens de ton cœur, au milieu de cette harmonie universelle, de cet accord de tous les êtres à publier leur auteur, serais-tu presque le seul qui osâsses le méconnaître? Nouveau Titan, en escaladant les cieux, ne craindrais-tu pas d'être accablé du poids de l'univers? Eh! que te reviendrait-il d'avoir refusé à Dieu ton hommage? La nature, devenue pour toi stupide et muette, ne parlerait plus à ton esprit, à ton cœur; elle ne te ferait plus entendre ce langage si touchant, qui multiplie les sentimens par la vue des bienfaits. Dans les sombres méditations de ta dangereuse philosophie, le monde ne t'offrirait plus qu'un triste chaos, un vide affreux, et un silence éternel. N'ayant plus de principe commun qui la lie à tous les êtres, ton âme presque insensible pour tout autre que pour toi, ne verrait bientôt plus dans l'univers qu'elle-même: la sécheresse et la dureté de l'égoïsme prendraient en toi la place du sentiment.

O toi, qui as l'âme si droite et des mœurs si pures, songes-tu bien, mon fils, que tu n'aurais en effet aucune règle des mœurs? Les notions du juste et de l'honnête, qui rendent l'homme si respectable à lui-même, ne seraient plus à tes yeux, si tu étais conséquent, que des conventions bizarres qu'un commun intérêt aurait formées, et que l'intérêt personnel pourrait anéantir. La vertu, stérile

et sans honneur, ne serait plus que le fol enthousiasme d'un esprit faible; le coupable heureux et
triomphant aurait raison de se féliciter lui-même;
et le crime ne serait plus que dans la maladresse.
Tu aurais tort de te plaindre, si l'on t'enlevait ton
épouse et tes biens; l'unique droit, pris dans la
nature, serait le droit du plus fort.

Ces conséquences te font horreur, et ton cœur
les dément; mais elles sont justes, Valmont : et si
ton cœur, si ta raison même les désavouent, com-
prends donc combien il est naturel d'en désavouer
le principe.

Le mal moral t'effraie, cher Valmont, et de
l'état présent du monde naissent les doutes qui
t'affligent. « S'il y a en nous des idées de justice,
» pourquoi donc si peu d'équité dans les hommes?
» Pourquoi l'Etre suprême qui préside sur eux,
» s'il est juste lui-même, permet-il que la vertu
» soit malheureuse quelquefois, et que les méchans
» prospèrent? Pourquoi des passions, des erreurs
» et des crimes? Pourquoi..... » O mon fils, si tu
prétends interroger sur tous les points l'être infini
qui t'a créé, je l'avoue, tes *pourquoi* ne finiront
jamais. Demande donc pourquoi tu n'es pas infini
toi-même pour pouvoir le comprendre; pourquoi
un esprit borné, faible partie d'un tout immense,
ne peut pas en saisir tous les rapports; pourquoi
Dieu n'a pas fait de toi un pur esprit, un ange,
et n'en a fait qu'un homme. N'est-ce pas assez
que par la voix de tous les êtres il t'apprenne

qu'il existe, qu'il crie au fond de tout cœur, qu'il se rende sensible dans toutes ses œuvres, que le jour l'annonce au jour, et que la nuit l'annonce à la nuit? N'est-ce pas assez qu'il t'ait rendu capable de le connaître? et que te faut-il de plus pour l'adorer? L'astre brillant qui t'éclaire cessera-t-il d'exister pour toi, parce qu'il se couvre de nuages?

Mais il faut à Valmont des réponses plus précises; et un esprit qui raisonne avec Dieu ne se contentera pas d'un langage si humble.

Eh bien! mon fils, écoute, et daigne me répondre à ton tour. Si un Dieu intelligent et sage a formé l'univers, quelle fin a-t-il pu se proposer, qu'une fin digne de lui? et quelle autre fin digne de Dieu, que Dieu lui-même? C'est donc pour lui que Dieu a tout créé; c'est-à-dire, pour manifester ses perfections, et recevoir de sa créature la gloire qui leur est due. Or, est-il une gloire complète; est-il pour l'être souverainement parfait, pour un être intelligent et sage, un hommage réel, si de toute part il est contraint et forcé, s'il n'est rendu par aucun sentiment volontaire? Compose à la gloire du souverain monarque la plus brillante cour; parmi tous les êtres possibles imagine un monde formé des créatures les plus nobles, qui de degré en degré s'élèvent, pour ainsi parler, jusqu'à l'Être suprême; fais-les sonder tous les degrés de sa sagesse, mesurer tous les effets de sa puissance, le contempler en lui-même, et, dans les transports les plus vifs, les ravissemens les plus doux, le louer, le bénir, l'aimer et le servir : qu'est-ce, mon fils, aux yeux du souverain Etre, que ce monde nouveau, si grand, si parfait et si pur? qu'est-ce au fond, s'il fut toujours sans choix et sans liberté, qu'un monde automate, mû par des ressorts nécessaires.

Oui, mon fils, tel est le sentiment qui me ravit et m'enchante ; et je ne me trouve jamais si heureux et si grand, Dieu lui-même ne me paraît jamais si véritablement l'Etre par excellence que lorsque je m'élève vers lui, et que je lui dis : « Mon Dieu, je vous aime, je vous adore; et, » faible que je suis environné d'objets qui vous » disputent mes penchans et mes hommages, c'est » par choix, et non par contrainte que je préfère » de tout mon cœur de vous adorer et de vous » aimer. »

Cette effusion d'un cœur sensible, cet hommage d'un être libre et reconnaissant te paraît-il donc indigne du Dieu qui a formé l'univers, et ne convenait-il pas à sa gloire?

Mais, Valmont, si tu supposes avec moi des êtres libres qui puissent rendre à Dieu un hommage volontaire, tu supposes donc aussi qu'ils pourront le lui refuser; qu'ils pourront dès lors être justes ou injustes, vertueux ou coupables ; tu supposes qu'ils pourront faire un mauvais choix, se livrer à des erreurs, et s'assujétir à des penchans déréglés; tu supposes que Dieu, pour une fin souverainement sage, et sans cesser d'être ce qu'il est, a pu permettre qu'il y eût dans le monde des passions, des erreurs et des crimes; qu'il a pu les prévoir sans être obligé de les empêcher; qu'il peut les voir sans être obligé, à chaque instant, de les punir; qu'il suffit, en un mot, que, pour lui-même, pour le plus grand bien, pour la perfection du système total de la création, il ait fallu de la liberté dans l'homme, et que par la suite, son bon ou son mauvais usage soit tôt ou tard puni ou récompensé.

Voudrais-tu, mon fils, pour que les hommes ne pussent se tromper, qu'ils fussent sans cesse frappés d'une lumière irrésistible? Ils ne seraient plus sujets à l'erreur, j'en conviens; mais ils ne seraient plus libres. Veux-tu, pour qu'ils ne puissent s'égarer, qu'ils n'aient que des affections douces et incapables de dérèglement et d'excès? Ils n'auront point de passions, il est vrai, mais leur hommage ne sera pas également méritoire. Veux-tu du moins que, dès qu'un mortel audacieux franchira les bornes prescrites à sa raison, la punition éclate et suive aussitôt le crime? La vertu triomphera, le crime sera confondu; mais, contraints par l'évidence et la promptitude du châtiment, les hommes n'auront plus de liberté. Ah! plutôt, mon fils, admire comment, dans l'ordre actuel des choses, tout est tempéré de manière que l'homme voit assez clair pour pouvoir connaître, par des preuves sensibles, les vérités morales, et s'y soumettre, et cependant n'est pas tellement forcé à les recevoir qu'il puisse toujours trouver des difficu tés et des prétextes pour s'y refuser. Admire comment ses passions, tout impérieuses qu'elles sont, l'émeuvent, l'agitent, le troublent, mais ne le contraignent pas, et par le cri du repentir lui laissent jusque dans sa défaite le sentiment de sa faute et l'aveu tacite du mauvais usage de sa liberté; admire dans l'homme ce choc et ce balancement continuel des passions, des sens et de la raison; observe les règles qu'il trouve en lui-même, les impressions dangereuses qui tendent à l'en écarter; les motifs puissans qui l'y ramènent, la voix de la conscience qui le presse, l'espoir ou la crainte de l'avenir, qui tour à tour le retiennent ou l'encouragent, et tu connaîtras l'homme, et la cause en partie des mystères qu'il renferme; tu connaîtras la sagesse des desseins de Dieu sur lui, et tu avoueras que dans ce monde tout est disposé en faveur du mérite et de la liberté.

Maintenant, Valmont, s'il te reste sur la nature, les degrés et le nombre de nos passions et de nos erreurs, des objections à former, prescris des lois au Créateur, et dis-lui ce qu'il pouvait donner ou refuser à sa créature, ne pouvant pas la rendre aussi parfaite que lui. Car enfin, ne vois-tu pas, cher Valmont, que des êtres nécessairement limités seront toujours nécessairement imparfaits? Que reste-t-il donc à faire à ta raison, que d'admirer, adorer et se taire? Dans mes principes tu n'auras jamais que des difficultés à combattre ; et, dans le malheureux système que tu fais valoir, souviens-toi que tu aurais de toutes parts des absurdités à dévorer.

Etre suprême, que j'ai le bonheur de connaître, unique auteur de tout ce que je suis ! vous qui prescrivez aux astres leurs cours, et à la mer ses limites, jusque dans les choses que vous soumettez à mes lumières, vous prescrivez des bornes à ma raison ; votre grandeur infinie vous met trop au-dessus d'elle pour qu'elle puisse mesurer sur ses faibles idées toute la sagesse de vos voies, et vous ne seriez plus ce que vous êtes, si je pouvais entièrement vous comprendre. Pour prix de ma soumission, Seigneur, je ne vous demande qu'une grâce, c'est d'éclairer mon fils....

LETTRES Vᵉ, VIᵉ.

Le marquis de Valmont cherche à rassurer sa fille, et l'engage à prier pour son époux dont la foi n'est ébranlée que par les préjugés et les préventions d'une philosophie orgueilleuse, à l'influence de laquelle, il n'a pas la force de résister. Il l'exhorte à une prudence excessive avec Lausane. — Le comte de Valmont trouve dans le coup injuste qui frappe un homme aussi probe que son père une preuve nouvelle que tout en ce monde est le produit de la fatalité.

LETTRE VIIᵉ.

Le marquis de Valmont à son fils.

Désabuse-toi, mon fils, et cesse tes murmures et tes plaintes ; je ne suis point malheureux. Tu me crois dans l'agitation et le trouble, et jamais je n'ai si bien joui de moi-même, ni si bien goûté les douceurs de la paix. C'est maintenant que je commence à vivre pour moi. Séparé d'une foule importune, loin des embarras et des intrigues, loin des esprits faux et des cœurs pervers, mes jours s'écoulent sans chagrin, sans inquiétude et sans ennui. La nature et mon propre cœur font ici mon unique étude ; et, dans cette paisible retraite, vous seuls, mes chers enfans, pouviez manquer à mon bonheur.

Quoique exilé dans ces lieux, mon âme n'y est point captive; rien ici ne la dégrade; rien ne l'asservit et n'y enchaîne sa liberté. J'apprends de jour en jour à me détacher des objets auxquels je tenais encore.

Lorsque tu t'aigris de mon infortune, tu connais bien peu, cher Valmont, en quoi consiste le vrai bonheur. Avec un esprit droit et un cœur tranquille on le trouve partout; mais partout mélangé, limité, si ce n'est dans la jouissance du souverain bien lui-même. Le bonheur est de toutes les situations et de tous les lieux; il ne se forme pas de quelques instans de notre vie, ni même de quelques-uns de nos jours; mais il se forme d'une longue suite de momens, et la vie la plus uniforme dans son cours est aussi la plus fortunée. Il n'est attaché ni aux grandeurs, ni aux richesses; le faux éclat qui les environne ne sert trop souvent qu'à masquer les soucis dévorans, la servitude et l'ennui de ceux qui les possèdent. J'étais grand, j'étais riche, et j'étais moins satisfait. S'il fallait des biens ou des titres pour parvenir au bonheur, peu d'hommes pourraient y prétendre : cependant la nature y donne à tous un droit égal, à en juger, par leurs désirs. Il ne dépend donc pas des jeux de la fortune, des caprices du sort; et de même que c'est par le cœur qu'on est vraiment noble et vraiment grand, c'est par lui aussi qu'on est vraiment heu-

reux. Peu de passions, peu de besoins (on en a peu
quand on n'a que ceux qu'on ne s'est pas donnés);
un esprit humble et résigné, un cœur qui s'ouvre
aux douceurs du sentiment, et qui se ferme aux
tourmens de l'amour-propre ; des goûts honnêtes,
des travaux utiles, des devoirs bien remplis ; une
âme où tout s'accorde, voilà la source du vrai
bonheur. C'est alors qu'on goûte des plaisirs bien
supérieurs à ceux des sens ; mais, pour en jouir,
il faut pouvoir rentrer en soi-même sans craindre
de reproches ; il faut reconnaître un Dieu, Valmont,
et ne pas être en guerre avec la raison que nous
tenons de lui.

Tu vois donc que je puis être heureux ou travailler à le devenir : ici tout concourt à ma félicité. Ces hommes si rustiques, si sauvages à tes
yeux, et que tu crois incapables de me fournir
aucune ressource, ne cessent de m'en offrir ; ils
ont besoin de moi, et, tout mes vassaux qu'ils
sont, j'ai encore plus besoin d'eux. C'est dans la
disgrâce, mon fils, qu'on sent mieux le prix des
hommes. Ces bonnes gens, qui ne m'avaient
jamais vu, ne savent quelle fête me faire ; ils
s'empressent à l'envi de me donner tous les secours
dont je n'ai pu me passer jusqu'ici, et dont ils
savent si bien se passer pour eux-mêmes ; ils le
font souvent pour le seul plaisir de m'être utiles ;
et la bonté de leur cœur donne à leurs moindres
services un prix que tout le mien suffit à peine
pour payer. De mon côté je travaille à les rendre

heureux, et pour moi c'est commencer à l'être. A
t'entendre, ces hommes n'ont presque rien de commun avec moi. Que dis-tu ? Ils ont de commun
l'humanité. Ah ! fais disparaître ces différences exté-
rieures que souvent une sorte de hasard a fait
naître, qui prouvent si rarement en faveur du mérite, et tu apercevras toujours entre un homme et
un homme, les rapports les plus vrais. Pour moi,
à qui rien d'humain n'est étranger et qui
respecte dans chacun de mes semblables ma propre
nature, je puise, dans ceux mêmes que tu traites
avec tant d'indifférence, et que tu ne regarderais,
ce me semble, qu'avec une sorte de mépris, des
plaisirs qu'un monde poli n'avait pu me donner.

C'est dans ces hameaux, si éloignés de la contagion des villes, que je trouve la bonhomie et la
simplicité des premiers âges. C'est ici que règnent
une gaîté sans fard et le contentement au sein du
travail ; ici la santé, la paix, et le simple nécessaire ne laissent point envier le luxe des cours et
le tumulte des cités ; ici la nature conserve son
empire et ses droits, et ne permet point de rougir
des nœuds qu'elle a formés ; les noms sacrés de
père, d'ami, d'époux et de frère s'y donnent et s'y
reçoivent avec toute la naïveté du sentiment qu'ils
expriment, et l'on y fait retentir à chaque instant
au fond de mon cœur le cri touchant de l'humanité.

Tu conçois, mon fils, qu'en pensant ainsi il
m'en coûte peu de me trouver exilé parmi ce peuple ; je me rapproche de lui avec joie, et sans

crainte il se rapproche de moi. Ces bonnes gens
veulent bien me faire juge des différends qui surviennent au hameau ; et, en respectant les droits
de chacun d'entre eux, je fais en sorte que tous
s'en retournent contents. Souvent moi-même je les
rassemble pour être témoin de leurs jeux : dans des
fêtes champêtres je donne un prix au vainqueur ;
j'établis des récompenses bien plns grandes encore
pour le travail et pour la vertu ; et, quand je n'ai
plus rien à leur donner, un seul mot de ma
bouche semble leur valoir tous les honneurs du
triomphe. Je lis dans leurs yeux, dans leurs gestes,
dans tout leur maintien, combien ils y sont sensibles. Hélas ! ils daignent me respecter pour moi-
même ; ils me font goûter cent fois le jour la
douceur d'être aimé.

Juge, mon fils, par le plaisir que je prends à
te parler d'eux, combien ils contribuent à ma
félicité. Cependant ils ne la forment pas toute
entière ; et une des choses dont je jouis le plus,
c'est le spectacle de la nature. Elle n'est pas
dans ces contrées si inculte ni si privée d'attraits
que tu la supposes ; et dans les lieux mêmes les
plus sauvages, la nature a pour un cœur tranquille
des secrets que toute la richesse de l'art ne peut
égaler. Lorsqu'au lever de l'aurore je me transporte
sur nos montagnes, que je vois le ciel se teindre
peu à peu des plus vives couleurs, un globe de
feu paraître, s'élever, et par ses rayons naissans
effacer les ombres des collines opposées ; les neiges

se fondre lentement, et former des ruisseaux qui coulent près de moi avec un agréable murmure; des fleurs champêtres mêler leurs douces odeurs à celles des plantes qui croissent dans les fentes des rochers; des gouttes de rosée briller sur ces fleurs, sur les buissons voisins, et sur les filamens légers qui voltigent alentour, les tranquilles zéphyrs se jouer entre les feuilles des faibles arbrisseaux, et en agiter mollement les branches : lorsque j'entends les oiseaux qui par un tendre gazouillement saluent tous ensemble l'astre du jour et préludent à de nouveaux concerts : lorsque je vois des tourbillons de fumée qui s'élèvent des toits rustiques des bergers, et annoncent le retour du travail; le bûcheron qui, s'arrachant au repos, quitte sa chaumière pour s'enfoncer dans la forêt prochaine; les laboureurs qui se répandent dans les campagnes; les troupeaux qui sortent à pas lents des hameaux, et se dispersent sur le penchant des collines; toute la nature qui s'éveille, et, sans perdre encore une impression de fraîcheur, reprend une vigueur nouvelle : ah! quel enchantement j'éprouve! et quel ennemi de la Divinité pourrait résister à un spectacle si touchant?

Ravi par ces douces images, je me livre à la méditation la plus profonde; mon esprit s'agite, mes pensées se pressent, une sorte d'enthousiasme élève mon âme, j'entre dans les conseils du Très-Haut, je crois assister au moment de la création.

Rien n'existait encore que celui qui existe par

lui-même. Il parle, l'univers est créé ; le chaos se forme et va se débrouiller à l'instant ; la lumière paraît, les élémens sont distingués, les astres brillent au firmament, la terre reçoit sa fécondité et sa parure, le monde s'anime et se peuple de mille êtres divers ; chaque chose a ses lois, et le créateur imprime partout des caractères de sa sagesse et de sa liberté. Cependant la nature n'a point encore de maître ; elle n'a point de centre commun qui lie les différentes parties qui la composent, et qui les ramènent à leur véritable fin ; elle a des richesses, et elles sont inutiles ; elle est faite pour être vue, pour être sentie, et elle est aveugle, insensible, n'ayant personne qui puisse admirer ses dons, ni qui sache les employer ; elle est muette, sans ministre et sans interprète qui puisse, en son nom, rendre gloire à celui qui la fait exister. Il lui faut un être qui soit placé entre Dieu et ses ouvrages, qui réunisse en lui-même l'intelligence et la matière ; qui par sa raison tienne à l'univers, et qui par son corps tienne à son auteur. Dieu le forme, cet être : l'homme, par son esprit et par son cœur, est créé à son image : l'homme existe pour lui, comme le monde que j'habite existe pour moi.

Mais parce que tout s'avilit par l'usage, et que nous cessons presque d'admirer et de sentir ce qui cesse d'être nouveau pour nous, pour ne pas éprouver cette impression de l'habitude qui me rendrait ingrat en me rendant insensible, je me mets un instant à la place du premier homme.

Quel spectacle pour lui, lorsqu'il vit pour la première fois l'astre éclatant qui préside au jour, briller, s'avancer à pas de géant, s'élever au plus haut des cieux, descendre à l'autre hémisphère, et embraser le monde dans sa course : lorsqu'il vit les ténèbres bannir insensiblement la lumière pour l'inviter au repos, et lui ménager avant son sommeil l'admirable coup-d'œil de cette superbe voûte où un nouvel astre et des étoiles sans nombre, semées sur un champ d'azur, trompèrent par une clarté douce et paisible les ombres de la nuit; lorsqu'il vit le soleil reparaître à son tour pour colorer, pour embellir sa demeure, pour échauffer, pour ranimer toute la nature; lorsque la terre couverte d'arbres, de fruits, de fleurs et de verdure, tenta ses goûts et ses désirs pour satisfaire ses premiers besoins; que les animaux, appelés devant lui, vinrent lui offrir leur industrie, leurs forces, leur lait et leurs toisons; qu'une compagne vertueuse et tendre se présenta pour charmer sa solitude, et le faire vivre d'une vie plus douce encore dans un autre lui-même; lorsque tout dans l'univers parut être formé pour lui, et concourir à sa félicité (rien ne la troublait alors, il n'était pas encore infidèle) ! ah ! quelle admiration, quelle surprise ne dut-il pas éprouver! et quels furent, dans ces premiers momens, ses ravissemens et ses transports! Saisi

moi-même de l'admiration la plus vive, transporté,
hors de moi, je me lève, je m'écrie, je retombe
prosterné, mes yeux se mouillent, mes mains s'en-
trelacent, mes paroles se confondent, et ma langue
balbutie mon étonnement et les expressions de ma
reconnaissance à celui qui a tout fait et m'a tout
donné. Tel fut sans doute l'hommage du premier
homme; et s'il naquit raisonnable et sensible, la
religion naquit avec lui.

Mais où sont donc, me diras-tu, ces grands objets
d'actions de grâces et de surprise? Ils sont bientôt
effacés par des objets tout contraires, et, si le
monde moral devait avoir ses dérangemens et des
désordres, pourquoi faut-il que le monde physique
ait les siens?

« Pourquoi, par exemple, pourquoi ces monta-
» gnes arides, environnées d'abîmes, et qui dépa-
» rent toute la nature? » Tu voudrais donc que la
nature fût partout uniforme! Eh! ne vois-tu pas
que tu perdrais dès lors toute la beauté des contrastes
et tous les charmes de la variété? Que ferait-elle
dans son uniformité constante et son exacte régu-
larité, que ressembler à l'art, et, après quelques
momens de plaisir, t'ennuyer comme lui? Ah!
mieux instruite de tes goûts que toi-même, elle
fait régner jusque dans sa variété confuse et son
désordre apparent une harmonie réelle et un ordre
caché, dont les secrets rapports se font sentir à
notre âme par le plus doux saisissement.

Aujourd'hui encore, quel tableau magnifique m'ont laissé voir ses prétendus désordres! J'étais assis sur le sommet d'une des plus hautes montagnes : là, respirant un air plus pur, élevé au-dessus de toute affection basse et terrestre, dégagé en quelque sorte de la matière, et foulant aux pieds les passions humaines, je goûtais une volupté exempte de soins et de remords, et je contemplais d'un œil serein le riche et vaste rideau qui s'offrait à ma vue. Tout-à-coup il s'élève un brouillard épais, des nuages se forment sous moi ; je les vois se condenser, s'obscurcir, et du milieu de la montagne s'étendre jusque sur les vallons ; des tourbillons rapides, roulant avec eux le soufre, le nître et le salpêtre, se heurtent, se choquent et s'embrasent, de longs traits de feu sillonnent le fond obscur des nuages ; le tonnerre gronde, les nues crèvent, et je vois la foudre remonter, redescendre en serpentant, entr'ouvrir à mes yeux des précipices, frapper les rochers, se briser en éclats, et se perdre dans les abîmes. Parmi ces objets que Dieu m'a paru grand ! Ah ! Valmont, témoin de ce spectacle, tu l'aurais toi-même adoré comme moi.

L'orage s'est dissipé, mon esprit a repris son premier calme, et une douce rêverie m'a conduit à des réflexions bien dignes de m'occuper. De l'élévation où j'étais, à l'abri des tempêtes, je jetais un regard sur la scène orageuse du monde ; je considérais de loin, sans inquiétude et sans trouble, ce choc violent des intérêts et des passions des

hommes, des fortunes mensongères qui creusent si
souvent des abîmes sous leurs pas, ces fantômes
de bonheur qu'un souffle renverse, ces grandeurs
fragiles qu'un coup de foudre réduit en poussière,
ce bruit de gloire et de renommée dont le vain
son se perd dans les airs, et tout cet éclat trompeur du monde, qui est bientôt effacé par la nuit
des temps ; j'envisageais ce que j'avais perdu,
j'évaluais ce qui me reste, et j'étais trop heureux ;
car c'est ainsi que la nature, dans son spectacle
varié à l'infini, offre partout des leçons, quand on
la laisse parler et qu'on se plaît à l'entendre. Mais
trop plein d'un sentiment qui ne cherche qu'à se
répandre, je m'aperçois, cher Valmont, que je
m'égare en conversant avec toi : revenons, et par-
donne-moi mes écarts.

« Pourquoi des montagnes ? » Mais, mon fils,
pourquoi des minéraux, des métaux et des fossiles
si utiles, si nécessaires à l'homme, et qui ne s'en-
gendrent que dans leur sein ? Pourquoi des neiges
qui couvrent leur sommet, et qui par une fonte
douce et presque continuelle, entretiennent le cours
des rivières et des fleuves ? Pourquoi des fleuves qui
arrosent, qui fertilisent nos champs, et qui prennent leur source au milieu d'elles ? Pourquoi des
vents qui renouvellent, qui purifient l'air, qui
attièdissent les saisons brûlantes, qui dispersent au
loin les nuages, et dont les montagnes dirigent en
partie le cours, ménagent les effets et rompent la
violence ? Ainsi, par un accord merveilleux, tout

concourt au bien général : ainsi, tous les êtres
qui composent l'univers tiennent ensemble par des
rapports plus ou moins sensibles pour nous, et
forment, pour la perfection du tout, une chaîne
immense entre les mains du Créateur. Romps un
seul anneau de cette vaste chaîne, et tu rompras
l'harmonie du monde entier.

« Mais encore, pourquoi des besoins dans
l'homme? » Eh! pourquoi ces beaux nœuds qui nous
lient les uns aux autres, qui nous tiennent dans
une dépendance réciproque, et qui naissent de nos
besoins? Pourquoi les douceurs de la société et ses
avantages si précieux pour des esprits raisonnables
et des âmes sensibles? Pourquoi des vertus sociales, ces belles et nobles vertus que nos besoins
mutuels nous donnent lieu d'exercer? Pourquoi surtout les charmes de la bienfaisance, et les mérites
d'un cœur reconnaissant? Pourquoi des besoins?
dis-tu. Eh! pourquoi des plaisirs? c'est à tes besoins mêmes que tu les dois.

« Mais pourquoi donc de la douleur? » O mon
fils! à ta douleur même reconnais la bonté de celui
qui t'a formé. C'est elle qui, prompte à se répandre
sur tous les organes de ton corps, t'avertit des
dérangemens qui y surviennent, des dangers qui te
menacent, et des précautions que tu dois prendre;
c'est elle qui écarte loin de toi des maux bien plus
grands que ceux que tu ressens, qui t'engage à les
prévenir, ou qui te presse de les réparer.

« Mais enfin, pourquoi des maux? pourquoi les maladies, les revers, l'indigence, et la mort? » Pourquoi des maux? Pour la juste punition du crime, et pour le triomphe de la vertu. Ce sont les épreuves qui font le mérite; ce sont les combats qui mènent à la victoire; c'est dans la force et dans la grandeur d'âme que la vertu prend sa source; et où serait l'âme forte et généreuse, s'il n'y avait rien dans ce monde à supporter ni à souffrir? Souviens-toi de cette pensée vraiment grande d'un ancien sage : « Le plus beau spectacle pour le ciel et le plus digne de ses regards, c'est un juste aux prises avec l'adversité. »

Mais si les calamités donnent un nouveau lustre à la vertu, elles ne sont pas moins nécessaires pour le châtiment du vice. Tu demandes pourquoi des maux? Et pourquoi des coupables? Eh ! quel est l'homme qui ne l'ait jamais été? Quel est l'heureux mortel si parfaitement innocent, en qui la souveraine justice n'ait rien à reprendre ni à punir ?

Le dernier de tous les maux, et le pire aux yeux de bien des hommes, c'est la mort. Ah ! elle est un mal, sans doute, pour celui qui n'a rien à espérer après cette vie; elle est un grand mal pour celui qui ne peut compter ses jours que par l'abus qu'il en fait; pour le méchant qui a commis le crime avec goût, avec réflexion, par habitude, et qui ne s'est point repenti : elle en est un pour celui dont la vie stérile et sans honneur n'a contribué en rien à la gloire de son Dieu, au bonheur de ses semblables, et qui meurt sans avoir vécu. Mais est-elle donc un mal pour celui à qui elle promet la jouissance du vrai bonheur; pour l'homme vertueux et bienfaisant qui n'a pas reçu son âme en vain, dont presque tous les momens ont été marqués par le désir, par le soin de bien faire, et quelques-uns seulement par le regret d'avoir mal fait ? Est-ce un mal pour le juste dont elle termine les combats, et dont elle couronne la victoire; pour celui qui, par une bonne vie, a appris à bien mourir? Ah! dès qu'il a fait tout le bien qu'il a pu, dès qu'il s'est repenti du peu de mal qui est échappé à sa faiblesse, il a assez vécu pour lui-même, et la mort est un gain pour lui.

Eh! qu'aura donc la mort de si terrible pour moi quand elle viendra terminer une vie que j'aurai tâché de rendre utile et dont j'aurai pleuré les fautes et expié les erreurs? Plein de confiance en la bonté d'un Dieu qui, tout à la fois mon juge et mon père, m'aura aidé lui-même à satisfaire à sa justice, je mourrai regretté de mes concitoyens qui se souviendront de moi, de mes ennemis peut-être qui ne verront plus rien dans leur prétendu rival dont ils puissent être jaloux, et qui avoueront qu'il n'a pas dépendu de lui qu'ils ne fussent plus heureux: je mourrai regretté de vous, mes chers enfans, de vous, ma plus douce joie et le seul bien que je puisse quitter avec peine. Vous recueillerez mes cendres; vous mettrez votre offrande sur le tombeau qui les renfermera et vous l'arroserez de vos

2..

larmes. Ainsi, Valmont, la vie n'est point un fardeau lorsqu'elle mène à une bonne mort; la mort
n'est point un mal, lorsqu'elle conduit à une vie
meilleure.

J'en ai dit assez pour t'éclairer. Lis sans prévention, sans passion, ce que ma tendresse pour
toi m'a dicté; et tu n'auras pas de peine à être
d'accord avec moi. J'ai pris en main la cause de
Dieu même que tu semblais attaquer; il n'en a pas
coûté à mon cœur pour le défendre, en coûterait-il
au tien pour se rendre?

Et comment oserais-tu encore te refuser à l'auteur
de ton être et censurer ses ouvrages? Es-tu donc
élevé assez haut dans la nature pour la voir toute
entière? Tu n'aperçois qu'un coin du tableau : mais
du moins, par la sagesse qui éclate dans tout ce
qui est soumis à tes lumières, juge de celle qui
est cachée dans les choses mêmes sur lesquelles ta
faible vue ne peut s'étendre. Il est certain que
l'ordre se manifeste jusque dans les moindres ouvrages du Créateur; et, dès que nous pouvons en
saisir l'ensemble, nous n'y découvrons qu'harmonie
et que perfection; il n'est pas certain que ce que
tu regardes comme un désordre en soit un. Que
dis-je, plus nos découvertes s'augmentent, plus nous
voyons régner la sagesse où d'abord nous avions
peine à la reconnaître, et nous sommes bientôt
forcés de convenir que ce qui nous paraissait un
mal est en effet la source des plus grands biens.

Qu'il te suffise donc, après des épreuves si constantes, d'admirer ce que tu vois, et d'adorer ce que tu ne peux comprendre.

Apprends aussi, mon fils, à sentir le prix de la religion. Elle agrandit nos espérances et nos vues; elle répond à nos plaintes; elle lève une partie du voile qui est étendu sur tout ce qui nous environne; elle apaise les troubles et les craintes qui s'élèvent au fond de notre cœur; elle adoucit nos peines, épure nos plaisirs, donne une nouvelle vie à tous les êtres, nous rend plus chère notre propre existence; nous rend plus aimables tous les ouvrages du Créateur, et embellit à nos yeux l'univers. La nature est morte aux yeux de quiconque n'y voit pas Dieu. Sans la religion, nous oublions tous les biens que Dieu nous a faits pour ne penser qu'aux maux que la nécessité des choses entraîne : nous ne voyons de la nature, que ses prétendues imperfections; des hommes, que leurs vices; de nous-mêmes, que nos contradictions et nos malheurs: la religion nous réconcilie avec Dieu, les hommes, la nature et nous-mêmes. Sans la religion, nous ne trouvons partout qu'obscurité et que ténèbres; et, ce qu'il y a de plus triste encore, nous aimons l'aveuglement où nous sommes plongés : par ses rayons bienfaisans tout redevient sensible, tout s'éclaircit et se colore; le nuage sombre qui nous dérobait la lumière se replie per degrés, et la nuit la plus profonde fait place au plus beau jour. C'est la religion enfin qui nous enseigne à tirer parti de toutes les situations de la vie, et qui nous démontre dans la pratique cette vérité, que l'on avoue bien quelquefois, mais que l'on ne goûte point sans elle : *La vertu seule fait le vrai bonheur.*

Adieu, mon fils, garde ton cœur exempt de tout penchant déréglé, que tes mœurs soient pures ; sois toujours vertueux, et la religion te sera toujours chère ; et tu te souviendras toujours avec plaisir qu'il y a un Dieu.

LETTRES VIII, IX, X.

La comtesse de Valmont exprime à son beau-père la douleur que lui font éprouver l'impiété croissante de son mari, son amitié de plus en plus intime avec Lausane, et l'indifférence glaciale avec laquelle il la traite depuis quelque temps. — Le marquis cherche à consoler Emilie, à la rendre patiente et prudente dans ces tristes circonstances. Puis, après lui avoir donné de sages conseils sur l'éducation de l'enfant dont le ciel va bientôt la rendre mère, il lui recommande instamment d'appeler à son aide la religion et termine ainsi:

« Quoi! la religion! est-ce bien à un enfant qu'on doit en parler? » Tel sera le langage d'un philosophe, depuis que la philosophie est si peu d'accord avec la raison. Mais ce ne sera pas celui d'Emilie, chrétienne et raisonnable. Oui, sans doute, Dieu est un objet qu'on peut et qu'on doit proposer à un enfant. Ton fils aura vu un tableau mouvant, une statue, un livre; il aura appris, et tu l'en auras convaincu sans peine, que ces choses ne sont pas faites d'elles-mêmes, et qu'elles n'existent ni ne se perpétuent pas sans cause; il verra sa pendule, il regardera tourner l'aiguille des secondes et celle des minutes; il verra ta montre, il la verra indiquer régulièrement les heures; tu l'ouvriras devant lui, et il en examinera les roues, le mouvement et les ressorts. Pour peu que tu ménages sa curiosité, il te demandera bientôt qui l'a faite : il te sera facile de lui en indiquer l'auteur ; il la verra s'arrêter ; il verra le tableau mouvant, ou toute autre machine se détraquer, se briser ; il saura enfin que nos ouvrages, si parfaits qu'ils soient, ont besoin d'être entretenus ou réparés par une main semblable à celle qui les a formés. Prends-le dans cet instant, ma fille, et parle à ses yeux, à son esprit et à son cœur, devance pour lui l'aurore et promets-lui le plus beau de tous les spectacles ; plus tu le lui auras fait espérer long-temps, plus il sera porté à l'admirer. Mène-le, dans une belle nuit d'été, sur un riant côteau, d'où la vue s'étende au loin et soit bornée par un horizon à souhait pour le plaisir des yeux ; que le ciel soit parsemé d'étoiles qui brillent et étincellent de tous les feux, que l'astre qui préside à la nuit, paraissant dans tout son éclat, réfléchisse sur la surface des ondes son image tremblante et son globe argenté ; qu'il répande sur la nature qui sommeille, une douce et paisible lumière ; qu'il achève tranquillement sa course, et, s'inclinant vers toi, se perde dans la forêt prochaine ; que tous les astres pâlissent et s'effacent par degrés ; qu'un faible crépuscule devance l'aurore et fasse voir les plaines, les fleuves, les bois et les hameaux teints d'une couleur grisâtre où semblent se confondre le jour qui va paraître et les ombres qui fuient ; qu'enfin toute la nature s'éclaire, que les couleurs se raniment, que le ciel rougisse, que

l'horizon soit en feu, que le soleil brille et mette
en mouvement toute la nature.

Ton fils n'aura admiré encore que les ouvrages
des hommes, eh! que sont-ils au prix de celui-
là? Dès que tu le verras frappé d'un spectacle si
nouveau pour lui, et tout surpris de ces merveilles,
fais qu'il puisse te dire comme autrefois les Israélites en considérant la manne descendue du ciel :
Qu'est-ce que cela? et tu lui répondras : Mon fils,
c'est l'ouvrage de celui qui t'a formé ; son pouvoir,
sa sagesse, sa bonté surpassent la bonté, la sagesse
et le pouvoir des hommes, autant que ces objets
que tu vois surpassent en grandeur, en utilité et
en magnificence ma pendule et mon tableau mouvant ; tes jouets se rompent, se cassent et font
place à d'autres : ce monde, toujours conservé,
toujours renouvelé, subsistera aussi long-temps que
l'ordonnera celui qui l'a fait exister. Cet être est
comme ton âme, qui pense, qui raisonne, et que
tu ne vois pas : ton âme ne devient sensible que
par ses œuvres; il ne s'aperçoit de même et ne
devient sensible que par ses ouvrages. Cet être est
celui que nous nommons *Dieu,* le plus grand de tous
les êtres, et dont tu ne me vois prononcer le nom
qu'avec le plus profond respect, celui qui est la
cause du tout, celui, encore une fois, qui t'a
formé toi-même. Oui, mon fils, je t'ai porté dans
mon sein, mais je ne t'ai pas fait ; je ne connais
pas même toutes les parties intérieures de ton
corps, ni ce qui entretient en lui la chaleur et

la vie. Dieu seul, ce grand être, l'auteur de tout ce que tu vois, t'a tout donné : ton existence, le premier de tous ses dons ; ce soleil, pour qu'il t'éclaire; cette terre, pour qu'elle te porte et te nourrisse ; ces eaux, pour qu'elles te désaltèrent; ces troupeaux, pour qu'ils te revêtent de leurs toisons ; et pour prix de sa bonté, il demande seulement que tu l'aimes. Ainsi, sur un ton plus élevé, instruisait ses fils la généreuse mère des Machabées; aussi a-t-elle fait des héros de ceux qui n'étaient encore que de tendres enfans. Dieu même, qui l'aidait sans doute à se faire entendre comme l'auteur de la nature et de la grâce, te fera entendre de ton fils, en lui rendant tous les jours tes leçons plus sensibles à mesure que tu prendras soin de les lui répéter.

Eh! ma fille, on te permettrait sans doute de parler à ton fils de son père, s'il était loin de lui ; de son roi, qu'il n'aurait point vu ; de sa patrie, qu'il n'entreverrait que faiblement, et de former en lui de bonne heure le cœur d'un fils, d'un citoyen, d'un Français : ne sera-ce que son Dieu et sa religion que l'on exigera que tu lui laisses oublier !

Sur la religion cependant, permets, chère Emilie, que je suspende pour un temps les avis qui me restent à te donner. La nécessité où je suis d'éclairer ton mari me fournira à ce sujet des réflexions qui pourront entrer pour quelque chose dans ton plan d'éducation.

LETTRE XIᵉ.

Emilie remercie affectueusement son beau-père, puis elle
lui raconte ce qu'elle a pensé en elle-même et ce qu'elle
a dit à son mari par rapport à cette vérité consolante :
Il faut prier, une Providence veille sur nous.

. . . .

. . . .

Oui, dit-elle, Dieu est grand, sans doute, mais
dérogera-t-il de sa grandeur en s'occupant des êtres
qu'il a formés ? sera-t-il moins l'Etre suprême qu'il
ne l'était en me créant ? Depuis quand une bonté
constante et sage avilit-elle sa majesté ? Ce Dieu si
grand peut-il ne pas m'entendre ? et, s'il m'entend,
peut-il être insensible à mes gémissemens ? Que
dis-je ? n'est-ce pas lui qui les forme en moi ? D'où
me vient ce sentiment si prompt, qui au moindre
péril me fait lever les yeux vers le ciel, et invoquer
un Etre tout-puissant qui préside à mes jours ? d'où
vient-il, si ce n'est de l'auteur même de la nature !
Ce cri, qui s'élève en nous presqu'en dépit de
nous-mêmes, l'incrédulité ne peut l'étouffer entièrement ; et combien n'est-il pas de momens dans la
vie où elle y revient malgré elle ! si Dieu n'agit

que par des lois absolues et universelles, si tout
tient à un destin inévitable et à un enchaînement
de causes devenu nécessaire, pourquoi ce concours
admirable de tous les hommes, qui, sans aucun
pacte entre eux, et par un instinct purement naturel,
dans tous les temps, dans tous les lieux, s'accordent à solliciter le secours d'en haut? Ah! mon père,
la prière n'est-elle pas un hommage que l'univers
entier rend à la vigilance et aux soins particuliers
de la Providence?

Il ne faut, en effet, qu'un peu d'attention sur
nous-mêmes pour connaître combien elle veille sur
chacun de nous. Aussi le premier châtiment de
ceux qui la combattent, est, au milieu de leurs
peines, d'oublier qu'elle existe. Que ceux-là donc
qui s'imaginent n'en avoir rien reçu se croient en
droit de n'en rien attendre : pour moi, je lui dois
trop pour refuser un seul instant de me reposer sur
elle.

« La Providence, disent-ils, se borne à présider
au tout. » Mais ce tout, quel qu'il soit, n'en fais-
je pas partie? Et que deviendrait l'ensemble, s'il
fallait négliger les parties qui le composent? En
coûterai-je trop à celui dont l'œil mesure tous les
espaces, dont la main puissante imprime le mouvement à tous les êtres, et le reproduit à chaque
instant, de veiller sur moi comme sur le monde
entier? Et craint-on que ce soin bienfaisant n'excède
ses forces, et ne partage son attention?

« Mais ce serait soumettre ses lois à des exceptions, à des variations perpétuelles. » Grands philosophes ! votre sagesse va donc circonscrire celle de l'Etre suprême et régler son pouvoir. O hommes ! mesurerez-vous toujours les opérations et les vues de l'Etre infini sur votre impuissance et sur la faiblesse de vos lumières ? Vous faites de la divinité un Dieu sourd, aveugle, indolent, vous en faites ou un être insensible ou un être impuissant comme vous, et vous prétendez encore honorer sa grandeur !

Mon père, disons-le avec vérité : ils éloignent d'eux le plus qu'ils peuvent un Dieu dont la seule idée les importune ; et ils ne le dispensent si volontiers de ses soins que pour qu'il daigne à son tour les dispenser de leur obéissance. Mais, en attendant qu'ils éclaircissent leurs doutes et qu'ils abjurent leurs erreurs, ils ôtent à la vertu son appui le plus solide, au vice son frein le plus puissant, au malheureux sa ressource et sa consolation la plus réelle ; ils ébranlent la foi des peuples, qui repose sur le sentiment universel et les saintes notions de la Providence ; ils énervent toute la force des conventions, et ils renversent les fondemens de la société tout entière.

Ah ! que l'Evangile, dans sa noble simplicité, m'instruit bien mieux que tout leur savoir ! Qu'en sortant d'avec eux j'ouvre ce divin livre avec joie ! Qu'un seul mot de la souveraine sagesse en dit bien plus à ma raison et à mon cœur que les

vains discours de ces sages du monde! et qu'il
m'est doux d'apprendre d'elle, « qu'elle dirige
» tous les événemens ; qu'elle fait sortir du
» mal même le bien de ceux qui lui sont chers;
» qu'elle m'accompagne dans les tribulations ;
» qu'elle ne souffrira point que je sois tenté au-
» dessus de mes forces ; et qu'un seul cheveu ne
» peut tomber de ma tête sans qu'elle le permette! »
Ainsi éclairée de ses précieuses lumières , je la
bénis de tous les biens que je tiens d'elle ; je l'adore
dans toutes les épreuves qu'elle me fait subir ; et
je suis assurée que, tant que je lui serai soumise,
elle fera tourner à mon avantage ce qui y paraissait le plus contraire.

C'est-là ce qui soutient mon espoir. Je ne cesse
d'ailleurs, en priant pour moi-même, de prier pour
Valmont; et comme je sais au nom de qui je
prie et sur quelles promesses je me fonde, je suis
bien éloignée de désespérer de son retour. Cependant
rien ne me l'annonce encore; à mon égard, il
est toujours plus froid ! . . . .

. . . .

Puisse l'enfant que je porte en mon sein recueillir
le fruit de vos sages leçons! Après m'avoir appris
à former son corps et son esprit, apprenez-moi surtout
à former son cœur. Mon père , il vous devra bien
plus qu'à moi, puisque, s'il me doit la vie, il
vous sera redevable du bonheur de bien vivre.

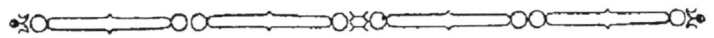

LETTRE XII.

Le marquis de Valmont à la comtesse.

Je te félicite, ma chère Emilie, des ressources que tu puises dans la foi, et de la sagesse des réflexions par lesquelles tu sais te prémunir contre les vains sophismes de l'irréligion. A ton tour, félicite-moi, ma fille, j'ai fait plus, j'ai trouvé un instituteur pour tes enfans; je ne vais te répéter que les leçons de l'expérience. Eh! que celui dont je les tiens me les a rendues douces et persuasives! Ecoute mon histoire; puisse-t-elle, ma chère Emilie, t'intéresser comme moi!

Toujours ami de la nature, j'avais choisi un jour serein pour aller seul, en méditant sur ses charmes, m'enfoncer dans la forêt prochaine. Je suivis, pour y arriver, les rives fleuries d'un ruisseau qui m'y conduisit en serpentant. Déjà le gazouillement de ses eaux, la verdure et la fraîcheur qui régnaient sur ses bords, avaient comme enchanté mon esprit et mes sens; mais à l'entrée de la forêt, j'éprouvai une émotion plus vive encore, et un sentiment plus profond. Le silence et l'obscurité des bois; des sapins dont la tige rougeâtre s'élançait vers le ciel; des chênes antiques qui, de leur tête altière,

semblaient toucher les nues ; des troncs d'arbres
que la hâche avait respectés, mais qui, dépouillés
de leurs branches, avaient cédé à l'effort des
temps, et menaçaient la terre de leur chute ; des
routes tortueuses à travers des buissons épais que
d'autres arbres plus élevés couvraient de leur ombre, tous ces objets réunis m'imprimaient un saisissement secret, une je ne sais quelle horreur, qui
avait cependant pour moi quelque chose d'admirable
et de divin. Il me semblait au milieu de ce silence
et dans cette forêt sombre, que la majesté du
Très-Haut, que le Dieu de la nature parlait d'une
voix plus forte et plus touchante à mon cœur. Je
m'assis pour me recueillir tout entier et me livrer
sans réserve à un sentiment si délicieux. J'en jouis-
sais, lorsque tout-à-coup le bruit des feuilles dans
les buissons voisins suspendit malgré moi le cours
de mes réflexions, et me força de tourner la tête.
J'aperçus un homme à peu près de mon âge,
mais qui n'avait rien perdu des grâces de la jeunesse et de la vigueur de l'âge mûr. Sans être
grand, il avait un port noble, son maintien était
assuré ; la sérénité brillait sur son front ; la majesté
et la bienfaisance étaient peintes dans ses regards ;
des cheveux blancs ornaient sa tête. Il tenait un livre
à demi fermé entre les mains : c'étaient les Aven-
tures de Télémaque : et il souriait agréablement
aux douces idées que les conseils de la sagesse et
les images de la vertu avaient fait naître en lui.

Il suivait une route étroite, et s'avançait vers moi.
Je me levai pour aller à sa rencontre : il m'aperçut
à son tour, et sa surprise parut égale à la mienne.
Un penchant réciproque nous portait l'un vers
l'autre; l'abord fut également facile des deux parts;
et à peine eut-il parlé, que je le reconnus pour le
comte de Veymur, qui avait fait sous moi plusieurs
campagnes avec toute l'intelligence et la bravoure
d'un officier digne des plus grandes récompenses.
Il vivait retiré avec toute sa famille dans un petit
bien, où n'ayant pour société que son frère, sa
sœur, sa femme et ses enfans, il ignorait ma disgrâce et mon exil, comme j'ignorais sa retraite.
Nous eûmes bientôt renouvelé notre ancienne connaissance; il me fit promettre que dès le lendemain
j'irais le voir dans ce qu'il appelait son ermitage.

Quel enchantement pour moi lorsque je me trouvai au sein d'une famille où tout respirait l'honnêteté, la candeur, l'innocence et la paix ! Là, je
vis réunies des mœurs simples et des manières pré-
venantes, la politesse et la franchise, la décence
et les agrémens, le travail et les doux plaisirs, la
sagesse et la liberté. Madame de Veymur me reçut
avec cet air ouvert et engageant qui tient un juste
milieu entre la politesse froide et réservée dont on
use envers de nouvelles connaissances, et cet accueil
trop aisé qui ne sied bien qu'avec d'anciens amis.
Une physionomie heureuse, qui porte l'empreinte
de la vertu; un caractère de douceur répandu sur
tous ses traits; quelque chose de vif et d'animé

qui le fait ressortir davantage ; ce ton de noblesse et de grandeur qui, dans sa simplicité même annonce l'élévation de l'âme, plus encore que celle du rang ou de la naissance ; des qualités solides ornées de ces agrémens dont le charme est bien plus vrai que celui de la beauté, et subsiste quand elle s'efface ; des connaissances sans un air d'érudition ; de l'expression sans jargon, sans emphase, telle qu'est l'expression de la nature ; de l'esprit sans paraître le savoir, et moins encore d'esprit que de raison : voilà, ma fille, ce que je remarquai dans madame de Veymur.

Voici, dit le comte en me la présentant, celle qui fait le charme de ma vie : puissent ses entretiens et les miens soulager les ennuis de la vôtre, ou en augmenter les douceurs ! Voici mes filles chéries, ajouta-t-il, le ciel, qui m'avait accordé un fils, me l'a enlevé presque aussitôt : vous verrez dans peu le reste de ma famille. Ses filles m'enchantèrent presque autant que leur mère. La décence et la simplicité de leur parure ; la modestie de leur maintien ; l'ingénuité qui régnait dans leurs discours, et qui y assaisonnait la raison ; leur accord, leur union entre elles ; leur activité, leur empressement à voler au moindre signe, à prévenir les volontés de ceux qui paraissaient en quelque sorte n'avoir d'autre volonté que la leur, leur application constante à des soins ou à des travaux faits pour leur âge et pour leur sexe, et qui annonçaient déjà

pour l'avenir des mères de famille dignes de rem-
placer la leur, si malheureusement elles venaient
à la perdre ; quelques talens agréables, destinés à
remplir le vide des occupations sérieuses par un
délassement honnête, et propres à faire l'amusement
de ceux qui les environnaient.

Les domestiques eux-mêmes, en petit nombre,
mais paraissant n'avoir en commun qu'une seule
volonté, qui était celle de leurs maîtres ; leurs enfans plutôt que leurs serviteurs, s'aimant, se se-
courant entre eux comme des frères ; prouvant
d'ailleurs par l'ancienneté de leurs services la sagesse
et la bonté de ceux auxquels ils obéissaient ; dans
toute la maison, un fond d'économie et un air
d'abondance ; une police sage et bien entendue,
qui ne se contentait pas de corriger les abus,
mais qui avait pour objet de les prévenir ; un esprit d'ordre, bien plus agréable et plus satisfaisant
que celui du luxe et de la profusion ; du goût à
la place des modes et de l'ostentation. Non, je ne
voyais rien qui ne me donnât la plus haute idée
du maître dont toutes ces choses étaient l'ouvrage.
C'est un homme sage, me disais-je, qui préside ici ;
il n'a pas besoin de sortir de chez lui pour trouver
le bonheur, qu'il eût cherché en vain dans un
monde étranger.

Son frère, sa sœur, qui demeurent avec lui,
survinrent à l'instant ; et, dans tous les yeux, sur
tous les visages, je lisais un air de contentement,

et des sentimens de respect et de tendresse qui
servaient à m'en inspirer à moi-même, et qui seuls
eussent bien suffi, ce me semble, pour faire l'éloge
de la vertu du comte, comme ils en font déjà la
récompense. Heureux temps où le monde était
encore dans son enfance, tels étaient les modèles
que vous présentiez à la terre, et qu'elle a trop
promptement oubliés ! Tels étaient ces dignes et
vertueux Patriarches, qu'on ne peut comparer à
nos mœurs, sans regrets, sans indignation et sans
douleur.

Ici, ma fille, commence l'histoire de M. de
Veymur et celle de sa première éducation. Je crois,
par l'intérêt que j'y ai pris et par l'attention que
j'y ai donnée, pouvoir te la rendre presque littéralement : au moins puis-je me promettre de ne pas
en altérer la substance.

Ma mère, dit-il, persuadée que la dépravation
de l'homme, dans ses premières années, est bien
plus une pente secrète et une trop grande facilité
pour le mal qu'elle n'est déjà le mal même ; que
le sang, que le tempérament tout seuls ne font
point nos mœurs et ne décident point de nos vertus ;
qu'il n'y a pas de caractère si lent ou si vif, si
sensible ou si froid qui ne soit susceptible du bien
ou de mal, selon l'usage qu'on en sait faire et
le pli qu'on sait lui donner ; qu'il n'y a point en
nous de vice dont on ne puisse dire pourquoi et
comment il y est entré ; et qu'enfin les moindres
choses influent sur les plus grandes ; ma mère se

fit une loi de ne rien mettre sous nos yeux et de
ne rien offrir à nos premiers regards qui pût nous
faire prendre une impression dangereuse. Nos
jouets étaient simples, nos vêtemens propres, mais
sans être recherchés ; nos moindres meubles et
nos ustensiles tous ordinaires. Si quelquefois, et
toujours en sa présence, nous nous trouvions mêlés
avec d'autres enfans, elle voulait que sans distinction, sans choix, ils fissent usage des nôtres, et
que nous fissions usage des leurs : habitude heureuse qui ne répugne point à l'enfance, et qu'elle
ne commence à perdre que lorsqu'on est assez
vain ou assez maladroit pour lui faire envisager
avant le temps des prérogatives et des différences !
Par-là elle prétendait déjà, en nous élevant dans
le sein de l'égalité, empêcher de naître les germes
funestes de l'orgueil, de l'envie, de l'esprit d'intérêt
et de propriété, de l'amour vil et borné de ce
moi. qui se concentre au fond de notre cœur,
ramène tout à soi, veut dominer sur tout, et voudrait tout envahir. Elle mettait à la place les
premiers sentimens de l'humanité, et une bienveillance universelle.

De tous les soins qui nous concernaient, elle ne
laissait aux autres que ceux qu'elle ne pouvait
prendre elle-même. Quelques domestiques, ceux
seulement dont elle ne pouvait se passer, semblaient nous aider plutôt que nous servir ; ils
nous donnaient le nécessaire comme en nous obli-
geant et par bonté, et avaient ordre de se refuser

à nos caprices. Nous en avions peu, parce qu'on
ne s'était pas mis en peine de les satisfaire, qu'on
n'avait pas laissé prendre à nos prières l'air d'un
commandement; que nos cris eussent été perdus,
s'ils ne nous eussent été arrachés par la douleur;
et que nos pleurs ne paraissaient attendrir, qu'autant qu'on nous voyait souffrir. Ainsi se formait
en nous une disposition prochaine à la fermeté et
à l'égalité d'âme, par le retranchement de tout
désir superflu, ou par l'habitude de les vaincre.

Ce petit nombre de domestiques qui nous environnaient, pleins de vénération pour leur maîtresse,
prenaient sans effort le ton de la sagesse et de la
raison qu'elle nous inspirait; et il n'y en avait
aucun parmi eux dont elle ne voulût être sûre
comme d'elle-même : d'ailleurs sa délicatesse extrême sur l'éducation de ses enfans leur imposait : et,
comme mon père prenait aussi toutes les impressions
que son épouse lui donnait, ils n'avaient besoin
pour bien faire, que de se conformer à la conduite
de leurs maîtres. Sans cesse ma mère les observait,
sans cesse elle s'observait elle-même. Elle n'ignorait pas combien l'œil de l'enfant est attaché sur
ceux qui le gouvernent, combien naturellement
imitateur, il observe leurs moindres actions pour
agir d'après le modèle qu'on lui présente; avec
quel soin il étudie leurs affections et leur langage,
pour se passionner d'après eux, pour aimer et
pour haïr à leur exemple; mais surtout elle savait
avec quelle finesse il épie leurs moindres défauts;

avec quelle sagacité, quelle justesse il saisit leur
faible, pour s'en faire une excuse à lui-même, ou
une dispense de respect et de confiance envers
ceux qui le lui laissent apercevoir. Aussi d'après
ces lumières, elle portait jusqu'au scrupule l'attention qu'elle prenait à surmonter devant nous ses
moindres faiblesses, afin de ne rien perdre sur
notre esprit de tout le crédit qu'elle voulait
y conserver. Naturellement vive, elle se contrai-
gnait jusqu'à ne laisser paraître aucun signe d'altération sur son visage et d'impatience dans ses
discours. Elle avait pour principe de ne jamais
reprendre dans le moment où elle se sentait trop
affectée de ce que nous avions fait de mal ; et
elle aimait mieux mettre quelque intervalle entre
la faute et la réprimande que de s'exposer, par
trop d'empressement, à nous donner lieu de croire
qu'elle ne nous reprenait que par passion ou par
humeur. Nous étions en effet si convaincus que la
raison seule s'exprimait par sa bouche, et que
notre véritable intérêt était le seul motif qui la
faisait parler, que, bien loin de nous aigrir de
ses reproches, nous lui en savions gré, et nous
étions les premiers à rougir devant elle de ce qui
nous les avait attirés. Souvent elle nous faisait
faire le reproche par d'autres que par elle, afin de
nous accoutumer à aimer la vérité, de quelque
part qu'elle nous vînt; elle avait soin alors de nous
faire regarder comme un service important l'avis
qu'on voulait bien nous donner. Mais autant elle

s'intéressait à ce qu'on nous reprît avec bonté, et à ce que l'on mortifiât nos fantaisies, autant s'opposait-elle en secret à ce qu'on nous contrariât dans ce qui était raisonnable, pour ne pas nous donner l'exemple contagieux des fantaisies des autres, et ne pas altérer le caractère de douceur et de bonté qu'elle voulait former en nous.

Avant que de rien commander, elle observait attentivement si elle ne pouvait pas nous le suggérer ; elle se conduisait de manière que nous paraissions nous y porter comme de nous-mêmes : elle faisait si bien, que ce qui lui plaisait nous plaisait aussi ; que ce qu'elle voulait, nous le voulions comme elle, et que nous faisions sa volonté en croyant ne faire que la nôtre. Si cependant la chose devait être pénible, si elle avait besoin d'être commandée, elle commençait par essayer nos forces, pour ne pas compromettre son autorité. Aussi ne fit-elle jamais un commandement inutile ; et lorsqu'enfin elle venait à donner un ordre, ou à faire une défense, elle ne les révoquait sous aucun prétexte, tant que les circonstances étaient les mêmes, pour ne pas se montrer faible, ou ne pas paraitre déraisonnable.

Mais ce que j'admire le plus, c'est qu'elle avait établi son empire et tout le système de notre éducation sur notre respect et notre confiance envers elle, sur notre amour et la crainte extrême que

nous avions de lui déplaire, sur une certaine honte
du mal et une sorte de respect pour nous-mêmes.

Le respect pour elle, ma mère nous l'avait inspiré par sa fermeté, par ses vertus, et par le ton
de raison et de sagesse qu'elle portait dans toute
sa conduite. La confiance, elle nous l'avait donnée
par la persuasion où elle nous mettait, qu'elle ne
faisait rien et n'exigeait rien de nous qui ne fût
pour notre bonheur : par-là même, elle nous avait
amenés au point de lui confier nos secrets, de
lui exposer nos désirs, de lui révéler nos fautes,
et de nous faire convenir intérieurement que nous
remportions toujours quelque avantage de notre
sincérité. L'amour, elle nous l'avait imprimé par
celui qu'elle nous témoignait. Notre crainte de lui
déplaire venait de la même source. Et qu'elle savait
bien en tirer parti ! Un air froid de sa part, une
apparence de mécontentement, nous glaçaient ou
nous faisaient trembler : s'ils eussent été soutenus,
il n'y a rien que nous n'eussions fait pour les
vaincre.

La honte du mal, elle l'avait fait naître de l'idée
du mal même. Sans nous faire de longs discours
moraux, elle avait éveillé dans notre âme un senti-
timent exquis, et une très-grande délicatesse sur
tout ce qui s'offrait à nous sous cette idée, qu'elle
nous montrait sans cesse environnée de confusion
et d'horreur. Elle nous apprenait à haïr le péché

plus que la mort; elle nous avait tout dit quand
elle avait dit, *cela est mal.*

Le respect pour nous-mêmes, elle nous y avait
portés par la haute idée qu'elle nous avait fait
prendre de notre nature, de notre âme, de notre
raison, de ce que Dieu avait fait en nous et pour
nous. *Etre né raisonnable*, disait-elle quelquefois,
et agir ainsi! Souvent elle nous comparait à nous-
mêmes : « Je suis contente, mon fils, me disait-
» elle un jour : voilà le point où vous étiez il y
» a tel temps, voilà celui où vous êtes arrivé; vous
» avez crû de tant de degrés en mérite et en sa-
» gesse : je compte que vous serez dans un an
» encore une fois meilleur que vous n'êtes. »

Mais surtout elle animait, elle vivifiait toutes ses
instructions par l'esprit de cette religion sainte
qu'elle se plaisait à nous faire connaître, elle rendait pratiques toutes les leçons qu'elle nous en
donnait : elle nous accoutumait à tirer de ses
dogmes les plus grandes leçons pour les mœurs;
elle nous environnait sans cesse de la majesté de
l'Etre suprême, et nous faisait voir Dieu partout,
plus soigneusement que les nourrices et la plupart
des mères ne font voir partout à leurs enfans des
spectres et des lutins. En nous inculquant les vérités
du Christianisme, elle ne souffrait pas, entre les
principes et la conduite, la plus légère contradiction. Elle nous répétait souvent ces importantes
vérités, que, sans la religion, la probité n'est
qu'un fantôme; qu'elle est seulement en proportion

avec notre intérêt, et n'attend que l'occasion pour
se dédire : que d'un autre côté aussi, avec une
religion mal entendue, on a moins de lumières
que de préjugés, et qu'il reste alors moins de
motifs pour s'éloigner du vice que d'illusion et de
prétextes pour s'en rapprocher.

Elle ne négligeait pas cependant de joindre à
l'idée du devoir tout ce qui pouvait le rendre
agréable et nous passionner pour lui ; mais jamais
elle n'empruntait, pour y réussir, les ressorts dangereux de la vanité, de l'envie, de la gourmandise,
d'une crainte basse et servile, de toutes ces passions funestes dont on ne corrige l'une qu'en nour-
rissant l'autre, et qui ne préviennent un petit
défaut que pour nous donner un grand vice. Elle
était d'ailleurs très-indulgente sur ce qui ne prove-
nait que de l'âge, et n'eût puni dans nous que
l'entêtement et la mauvaise volonté. Si absolument
il fallait punir, elle allait à la source du mal ; elle
l'arrêtait dans son commencement pour en empêcher
les progrès ; elle punissait d'abord pour ne pas avoir
un jour à punir avec trop de rigueur. Si un air
de mécontentement de sa part, si de la nôtre le
sentiment ne suffisait pas, elle nous traitait alors
comme des malades dans l'accès de la fièvre et du
délire ; elle nous éloignait de sa table ; elle nous
envoyait coucher ; elle venait ensuite nous veiller
elle-même et nous réduisait à l'ennui de ne pouvoir rien faire, et au déplaisir d'être traités comme

quelqu'un qui a perdu la santé ou qui a laissé
aliéner sa raison.

Nous avions passé nos premières années loin de
la contagion des vices, loin des erreurs, que ma
mère craignait également; nous voyions peu d'étrangers, et, par son exemple, elle apprenait à ceux
que nous étions forcés de voir à respecter notre
enfance. Enfin l'âge était venu pour moi où elle
avait besoin d'un appui sur lequel elle pût se reposer à mon égard de ce qu'elle ne pouvait pas
faire par ses propres soins. Elle devait toujours être
la gouvernante de sa fille; mais il me fallait un
gouverneur, et mon père ne pouvait m'en servir.

Elle n'ignorait pas qu'un tel homme ne se paie
point; mais elle savait aussi qu'il y a des hommes
qui, avec beaucoup de mérite et de sentimens,
n'ont point de fortune, et n'en sont quelquefois que
plus propres à conduire d'autres hommes; qu'en
partageant avec l'un d'eux la fortune de son mari,
elle faisait celle de son fils; qu'il s'agissait moins
de se dépouiller pour enrichir un tel maître, que
de mettre en commun avec lui les agrémens d'une
société honnête, et de l'honorer assez pour qu'il
fût digne lui-même d'honorer son élève. Elle avait
toujours été indignée de cette bassesse de sentimens
qui fait qu'un gouverneur vend ses soins, et que
des parens les achètent; elle n'était pas étonnée
que l'on marchandât si honteusement ce que l'un
veut bien mettre à prix, et ce que l'autre croit
payer par un salaire.

Mais comment trouver cette âme noble et désintéressée, la seule qui lui convînt? Il ne fallait qu'en avoir une soi-même : les belles âmes se connaissent et s'attirent aisément. Ma mère rencontra dans M. d'Orval un ami tel qu'elle le désirait. Je ne changeai point de façon de penser et d'agir entre ses mains ; les principes de l'un et de l'autre étaient les mêmes ; leur concert entre eux était parfait ; leur autorité n'en faisait qu'une. Je ne m'aperçus que j'avais un maître de plus qu'aux nouvelles douceurs que sa société me procurait, et aux connaissances plus étendues dont il me donnait le goût en même temps qu'il me les faisait acquérir.

Aujourd'hui je ne t'en dirai pas davantage, puisse la tendresse du père te consoler un peu de ce que le fils semble te dérober de la sienne avec tant d'injustice?

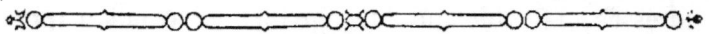

LETTRES XIIIe, XIVe, XVe.

Emilie rend compte au marquis d'une scène douloureuse où
Lausane a mis tout en œuvre pour la détacher de son mari,
en représentant celui-ci comme un homme sans foi, sans
mœurs, sans la moindre affection pour elle, etc. — Après
avoir exhorté sa fille à repousser Lausane et ses perfides
insinuations, le marquis continue le récit de M. de Veymur,
lequel explique la manière admirable et le succès avec lequel M. d'Orval, son précepteur, lui représentait l'effet désas-
treux des passions et le moyen de les prévenir et de les
vaincre. — Le comte de Valmont fait part à son père des
anxiétés auxquelles le livre l'ébranlement de sa foi, et le
conjure de dissiper de plus en plus les nuages qui lui
voilent la vérité.

LETTRE XVIe.

Le marquis à son fils.

. . . .
. . . .

Mais, cher Valmont, comme tu t'expliques avec
moi sans détour, souffre que je m'ouvre à toi sans
réserve. Je t'aime trop pour avoir dessein de t'offenser : et si, sans le vouloir, je ne te ménage pas

assez, songe que les blessures que nous fait un ami, qui ne rouvre nos plaies que pour les guérir, valent bien mieux que les caresses d'un ennemi qui ne nous flatte que pour nous perdre plus sûrement. Dis-moi donc, trop cher et trop aimable Valmont, quoique droit et sincère, l'es-tu cependant assez pour être content de toi? Ici, c'est plus que jamais à toi-même, à ta franchise que j'en appelle; la source de tes doutes et de ton incrédulité n'a-t-elle rien d'équivoque? Ton esprit ou ton cœur n'y mêle-t-il aucun intérêt qui puisse te la rendre suspecte? La manie du bel esprit, le désir de briller, de l'emporter sur les autres hommes, cette vanité enfin dont tu fais l'aveu, ou quelque autre passion secrète n'a-t-elle influé en rien sur ta manière de penser. Hélas! quel examen as-tu fait? quels motifs, quelles raisons te décident? Tu as élevé, sans beaucoup de raisonnemens et d'étude un vaste, mais trop frêle édifice, qu'un souffle suffit pour renverser. Tu as argumenté contre le cri de ta conscience, et à chaque instant tu te démens toi-même.

As-tu d'ailleurs, par des gémissemens réitérés et des désirs ardens, appelé à toi la vérité? Si elle existe, elle mérite bien d'être invoquée; et, dans le doute, tu ne pouvais rien perdre, tu ne pouvais que gagner à l'implorer. Ah! c'est la vérité qui doit décider de ton bonheur : c'est à elle que sont liés tes intérêts les plus chers; c'est elle qui peut

seule fixer tes incertitudes, qui doit régler ta
conduite, qui doit mettre un but à tes actions et
assigner un prix à tes mérites. Il n'appartient qu'à
elle de te découvrir ton origine, de t'instruire sur
tes devoirs, de t'éclairer sur ta fin; elle seule peut
te rendre vertueux. Que deviennent en effet la règle
des devoirs, la pratique des vertus sans la connaissance de la vérité? et si, en raisonnant mal, on
abjure aisément tout principe, si l'on a plus d'autre
loi que son caprice, peut-on encore sans elle se
flatter de bien vivre? C'est la vérité, mon fils, qui
fait tout l'homme.

Eh bien, cette vérité si respectable, si intéressante pour toi, je te le demande encore, l'as-tu
forcée par tes recherches, tes vœux et tes prières
à descendre jusqu'à toi? Lui as-tu dit dans un
saint enthousiasme : « Vérité dont je révère jusqu'au
» nom même, tandis que j'en cherche la nature ou
» que j'en étudie l'existence! vérité, toujours au-
» guste, quoique enveloppée d'un voile que je
» n'ai pu lever encore! ô toi que j'ignore, mais
» que je désire de connaître! charme le plus doux
» des âmes vraiment belles et leur unique objet,
» lors même qu'elles ne font encore que te soup-
» çonner et t'entrevoir; toi qui m'as fait, si je suis
» quelque chose, qui m'as fait pour être heureux,
» si tu existes toi-même; vérité suprême, que faut-il
» entreprendre pour te trouver? Parle, et au pre-
» mier mot je vole aux extrémités de la terre, si
» c'est là seulement que tu habites; je m'ensevelis

» dans la plus profonde retraite, si ce n'est que
» là que tu dois parler à mon cœur; je romps tous
» les liens que mes passions ont formés, s'ils peu-
» vent m'empêcher de courir à ta voix; parle une
» fois; et, quoi qu'il en coûte tu seras obéie! »
N'en doute pas, sensible à ce langage, attirée par
cette préparation d'un cœur docile, touchée de cet
état de perplexité, de désirs et d'alarmes, état si
triste, mais si touchant, si capable d'intéresser
celui qui est la vérité par essence, elle viendrait
cette vérité, si bonne, si sage, si belle, et qui a
tous les attributs de Dieu même, elle viendrait
éclairer cette âme simple, ignorante et fidèle, cette
âme droite qui soupirerait après elle; ou si, par
impossibilité, elle refusait de se faire entendre, c'est
seulement alors qu'un tel homme serait excusable,
et qu'il pourrait dire que la vérité lui échappe, et
que son erreur est invincible. Mais, avoue-le, mon
ami, ce n'est point là ton état; ce ne l'a pas été
du moins jusqu'ici. Livré à des spéculations frivoles,
il ne paraît pas que tu te sois mis beaucoup en
peine d'intéresser en ta faveur le Dieu de vérité.
Bien loin de là, tu outrages la vérité de la manière la plus sensible; tu te fais un pur amusement
de tout ce qui la contredit; tu la combats partout
indifféremment, et tu ne sais pas bien si tu es
fondé à la combattre; tu l'attaques..... et tu doutes.

Toutefois on t'écoute, mon fils, et la vérité elle-
même t'entend et te juge d'avance; elle te juge,

et son jugement est au fond de ton cœur. On t'é-
coute, et tu ne te contrains pas ; tu risques d'induire en erreur tous ceux qui t'environnent ; tu
arraches de tous les cœurs le germe précieux des
vertus que tu te flattes encore de respecter ; tu
rends problématiques tous les devoirs ; et tu brises,
sans en être effrayé la base sur laquelle ils reposent.
Non content de résister au cri de la vérité qui te
presse, tu t'efforces de l'étouffer dans les autres ;
eh, mon ami, pour toi le plus grand des malheurs
serait d'avoir réussi ! Qu'aurais-tu donc avancé pour
ton bonheur, si tu avais forcé ton épouse, moins
éclairée et moins sage qu'elle ne l'est en effet, à
douter si c'est pour elle une loi d'être fidèle ; si
dans ta maison, ne tenant plus à aucun principe,
tout le monde se croyait en droit d'adopter tour à
tour le sentiment le plus commode ; et voudrais-tu
une femme, des enfans, des domestiques qui, par
système et par goût s'accoutumassent à penser
comme toi ? Ah ! si tu regrettes pour toi-même ta
première simplicité, tes premières mœurs, laisse du
moins aux autres celles qu'ils ont encore.

O mon bon ami, tu n'es donc pas si excusable
que tu le croyais d'abord ? Et qu'est-ce qui pourrait
te servir d'excuse ? Les vains raisonnemens sur lesquels tu te fondes ? Sois vrai, mon fils, dans toute
l'étendue de ce terme, et tu en sentiras la faiblesse.

Déjà, cher Valmont, si pour te faire sortir de
l'état de doute absolu et te contraindre à rendre

hommage à la vérité, s'il suffit de faire évanouir
les premières difficultés où ton esprit se retranche,
je t'en montrerai parmi nous, de ces vérités de
tous les temps, de tous les lieux, et de tous les
hommes. Il semble, à t'entendre, qu'on ne s'accorde sur rien; mais la société tout entière ne
porte-t-elle pas nécessairement sur des premiers
principes universellement reconnus, sur des principes de sens commun qu'on rougirait de contredire
sérieusement, et que toi-même tu ne t'avisas jamais
de désavouer dans la pratique ? De l'un à l'autre
pôle vit-on jamais révoquer en doute ces premières
notions que tu regardes comme identiques, et
qui ne le sont en effet que parce que la vérité
est une, et que la chaîne des conséquences tient essentiellement à une première vérité dont Dieu est le
terme, et qui les renferme toutes ? Qui doute si le
tout est plus grand que la partie; s'il est possible
qu'une chose soit et ne soit pas en même temps,
soit telle et ne soit pas telle tout à la fois ? Quel
homme tant soit peu raisonnable mit en problème s'il
existe lorsqu'il pense ? Te faut-il des vérités morales ?
Qui douta si, en présence de l'existence d'une première cause souverainement bonne, intelligente et
sage, nous lui devons notre respect, notre obéissance et notre amour; si nous devons faire aux
autres ce que nous voudrions à juste titre qui nous
fût fait à nous-mêmes; s'il est juste de payer les
bienfaits par la reconnaissance ? Qui, dans la conduite ordinaire de la vie, ne se crut pas libre et
ne s'imputa pas les malheurs qu'il s'est attiré par

ses crimes? Te faut-il des vérités de fait? Qui osa
douter encore de ce que le témoignage constant et
unanime de ses sens lui rapporte; de ce qui lui
est confirmé par des témoins oculaires en assez
grand nombre, et de caractères, de passions, d'intérêts assez divers, pour n'avoir pu se tromper de
concert sur un fait également sensible pour tous,
ou s'accorder à nous tromper? Qui doute si Rome
exista, et si César a vaincu Pompée? Sur tous ces
objets et d'autres semblables, on pourra bien,
comme toi, s'étourdir quelquefois et disputer un
moment; mais le doute est dans l'expression, et
jamais dans le cœur; et c'est pour cela qu'on a dit
un peu crûment, que le pyrrhonisme est une secte
de menteurs. Aussi voit-on ceux qui s'en piquent
le plus, lorsqu'il s'agit d'affaires qui leur paraissent
un peu sérieuses, raisonner et agir comme les
autres hommes. Et pourquoi donc, mon fils, s'ils
suivent si constamment les mêmes principes sur de
certains objets, se croiraient-ils fondés à les méconnaître sur d'autres? Cette différence si bizarre
dans la manière de voir les choses, en mettra-t-
elle dans leur nature? Si nous étions sincères lorsque nos penchans ou que nos intérêts changent,
le point de vue changerait-il avec eux? N'avons-
nous pas au-dedans de nous de quoi juger nos
affections mêmes et en redresser l'illusion? et osera-
t-on nier que cette règle subsiste parce qu'on ne
la consulte pas toujours?

Mais quelle est cette règle de vérité qui peut

sans crainte d'erreur, déterminer nos jugemens ?
C'est celle à laquelle tu peux le moins résister,
mon fils, c'est l'évidence. C'est la certitude morale,
qui a pour objet le témoignage des hommes sur
les choses de fait, enfin la probabilité elle-même
qui, bien que au-dessous de l'évidence et de la
certitude, porte cependant sur cette règle évidente,
que dans les choses qui ne sont par elles-mêmes
ni évidentes ni certaines, mais qui demandent quelque détermination, le parti le plus sage est de se
déterminer par ce qui nous paraît le plus vraisem-
blable; et c'est encore l'évidence qui assigne dans
mille circonstances les différens degrés de vraisem-
blance.

Tu vois, mon fils, par ce précis des véritables
fondemens de nos connaissances, précis tel que le
comporte la nature de nos lettres, tu vois que nous
ne manquons point de règles de vérité, et qu'il ne
faut que cette raison commune à tous les hommes
pour les apercevoir, qu'un peu de bonne foi pour
en convenir, et de l'attention jointe à la droiture
pour en profiter.

Tu ne me parles plus d'Emilie. Hélas! la tendre,
la vertueuse Emilie, comment s'accommode-t-elle de
tes systèmes?

Ah! mon fils, mon fils, plus à plaindre encore
que coupable, et toujours si cher à mon cœur,
achève de m'ouvrir le tien, verse dans mon sein un
secret qui t'accable; et, qui peut mieux qu'un père
pardonner les faiblesses et excuser les erreurs!

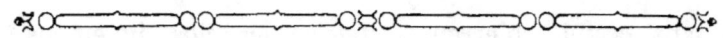

LETTRE XVIIe.

Le Marquis à la Comtesse.

Je reviens à toi, ma chère Emilie, et je reprends,
pour ne plus l'interrompre, le récit de M. de
Veymur où j'ai été forcé de le laisser.

Tandis que mon guide, continua-t-il, m'exerçait
à toutes les vertus, ma mère de son côté suivait
constamment le plan d'éducation qu'elle s'était fait
pour ma sœur. Il était relatif, quand au fond, à
celui que M. d'Orval suivait par rapport à moi ;
mais elle le modifiait dans la forme et l'accommodait
à la faiblesse du sexe, à ses occupations naturelles, à ses devoirs, au caractère de sa fille, et aux
goûts qu'elle voulait lui faire prendre. Elle ornait
son esprit des connaissances les plus solides, et la
formait surtout à la justesse du raisonnement. Elle
donnait à son corps toutes les grâces dont il était
susceptible, et eût craint de confier à tout autre
qu'elle-même un soin si dangereux. Elle lui assurait
une heureuse constitution par une nourriture saine,
des promenades champêtres et des exercices modérés.
Elle ne négligeait pas pour elle les talens agréables, mais elle en tempérait l'usage en le rédui-
sant à un amusement honnête, à un délassement
passager. Elle lui faisait aimer l'intérieur de sa
maison par l'habitude des travaux de son sexe et

le détail des soins du ménage. Elle voulait qu'on pût admirer dans Cécile, cette femme forte de l'Ecriture qui trouve dans son courage et dans sa propre industrie toute la source des avantages qu'elle procure à sa famille. Elle lui inspirait le goût d'une parure simple et modeste, la seule qui, en ornant le corps autant, qu'il convient, montre la candeur, la beauté de l'âme, et laisse voir un tout parfait. Elle l'attachait à ses devoirs en les lui rendant faciles, et aux vertus en les lui faisant paraître aimables ; elle lui peignait toujours la sagesse à côté du bonheur : elle l'accoutumait à se vaincre dans les petites choses pour n'être pas vaincue elle-même dans des occasions plus importantes, et savait lui rendre sensibles les avantages et le plaisir de la victoire. Elle lui apprenait à dédaigner des hommages frivoles ; à apprécier le vrai mérite ; à juger par sa raison et non par ses yeux ; à fuir le ton du siècle et les airs à la mode ; à mépriser les fades niaiseries, la suffisance et les ridicules d'un jeune fat, et à rejeter avec horreur les louanges intéressées et les vœux outrageans du libertin. Elle lui faisait aussi regarder en pitié la légèreté précieuse et recherchée, le langage apprêté, les termes excessifs pour ne rien dire, et les afféteries. Elle lui donnait les armes qui conviennent au sexe le plus faible, et lui assurent l'empire qui lui est propre, celles de la pudeur, de la douceur et des grâces. Cécile, sans vanité, sans coquetterie, sans empressement pour séduire et pour plaire, n'en plaisait peut-être que plus sûrement et constamment.

Mais je touche à l'événement le plus triste de ma vie; fallait-il que nous fussions condamnés à perdre si jeunes une si bonne mère. Pardonnez-moi les larmes que me fait encore verser ce triste souvenir!! ; une maladie cruelle nous l'enleva en peu de jours. Dans ses derniers instans elle nous fit approcher de son lit. « Mes enfans, nous dit-elle d'une voix faible et mourante, et en nous arrosant de larmes, vous êtes, après mon époux, le plus grand sacrifice que je puisse faire au ciel; je le lui fais, quelque pénible qu'il soit : puisse votre bonheur à tous deux en être le prix ! Je vous ai porté en même temps dans mon sein, je vous ai nourri du même lait, je vous ai donné les mêmes preuves de tendresse : aimez-vous constamment, et servez-vous de soutien l'un à l'autre.

» Mes soins pour vous ont été mon plaisir le plus doux; j'en ai fait mon premier mérite devant Dieu, toute ma gloire devant les hommes; ils sont maintenant le sujet de ma confiance auprès de mon juge, qui est en même temps mon sauveur et mon père.

» Adieu, mes enfans, n'oubliez pas devant Dieu combien je vous ai aimés... » Elle nous bénit, et peu d'heures après elle expira...

M. de Veymur termina en racontant les malheurs où ils avaient été jetés sa sœur et lui, par le

second mariage de son père. Telle est l'histoire de
la vie de M. de Veymur. Ce qu'elle peut t'offrir
d'intéressant par rapport à l'éducation de tes enfans
ne m'a pas permis de t'en dérober le récit touchant.

Chère Émilie ! que de devoirs à remplir pour les
parens ! et que de suites funestes à craindre s'ils
ne les remplissent pas ! A en juger par tout ce que
j'aperçois maintenant autour de moi, qu'ils sont
doux, ces devoirs que la nature nous impose ! En
prenant soin de sa famille, on substitue des plaisirs vrais et légitimes à des plaisirs faux et dangereux ; on rend sa maison vivante et agréable
pour soi-même ; les occupations honnêtes prennent
la place des choses frivoles, du désœuvrement, et
de l'ennui qui est inséparable ; on ne va pas
chercher ailleurs un amusement qu'on trouve bien
mieux chez soi : le tracas des enfans, toujours
aimable pour une véritable mère, lui suffit ; parmi
ces douces assurances de tendresse et de fidélité,
elle suffit à son époux ; et tous deux, resserrant à
l'envi les nœuds qu'ils ont formés, se tiennent lieu
l'un à l'autre du monde entier : cependant on les
estime, on les révère au dehors ; et si, par une
éducation sage et exempte de faiblesse, ils apprennent à leurs enfans à les respecter, à leur être
soumis, à leur rendre ce culte filial qu'on doit à
ceux qui nous ont donné le jour ; s'ils leur font
aimer par la persuasion et par l'exemple, les vertus
qu'ils leur enseignent, que leur manque-t-il au
dedans pour être heureux ?

LETTRE XVIIIe.

Attérée par la froideur croissante de son époux, Emilie
demande à son père si elle doit lire les mêmes mauvais livres dans lesquels Valmont puise ses doutes et ses
impiétés, afin de mieux réfuter ses objections. Que penser
de cette idée qui lui est suggérée par Lausane !

LETTRE XIXe.

Le marquis de Valmont à sa fille.

. . . .

. . . .

Je sens aussi vivement que toi, ma chère Émilie,
tout ce que ta situation a de pénible. Eh ! qui de
nous eût pu penser qu'une union formée sous de
si doux auspices dût être pour toi la source de
tant d'amertumes ? Cependant, quelles que soient
celles que le ciel te réserve encore, ne te laisse
point abattre. Dieu veille sur toi, il sait les épreuves qui conviennent à ta vertu, et ne permettra
en ce genre que ce que tes forces pourront porter.

Ne sois point au-dessous de son attente et de ses desseins sur toi, et ne te rends pas indigne du degré de mérite auquel il veut t'élever. On ne sait rien encore, on ne se connaît pas soi-même, on n'a point de mérite à soi tant qu'on n'a pas été éprouvé. Courage donc, ma fille, tire de ta raison toutes les ressources qu'elle peut t'offrir, et repose-toi sur Dieu du succès, comme n'ayant pour appui que lui seul.

Tu me demandes si tu peux lire des romans. Ah! lorsque Lausane s'offre à les prêter, il n'est que trop instruit du risque que l'on court à les lire, et c'est presque toujours par-là que commence la séduction. Quel fléau que les romans? Par eux l'imagination s'échauffe, toutes les passions s'allument; les sens mêmes acquièrent une activité dangereuse et précoce; et l'on devient coupable d'après la lecture de ces livres où le crime est peint sous les traits de la vertu. Est-ce dans ces sortes de livres qu'on apprend à bien penser et à bien vivre? Qu'y trouve-t-on sous l'écorce qu'ils présentent, que des pensées fausses, que des maximes qu'il serait bien dangereux de suivre dans la pratique, et des exemples qu'on se repentirait toute sa vie d'avoir imité? Les romans changent presque en tout le véritable point de vue; ils apprennent à voir les choses comme on les imagine, et portent bientôt à les croire telles qu'on les désire; ils aiguisent les traits de l'opinion; ou s'ils la combattent, ce n'est que quand elle se

4

montre contraire à nos penchans ; ils assurent l'empire de la mode et de la coutume ; ils embellissent les préjugés, ils peignent le vice sous des couleurs agréables qui le déguisent, ils effacent par le brillant coloris des fausses vertus l'éclat des vertus réelles, et mettent un honneur chimérique à la place du véritable honneur qu'ils rendent méprisable. Que dirai-je encore? Plus ils font entrevoir de délicatesse dans les passions, plus ils en imposent, et moins ils peignent le monde tel qu'avec l'âge on apprend à le connaître, et les passions telles qu'elles sont.

Hélas ! que tous ces ouvrages, si courus, si vantés, qu'on s'arrache, qu'on dévore, mais qu'enfin on oublie tôt ou tard, paraissent vides de sens et déplaisent à une âme qui s'est montée à l'unisson de la vertu et de la vérité ! Fatiguée, dégoûtée de ces recueils impurs d'erreurs et de mensonges, elle cherche dans les livres dictés par la sagesse, assaisonnés par le goût et par le sentiment, un plaisir plus noble et des lumières plus vraies. Elle puise à longs traits dans ces sources qui n'offrent qu'esprit et vie ; elle s'y désaltère, elle s'y épure ; elle y acquiert de jour en jour plus de force et de courage.

Des raisons plus spécieuses et des prétextes plus séduisans te portent à lire des livres plus dangereux encore que ceux qui attaquent les mœurs : ces livres qui attaquent et combattent la religion.

Le premier dessein de Lausane, en te le proposant, ne t'a point échappé : certainement, il compte pour beaucoup l'occasion qu'il se ménage de les lire avec toi ; mais il se propose encore une fin plus éloignée que tu ne démêles point assez. Il espère que peu à peu tes lumières s'obscurciront ; que tu te laisseras embarrasser par les difficultés mêmes auxquelles tu voudras répondre ; que tu oublieras les preuves pour ne plus penser qu'à la force des objections, que les nuages s'accumuleront parmi tous les soins que tu prendras pour les dissiper, que le doute succèdera à la certitude ; que ta foi ne tardera pas à s'ébranler ; que tes principes ne seront plus fixes, ni si invariables, et que ta manière de voir changera sans que tu t'en aperçoives. Il espère que les liens qui t'attachent au devoir se relâcheront ; que tes mœurs s'altèreront ; que Valmont ne te paraîtra plus seulement injuste, mais que tu le verras déchu de tous les droits qu'il a encore à ton amour.... O mon Emilie ! Lausane se trompe : mais enfin tu t'exposes au péril ; et sur des objets si importans un zèle bien entendu doit toujours commencer par nous-mêmes. Tu es suffisamment instruite, j'en conviens ; mais par qui l'es-tu ? par un père judicieux et sage, qui n'a pas prétendu faire de toi une femme philosophe et savante, pas même en matière de religion. Il savait que sur cet article l'esprit raisonneur ne convient à personne, encore moins aux personnes de ton sexe ; et il aurait craint de le nourrir en toi par des études

trop sèches et des discussions trop abstraites. Il
s'est donc borné à rendre ta foi raisonnable en
l'éclairant par des motifs qui pussent suffire à une
âme droite, et en la faisant porter sur des fondemens solides. D'après ce qu'il t'a appris et les
réflexions sensées qu'il t'a fait faire, d'après celles
que tu as pu faire sans lui, tu en sais assez pour
connaître et pour sentir toute la beauté de la religion, pour être vivement frappée de tous les
caractères de divinité qu'elle porte avec elle ; pour
découvrir le faible de tant de raisonnemens que
les passions toutes seules font valoir afin d'obscurcir
la vérité. Mais lorsqu'il s'agira de combattre ces
systèmes raisonnés, qui quelquefois traînent après
eux l'appareil des démonstrations, sans cependant
en avoir la réalité ; de démêler le vice secret de
ces sophismes adroits qui trompent souvent la raison
la mieux exercée ; de répondre à des faits donnés
hardiment pour vrais, dont la discussion demande
une critique sévère et des recherches épineuses, à
des faits qui d'ailleurs semblent prouver beaucoup
plus qu'ils ne prouvent en effet, lorsqu'il sera
question de concilier les vérités entre elles ; de
sauver les prétendues contradictions qu'on nous
oppose, et qu'il est aisé de faire valoir dans des
choses qui par leur nature sont si fort au-dessus
la raison, alors ma fille, pourras-tu bien te flatter
d'en savoir assez? Il faut peu de chose à un cœur
bien disposé pour saisir le vrai dès qu'il se présente ; et le Dieu de vérité a ménagé pour lui des

preuves de sentiment à la force desquelles tout
l'art des démonstrations ne peut atteindre. Mais
pour confondre l'erreur, pour la suivre dans le
labyrinthe où elle s'embarrasse et se perd, pour
écarter les nuages dont elle s'enveloppe et dont elle
couvre la vérité même, oh! qu'il faut bien plus
de travail et de lumière! La vérité simple et pure
n'a qu'une route qui conduit à elle, et l'erreur en
a mille. La vérité sans fard ne brille que de son
propre éclat; et l'erreur déguisée sous mille formes
différentes, emprunte tout ce qu'il y a de plus faux
et de plus attrayant pour séduire. La vérité est
mesurée et circonspecte : l'erreur franchit avec
audace tout ce qui pourrait l'arrêter; elle dévore
toutes les absurdités, et les déguise; elle tranche,
elle coupe le nœud qu'elle ne peut délier; elle
décide et en impose; elle éblouit; elle aveugle ;
elle triomphe et rit de son imposture. Avec le plus
court sophisme, d'un mot; elle va déconcerter les
preuves les plus solides; et, pour les rétablir dans
toute leur force, pour répondre à une si courte
objection, il faudra des pages entières de nouvelles
preuves et de raisonnemens.

Tu prétends, dis-tu, suivre Valmont dans tous
les détails. Eh! ma fille, c'est précisément dans les
détails que l'incrédule en impose plus sûrement, et
qu'il est comme impossible de le suivre. Ce n'est
pas à l'enchaînement de nos preuves qu'il ose s'en
prendre; il le respecte en quelque sorte malgré

lui. Mais il incidente sur une foule de petites difficultés qu'il retourne en mille manières; il cite nos Écritures et les falsifie, ou leur donne un sens qu'elles n'ont pas; il cite les Pères de l'Eglise, et les fait parler : à tout cela, mon Émilie, que répondras-tu? Seras-tu en état de lui opposer des observations plus vraies, des faits plus certains, de remonter à des sources plus pures, de confronter les textes, de mettre en évidence la fausseté des principes ou des conséquences, et la futilité des objections? Ne risques-tu pas au contraire d'être la dupe de ses assertions hardies, de lui passer légèrement ce qu'il te serait trop difficile et trop long de vérifier, de te rebuter de la sécheresse et de l'inutilité de tes recherches et de tes discussions, de voir avec frayeur renaître sans cesse des difficultés nouvelles, de languir autour de questions vaines, et dont la solution même ne sera jamais ce qui ramènera Valmont? Ne risques-tu pas de perdre un temps précieux à raisonner froidement sur ce qui est fait pour être senti avec chaleur, de t'accoutumer à mettre en problème jusqu'aux vérités qu'il est le plus naturel de croire, et d'ôter à ta foi cette fermeté et cette assurance qui aident à en recueillir les fruits, et qui en fixent la durée?

Si d'ailleurs, pour se procurer l'avantage inestimable d'une foi éclairée et d'une croyance raisonnable, il fallait tout entendre et tout lire, qui pourrait se flatter de bien croire? L'existence de Dieu ne sera-t-elle pour moi une vérité constante que lorsque j'aurai parcouru toutes les impiétés et tous les livres qu'enfante l'athéisme ?

O toi, ma chère Emilie ! éclairée autant que tu dois l'être sur les preuves de ta religion, borne-toi désormais à la chérir, à la pratiquer. Emploie pour la défendre les armes qui te sont propres, la prière, et l'exemple, bien plus efficaces que les discours. Qu'en voyant ta résignation et ta patience, ton égalité d'âme et ton courage, ta sagesse et ta charité inaltérables, on puisse dire : Oui, c'est le Dieu des vertus, auquel nul autre n'est semblable, qu'elle sert et qu'elle adore ; c'est une loi toute divine que sa conduite exprime ; la force qui agit en elle est une force plus qu'humaine, et la raison toute seule n'est pas capable de tels efforts.

Si toutefois, après avoir satisfait d'une manière si touchante et si belle à ce que la religion exige de toi, il te reste du temps pour ajouter à tes connaissances et pour étendre ton esprit et tes lumières, choisis ces livres où l'on ne peut puiser que des idées justes et des sentimens honnêtes, où la vérité s'offre sans mélange d'erreurs, ou sans rougir on peut penser tout haut comme celui qui les a faits ; de ces livres où la religion se présente avec tous ses charmes, où la vertu se montre ornée de tous ses attraits, où le talent n'est point avili par l'abus, et reçoit de son objet autant d'éclat qu'il lui en donne, où l'on trouve, en les lisant, tout à gagner et rien à perdre.

Divin Bossuet, aimable Fénelon! que fûssiez-vous devenus si vous eussiez abusé de vos talens? Et que ne deviendraient pas, au contraire, pour leur propre gloire, ces génies de nos jours, tantôt si petits, si faux, et tantôt si sublimes, s'ils faisaient des leurs le même usage que vous!

Pour nous, ma fille, bornons-nous à suivre les lumières et les traces de ces vrais sages, qui n'ont écrit que pour le bonheur du monde, et n'ont rendu leurs travaux célèbres que par les vertus qu'ils ont fait naître.

Fais donc en sorte de ne lire que des livres vraiment utiles, de ne converser qu'avec des âmes honnêtes et vertueuses; et tu auras toujours en partage le plus riche de tous les trésors, la sagesse et la vertu.

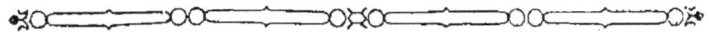

LETTRE XX°.

Le comte découvre à son père toutes les perplexités de son âme, et lui propose quelques difficultés, dont pour son bonheur, il le conjure de ne pas différer la solution.

LETTRE XXI°.

Le marquis de Valmont à son fils.

Combien de fois et avec quels mouvemens intérieurs j'ai relu toutes les lignes que tu as tracées ! Comme j'en ai pesé tous les mots ! Comme j'y ai étudié toutes les pensées et toutes les affections qui t'occupent et te partagent presque en même temps ! Incertain et flottant moi-même, mes idées se croisaient ; des exclamations vives, des paroles entrecoupées se succédaient l'une à l'autre. Tantôt t'adressant la parole : Mon fils, te disais-je, que ton sort est à plaindre !..... qu'as-tu fait de ta raison ?..... Tes beaux jours, ces jours d'innocence et de paix, sont-ils passés sans retour ?..... Eh !

4..

que deviendra ton Emilie, Emilie, de toutes les
âmes la plus tendre, et la plus vertueuse de
toutes les épouses? Toi-même, que deviendras-tu?
Où t'entraînent tes passions! Quel amas de sophismes dangereux! Quoi, l'honneur, le devoir ne
sont rien!..... Et c'est Valmont, c'est mon fils qui
parle ainsi! Mais ensuite, levant les yeux vers le
ciel : Non, Seigneur, non, m'écriais-je, il n'est
pas né pour de si monstrueux systèmes! Voyez
l'ingénuité de ses aveux : voyez sa candeur et sa
sincérité dans l'image qu'il me trace de ses combats et de ses faiblesses. Ah! il est aussi peu fait
pour le crime que pour le mensonge et pour l'erreur.
Vous lui dessillerez les yeux : vous exaucerez mes
vœux. Est-il une voix plus touchante pour vous
que la voix d'un père qui vous prie pour le salut
et le bonheur de son fils?

Je n'aurais rien à te dire, cher Valmont, si
réellement tu t'obstinais à douter de ta liberté. Ah!
j'en conviens, si l'homme n'est pas libre, la vertu,
l'honneur ne sont qu'un vain nom. Livre-toi, si
tes passions l'exigent, à tout ce que les hommes
mettent au nombre des plus noirs forfaits; sois
parjure, barbare, ingrat et perfide; sacrifie à tes
penchans, l'équité, la droiture, ton repos, ton
bonheur, ton épouse, ton père..... Ne respecte ni
les nœuds de l'hymen, ni les droits du plus pur
amour, ni la voix de la raison, ni le cri du
sang et de la nature..... Et pourquoi les respecte-
rais-tu, si tout cela n'a de force que ce que lui

en donne le préjugé ? pourquoi combattre et lutter en vain ? pourquoi hésiter même, si tu es sous l'empire de la nécessité ? O bon jeune homme ! je déchire à regret ton sensible cœur ? mais est-ce donc ma faute ? ou n'est-ce pas plutôt celle de ton déplorable système ?

Eh quoi ! pour te livrer en aveugle aux désirs qui te pressent , voudrais-tu perdre le glorieux privilége de ta liberté ? Ame fière et généreuse, partout ailleurs le joug de la servitude te paraît insupportable ; tu t'indignes, tu frémis de honte et d'horreur à la seule idée de l'esclavage ; ne veux-tu cesser d'être libre que pour obéir à tes passions ?

Ecoute - moi, mon fils, et rends encore de nouveaux hommages à la vérité qui t'appelle. Ah ! sans doute ! il ne dépend pas de toi de ne pas désirer d'être heureux. Fait pour le bonheur, le penchant qui te porte vers lui est un penchant nécessaire ; c'est un don de la bienfaisante nature ; il te ramène à son auteur, et te parle assez haut de l'Etre souverainement bon qui te l'a donné. Mais, pour être heureux , il y a des moyens à choisir ; au-dessus du souverain bien il y a des biens particuliers , des biens faux ou réels, vrais ou apparens, qui t'en rapprochent ou qui t'en éloignent; et, pour ce choix , oserais-tu bien dire que tu n'es pas libre ? N'est-il pas en ton pouvoir de peser plus ou moins les motifs, de balancer à ton gré les avantages et les inconvéniens, d'opposer à la force du penchant, le contrepoids des réflexions et des lumières, le crédit et l'autorité de la raison?

C'est sur le sentiment de la liberté que porte la société tout entière, ses conventions, ses lois, ses promesses, ses menaces, ses châtimens et ses récompenses. C'est d'après lui qu'on éprouve et qu'on blâme, qu'on consulte, qu'on délibère, qu'on avertit et qu'on exhorte. Sans la liberté dans l'homme, tout serait illusion autour de nous et dans nous-mêmes. Et quel si grand intérêt t'anime à te dépouiller du plus beau de tous les attributs? C'est cette faculté de vouloir et de choisir qui te rapproche de la divinité, et te rend en quelque sorte semblable à Dieu même.

« Mais si Dieu m'a fait ce que je suis, diras-tu, » et si je suis libre, je puis donc lui imputer les » crimes que je commets. » Dis mieux, mon fils, tu les lui imputerais à plus juste titre si tu ne l'étais pas. L'injuste oppresseur, le tyran barbare, l'adulateur perfide, le médisant et le calomniateur pourraient dire dans ton système : Ce n'est pas moi qui suis coupable; ne vous en prenez point à moi de mes prétendus excès; Dieu seul qui fait tout en moi, Dieu seul en est l'auteur. Eh ! fallait-il que, pour t'ôter la liberté de mal faire, Dieu te réduisît à l'instinct des brutes, et te privât du pouvoir et de la liberté de faire le bien! O mon Dieu ! souverain auteur de mon être, si je suis

digne de vous plaire, si je suis vertueux, je vous
rends grâce de ma liberté; et, si je deviens méchant,
oserais-je bien vous reprocher dans vos dons l'abus
que j'en aurais fait ?

« Si Dieu, pourrais-tu dire encore, a prévu mes
» actions, comment puis-je être libre, et comment
» serait-il Dieu, s'il ne les a pas prévues ? »

Souffre que je te demande à mon tour, le père
qui connaît et qui voit de loin ce que fait son fils,
qui prévoit même ce qu'il fera, empêche-t-il qu'il
ne le fasse librement ? As-tu des idées justes de la
manière dont Dieu connaît et prévoit? Par où pourras-
tu prouver que la certitude d'un événement (toujours
certain à l'égard de Dieu avant qu'il arrive, et qui
cependant, pris en lui-même et dans l'idée de la
possibilité pure qu'il emporte avec lui, pouvait
arriver et n'arriver pas) en entraîne la nécessité ?
Ah ! laisse plutôt ces vaines subtilités qui ne prou-
veront jamais contre des faits : laisse à de faux
sages ces raisonnemens frivoles qui ont si peu de
force contre les sentimens. Reviens à ton propre
cœur; fais le bien, pratique la vertu et tu convien-
dras sans peine que tu es libre.

« Mais la vertu est-elle quelque chose de réel,
» où n'est-elle qu'un préjugé? Aucune borne ne
» sépare-t-elle le bien du mal? se confondent-ils
» dans la nature? et tout est-il égal en soi ? » Mon
ami, si tes passions se taisent en ce moment, j'en
suis sûr, tu rougis de mes questions, et tu voudrais

oublier pour toujours que c'est toi-même qui les as faites.

Est-il égal en soi, cher Valmont, que j'outrage, que je blasphème celui dont j'ai reçu l'existence, ou que je reconnaisse ses perfections, et que je lui rende hommage des dons qu'il m'a faits ? En soi est-il égal que je fasse le bonheur de mon semblable, ou que je le rende malheureux ; que je fasse par ma conduite mon bonheur ou mon malheur à moi-même ? Est-il indifférent que je procure le plus grand bien possible pour les autres et pour moi, ou que j'arme, autant qu'il est en mon pouvoir, tous les hommes entre eux, que je m'arme contre tous et que je les arme tous contre moi ? Est-il égal que par mes soins et par mes largesses je rende la vie à l'infortuné qui était sur le point de la perdre ; que par un effort de clémence et de générosité je la conserve à mon plus cruel ennemi qui voulait me la ravir ; qu'aux dépens de ce que j'ai de plus cher je prenne la défense du pays qui m'a vu naître ; ou bien que je fasse couler un poison lent dans le sang de mes concitoyens ; que je plonge un poignard dans le sein de mon bienfaiteur, et que je précipite dans les ombres de la mort celui qui m'a donné le jour ! Est-il égal que je sois vrai, pieux, juste, bon, doux, sociable, humain, bienfaisant, ou que je sois fourbe, traître, méchant, hypocrite, inhumain, barbare ; que je sois un monstre dont la nature aurait

horreur? et ne mets-tu, par exemple, aucune différence entre Titus et Néron?

Je m'arrête, mon fils, pour laisser parler tout à
la fois ton esprit et ton cœur. Ah! malheur à l'âme
brute et sauvage, malheur au cœur dur et féroce
qui ne connaît pas les lois de l'ordre et du sentiment! Non, il ne connaît rien, il ne jouit de
rien, il ne sent rien; enseveli dans une enveloppe
matérielle et grossière, il est comme s'il n'était pas,
et la vie est pour lui toute semblable à la mort.

Mais, Valmont, n'est-ce donc pas de cette idée
de l'ordre que découlent les idées du juste et de
l'injuste, du bien et du mal? Aussi, mon fils,
Dieu a-t-il joint les remords au crime, comme il
a uni le contentement à la vertu. Si tu doutes
qu'il y ait une loi gravée dans tous les hommes,
imprimée dans leur nature, interroge ta conscience,
et elle te répondra : Vois si le législateur suprême
n'a pas établi son tribunal au milieu de toi;
écoute ce jugement qu'il te force à y porter toi-
même de tes actions; entends cette voix secrète, ce
cri de ta raison qui te condamne ou t'absout.
Quel est l'homme qui ne cherche à justifier ses
propres excès, et qui ne se fasse, autant qu'il peut,
une vertu, un honneur à sa mode, pour se consoler
de la perte qu'il a faite de l'honneur véritable?

Si des passions t'aveuglent, si des habitudes
vicieuses ont fait taire ta conscience et étouffé le
cri de ta raison, examine quel est le jugement

que tu portes, à l'égard des autres, des actions injustes dont tu es la victime, et que tu excusais dans toi-même. Ah! c'est alors que, par le sentiment naturel du juste et de l'honnête, tu apprécies avec une secrète horreur la conduite du méchant qui t'opprime; c'est alors que l'ordre violé crie vengeance par ta voix, et que la raison outragée reprend ses droits et son empire; que tu t'indignes à la seule idée du coupable qui t'enlève ton honneur ou tes biens, et que tu honores le juste, dont l'équité te les rend, ou dont la bonté te dédommage.

Eh! sans aucun retour sur toi-même, la vertu n'a-t-elle pas, en dépit de toi, des droits sur ton cœur? Lequel estimes-tu davantage, d'un homme qui, dans ses vues, ses discours, ses actions, n'envisage que lui, rapporte tout à lui, se fait le centre de tout, et sacrifiera, s'il le faut, l'intérêt, le salut de tout un peuple à son propre intérêt; ou d'un homme qui, en toutes choses, ne cherche, n'envisage que le bien public, que le plus grand bien commun, toujours disposé à s'oublier, à se sacrifier lui-même pour l'intérêt et le bonheur de tous les autres? A qui aimerais-tu mieux ressembler, de celui qui par de noires inventions et de lâches calomnies a le plus contribué à me faire perdre mes dignités, mes titres, mes biens, la faveur du prince; ou de ton père lui-même qui, content de savoir qu'il n'est pas coupable, vit en paix, se repose sur le témoignage de sa propre conscience, quel que soit son ennemi, lui pardonne, et pour

toute vengeance se borne à désirer qu'il devienne
meilleur et qu'il soit plus heureux?

Lorsque tu ouvres les annales du genre humain,
qu'est-ce qui te touche? Qu'est-ce qui te remue ou
t'intéresse, du vice triomphant, ou de la vertu
malheureuse et persécutée? Quels sont les grands
traits qui nous frappent, et auxquels tous les hommes applaudissent? Quelles sont les maximes que
tous les cœurs adoptent, et qui, d'un commun
consentement, ravissent notre admiration et nos
suffrages? Ne sont-ce pas les traits et les maximes
de bienfaisance et de générosité? Qu'est-ce encore
qui forme ces scènes touchantes dont on ne peut
être témoin; qu'on ne peut entendre ou lire sans
en être attendri? Qu'est-ce qui fait couler ces larmes
délicieuses et pures dont notre âme s'honore, si ce
n'est la vertu? et d'où naissent ces proportions si
réelles entre elle et nos âmes, entre elle et le méchant lui-même, si elles ne naissent pas de la
nature? Des sentimens si soutenus, si invariables,
seront-ils donc arbitraires? Le cri de la nature est-il
donc aussi un préjugé?

« Non, ce n'est point la nature, s'il faut en
croire Valmont, c'est l'éducation; ce sera, si l'on
veut, la politique des législateurs qui auront déterminé en genre de mœurs nos idées et nos sentimens. » L'éducation, mon fils, et sur quoi porte-
t-elle? ou sur des usages locaux, des coutumes
particulières, des institutions de caprice et de

fantaisie ; ou bien sur des principes adoptés par une raison universelle? Mais ceux-là n'ont qu'un lieu, qu'un temps, ceux-ci se conservent en tout temps, en tout lieu, partout où il y a des hommes qui font usage de leur raison. La politique? mais ces sentimens et ces maximes sur le juste et l'honnête, j'en trouve les premiers principes chez les peuples qui, séparés par de plus grands intervalles, se sont le moins communiqué leurs idées et leurs mœurs; mais je ne trouve point de législateur connu à qui ces principes n'aient été bien antérieurs; mais ces instituteurs si prudens et si sages, ont travaillé d'après le même modèle, et quel était-il, sinon la nature des choses et la raison? Mais enfin ce qu'ils ont dicté de lois positives et arbitraires ne subsiste plus; les lois des hommes passent, la nature ne passe pas.

« La nature! ce sont nos penchans. » Oui, mon fils, ils en font partie, dès qu'ils sont communs à tous les hommes. Mais la raison, commune à tous, fait aussi partie de la nature humaine; et dans notre être raisonnable et libre; les penchans ne sont pas un instinct brutal qui doive agir seul et par une impulsion nécessaire.

Tu me ramènes à l'heureux Hottentot : c'est dans les sauvages que tu cherches la nature de l'homme. Mais d'abord, cher Valmont, l'Hottentot, si heureux à tes yeux, est-il donc si heureux en effet? Son état est négatif pour le bonheur, si j'ose parler ainsi. Il ne sent que faiblement; il

n'existe qu'à demi ; il n'a ni plaisir ni peine : il
a, si tu le veux, des plaisirs grossiers. Mais c'est
le sentiment de l'âme qui fait le vrai plaisir ; c'est
lui qui donne un prix aux biens qu'on possède,
et ils ne sont proprement des biens que par le prix
que la raison y met. Envie, puisque tu l'oses, le
bonheur de la brute, et laisse-moi le bonheur de
l'homme.

Plus l'homme est sauvage, plus il est féroce, et
moins il respecte dans son semblable sa propre
nature ; son état est un état de guerre et de destruction ; c'est un état violent. Est-ce bien pour
cela que la nature l'a fait? et n'est-ce qu'à ce prix
que tu voudrais du bonheur? Rends l'homme plus
sauvage encore ; tu verras croître en proportion sa
férocité, sans cependant détruire tout à fait en lui
le sentiment de la conscience et l'instinct moral.

L'Hottentot vit en société, tout sauvage qu'il est.
Or, toute société porte sur des lois : et ces lois,
en vertu desquelles il devient un être sociable, sur
quoi portent-elles? Va parmi ces peuples dont tu
vantes les plaisirs et la liberté, et tu verras si dans
leurs Krulls ils ne se croient pas obligés à une
assistance mutuelle, au dévouement le plus généreux
pour la patrie, à des devoirs et à une fidélité réciproques ; tu verras si chacun d'eux n'a pas ses
droits que les autres respectent, et si celui qui les
viole n'est pas censé coupable.

Tu vois, mon fils, combien sont frivoles ces

déclamations si rabattues contre la loi naturelle et
contre la raison. Deux principes se combattent en
nous, qui tous deux veulent avoir l'empire; la
raison, les passions. Lequel des deux est fait pour
nous gouverner? « Les passions entraînent, dit un
» sage, et la raison conduit. » Des passions naissent les vains sophismes : la raison les dissipe.
Les passions nous aveuglent : la raison nous éclaire.
Les passions n'envisagent que le moment; elles
n'embrassent qu'un seul objet; elles ne voient, pour
ainsi dire, qu'un point de l'espace qu'elles nous
font parcourir : la raison s'instruit par l'expérience
du passé; elle perce dans l'avenir : elle prévoit
les suites, elle compare les biens et les maux;
elle balance les avantages et les inconvéniens, et se
trompe rarement sur le résultat, quand l'esprit est
droit et le cœur bien préparé. Les passions ont des
douceurs; mais ce sont des douceurs trompeuses,
qui nous cachent l'amertume qui en est le châtiment et la suite la plus ordinaire. C'est ainsi,
comme Hobbes le remarque lui-même, que l'in-
tempérance est naturellement punie par les maladies; la témérité, par la honte et les désordres,
l'injustice, par les attaques des ennemis qu'elle s'est
formés; l'orgueil, par l'abaissement et la ruine;
la lâcheté, par l'oppression; la négligence de ceux
qui nous gouvernent, par la rébellion; et la rébellion, par les meurtres et le carnage : car, puisque les peines, ajoute-t-il, sont une suite de la
violation des lois, les peines naturelles doivent être

une suite de la violation des lois naturelles, et par conséquent y être attachées comme leur effet propre, et non comme un effet arbitraire. Ainsi, mon fils, le plaisir d'abord, et ensuite les regrets et la douleur; voilà l'effet ordinaire du déréglement des passions. La raison, au contraire, fait pratiquer des vertus, exige des sacrifices, qui peut-être nous coûtent pour l'instant; mais elle nous montre à sa suite la paix et le bonheur.

Cette perspective est trop intéressante, cher Valmont, pour ne pas nous arrêter plus long-temps. Je sens que pour répondre à tout, je te dois encore, sur cet objet, une autre lettre.

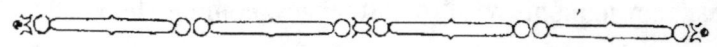

LETTRE XXIIᵉ.

Le marquis fait part à sa fille de la lettre qu'il a reçue de son époux, et il en déduit pour elle des consolations et des espérances.

LETTRE XXIIIᵉ.

Le marquis de Valmont à son fils.

J'en ai appelé à ton cœur, cher Valmont, à la nature des choses, à la nature de l'homme, à celle même de l'Être suprême, à sa sagesse éternelle et nécessaire, à son amour invariable pour l'ordre, à toutes ses perfections; et j'ai dû te forcer à convenir qu'il y a une véritable loi éternelle qui oblige tous les hommes; que les notions du juste et de l'injuste ne sont point arbitraires; qu'il y a une distinction réelle entre le vice et la vertu; et que la raison que le ciel t'a donné en partage est aussi la première règle qu'il t'a donnée pour guide. Mais tu éprouves en toi des penchans que la raison condamne, et tu trouves dès lors cette

loi trop dure et ces penchans trop doux. Les
passions t'attirent, la vertu t'effraie, et, pressé
par le désir d'être heureux, tu prends le parti du
vice, lors même que tu te sens contraint d'applaudir à la vertu.

Mon fils, apprends à la connaître, et tu avoueras
que la loi qui t'en fait un devoir n'est point une
loi trop sévère, et ne tend qu'à notre bonheur.
Et quel est en effet le sacré caractère de cette vertu
que tu redoutes si fort? La bienveillance universelle,
l'amour de l'ordre et du bien commun. Mais qu'y
a-t-il de plus doux qu'un tel sentiment? Celui qui
aime le bien, qui aime la gloire de son Dieu par-dessus tout, qui aime le bonheur de ses semblables,
et dans une juste proportion, le plus grand bonheur
de tous, qui s'aime lui-même comme il fait, ne
conçoit que des idées grandes, n'enfante que des
projets heureux, n'éprouve que des affections nobles
et touchantes, n'est épris que des charmes les plus
vrais. Un vil intérêt, un faux point d'honneur, un
vain désir de gloire, ne viennent pas dégrader ses
vues, rétrécir ses goûts, et concentrer tous ses penchans dans la bassesse du *moi* humain. Son âme
sensible et tendre se fait des plaisirs que les méchans ne connaissent pas; elle se voit dans l'ordre,
et elle est satisfaite; elle sent avec une joie vive et
pure qu'elle est ce qu'elle doit être, qu'elle fait ce
qu'elle doit faire, qu'elle a droit à sa propre estime,
et se rend le témoignage le plus flatteur, celui de
sa conscience, qui lui tient lieu des éloges de tout

l'univers. Dans l'une et l'autre fortune l'homme
vertueux jouit en paix de son Dieu, comme il jouit
de lui-même ; il jouit avec transport de toute la
nature ; il jouit sans crainte et sans envie de tout
ce qu'il y a de bon dans les autres, et s'efforce
de le rendre meilleur ; il supporte sans aigreur,
sans amertume le mal qui s'y rencontre et qu'il ne
peut y corriger ; il prête à tout ce qu'il voit le
jour le plus favorable ; il embellit tout ce qu'il
touche ; il porte à tout un tendre intérêt ; il ne fait
point d'infortunés, et ne permet point qu'il y en ait,
si ce n'est parmi ceux qui, en nuisant aux autres,
font eux-mêmes leur infortune. Si, de son propre
choix, il fait couler des larmes, ce sont des larmes
d'attendrissement et de reconnaissance ; s'il s'élève
des cris à son approche, ce sont des cris d'applau-
dissement et de joie. On ne voit autour de lui
que des heureux, dont le bonheur est son ouvrage ;
et au milieu d'eux pourrait-il ne pas être heureux
lui-même ?

O Valmont ! aux cieux et sur la terre, tout
sourit à la vertu. Les faveurs toutes spéciales d'une
Providence attentive à nos besoins sont pour elle :
à la bienveillance qu'elle fait naître se joignent,
de la part des autres hommes, des secours réciproques, une assistance mutuelle ; l'estime, la considération, le respect et l'amour, lui assurent le
plus doux empire sur tous les cœurs.

« Mais, dans toutes les situations de la vie, la

» vertu a des privations pénibles ; elle ne parle
» que de renoncemens et de combats ; quand elle
» triomphe, c'est presque toujours de notre cœur. »

Oui, mon fils ; mais quel triomphe ! Il est le
premier prix de la vertu. Eh ! quel est le juste
qui se soit repenti d'avoir bien fait ? Les premiers
efforts sont pénibles, j'en conviens ; et il fallait
qu'ils le fussent pour être méritoires. Les premiers
actes de vertu sont difficiles ; mais que l'habitude
en est aisée ! et que ses fruits ont de douceur
pour celui qui les recueille ! Et quels sont ces
plaisirs dont la vertu te prive ? quelles sont ces
passions qu'elle modère, et ces biens qu'elles te
fait perdre ? Examine-les avec soin, et tu verras
que ce sont des plaisirs qui, pour l'ordinaire,
t'apporteraient plus d'ennui, de regrets et de douleurs qu'il ne t'auraient causé de contentement et
de joie ; que ce sont des passions qui feraient ton
malheur en faisant celui des autres ; que ce sont
de faux biens que suivraient tôt ou tard de véritables maux.

« Mais, me diras-tu, elle n'a donc pas besoin
d'autre récompense qu'elle-même ? » Non, mon fils,
elle n'en aurait pas besoin ; disons mieux, une
autre récompense ne lui serait pas absolument nécessaire pour satisfaire strictement aux vues de
l'Etre suprême, à ses attributs essentiels de sagesse,
de justice et d'amour pour le bien ; si pour tous
les hommes les charmes de la vertu étaient plus

5

sensibles, s'il n'y avait pas d'exceptions aux avantages dont elle est la source, et si quelquefois
même, elle n'exigeait pas des sacrifices dont rien
ne pourrait lui tenir lieu dès qu'elle n'aurait plus
rien à se promettre en les faisant. Mais, avouons-le,
cher Valmont, à considérer les choses telles qu'elles
sont et sous tous les rapports, ah! que l'Etre
suprême aurait bien mal pourvu à la sanction de
sa loi, aux intérêts de la vertu, à ceux de sa propre gloire, à ce qu'il doit aux penchans qu'il a mis
en nous, à ce qu'il se doit à lui-même, si, dans
l'état présent des choses, il n'y avait point d'autre
récompense pour la vertu que celles qui sont renfermées dans les bornes étroites de cette vie, et
si nous n'avions pas d'autres prix à en attendre
que la douceur qu'on trouve à la pratiquer. Quelle
force aurait pour le commun des hommes la loi
pénible du devoir, si à l'attrait du vice le souverain législateur n'avait opposé que les charmes de
la vertu?

Personne, mon fils, n'est plus persuadé que moi,
qu'à parler en général, la vertu a déjà son prix
ici-bas; et je te l'ai assez prouvé en te développant ses avantages. Oui, sans doute, dans presque
tous les cas, Dieu, jaloux du bien de ses créatures, a uni dès cette vie même la vertu et le bonheur. Mais Dieu, aussi sage que bon, a voulu
que dans toutes les situations de la vie il y en eût
quelques-unes du moins qui, opposant le mal au
bien, l'infortune à la vertu, fissent voir au milieu

de l'ordre universel et de la loi commune, un désordre apparent. Il l'a voulu pour laisser une sorte d'équilibre à la liberté, de l'exercice à la vertu, des motifs plus purs et de plus nobles espérances au vrai juste qui la chérit.

Car enfin, que sera-ce donc lorsque le sacrifice sera de tout nous-mêmes, de tout l'homme ; lorsqu'il s'agira de s'immoler tout entier pour le bien commun, pour le devoir, pour l'intérêt de la vertu ? Ce ne sont point là de ces dispositions gratuites, de ces cas métaphysiques et qui ne se rencontrent pas. Que fera donc cet homme vertueux ? Forcé de choisir entre la gloire de son Dieu et le glaive du persécuteur, entre le salut de sa patrie et le sien, entre l'injustice et la mort qu'on lui prépare, cessera-t-il d'être juste parce qu'il faudra cesser de vivre ? Non, généreux mortel, vrai citoyen, vrai juste, consomme ton sacrifice ; obéis à la loi du premier et du plus grand de tous les maîtres ; meurs, puisque c'est pour toi un devoir de mourir. L'acte le plus héroïque de la vertu ne sera pas à ton égard sans dédommagement et sans fruit, et le législateur suprême qui te l'ordonne saura bien, par une vie meilleure, s'acquitter envers toi de ce qu'il doit à ton obéissance.

Eh ! mon fils, puisque endurer les tourmens et la mort plutôt que d'être injuste est vraiment une loi, puisque cette loi est émanée de Dieu même, ne doit-il pas à sa propre sagesse d'y joindre les motifs et la force nécessaire pour la faire accomplir? ne doit-il pas à son amour pour la vertu, de la rendre heureuse; à son horreur pour le vice, d'y joindre les châtimens et l'infortune?

Eh quoi! suffira-t-il, pour être vicieux en toute assurance, de s'être fait un front sans pudeur; de pouvoir tout et de tout oser sans inquiétudes et sans alarmes; d'avoir trouvé le secret de faire taire sa conscience pour n'écouter que le langage des passions et du crime? Quoi! la vertu seule sera-t-elle craintive et timide? s'effraiera-t-elle sans fondement des plus légères transgressions de la loi? sera-t-elle délicate, scrupuleuse et fidèle sans la moindre espérance?

Quoi donc! avec un cœur si sensible et si tendre nous fera-t-elle renouveler à chaque instant le sacrifice de nos passions les plus chères; immoler au Dieu des vertus tous les désirs que ce Dieu saint réprouve; arrêter, réprimer par une vigilance et des efforts continuels toutes les fougues du tempérament et toutes les saillies de l'imagination; tout surmonter et tout souffrir pour faire le bien, avec tant d'occasions et de facilité peut-être pour faire le mal, sans que jamais elle puisse rien attendre de tant d'héroïsme et de fidélité? Opprimée enfin par le vice, languira-t-elle quelquefois dans l'indigence, dans l'opprobre et dans les larmes, sans consolation, sans appui, sans autre ressource que celle de se dire à elle-même : ce que je souffre, je ne l'ai point mérité? Non, non; dis au juste, mon fils, que ses combats ne seront point sans honneur; que ses travaux ne seront point stériles, que les larmes qu'il répand ne sont pas sans témoins, et ne demeureront pas sans récompense : dis-lui que Dieu a mieux pourvu à l'intérêt de sa loi; et que, si, moins puissant ou moins sage à cet égard que les maîtres de la terre, il n'avait rien fait pour déterminer efficacement le vrai sage à la suivre, et pour le récompenser de l'avoir suivie, il cesserait d'être Dieu.

Aussi, mon fils, écoute les menaces que lui-même a faites au vice et les promesses qu'il a faites à la vertu : c'est par la voix de la nature qu'il a daigné les faire. Prends garde à ce cri intérieur qui se fait entendre à l'injuste tant qu'il n'a pas entièrement abjuré l'empire de sa raison, et qui lui dit : « Tu as péché, tu t'es rendu coupa- » ble; tremble : les hommes ne savent rien de ton » crime; mais tu le sais et tu te le reproches mal- » gré toi; un œil plus éclairé que celui des hom- » mes, l'œil d'un témoin, d'un juge que tu ne peux » tromper, que tu ne peux corrompre, cet œil l'a » vu; et ce juge suprême t'en demandera compte » un jour. » Admire au contraire quelle est l'heureuse sécurité du juste. Vois comme il perce sans crainte dans l'avenir; comme il porte sur l'éternité un regard ferme et assuré; combien, surtout à l'heure de la mort, c'est une ressource consolante pour lui que le souvenir d'une belle vie.

Eh! qui prouve mieux, mon fils, quel doit être
le partage de la vertu? L'espoir de vivre éternellement fut toujours son plus doux espoir, et le
désir du néant ne fut jamais que le coupable désir
des cœurs dépravés. Honteuse origine! ce désir naît
avec le vice et s'éteint avec lui. . . . . . .
. . . .
. . . .
. . . .

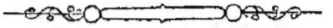

LETTRE XXIVe.

Le marquis ayant démontré à son fils la spiritualité et
l'immortalité de l'âme, ajoute :

O mon fils ! laisse la brute, et pense en homme;
n'avilis point ta nature par des comparaisons. Ce
n'est point, je crois, te prêter par un fol orgueil
des titres qui ne t'appartiennent pas que de te considérer ici-bas comme le ministre du Très-Haut et
le roi de ce monde qui t'environne. L'animal, res-
séré dans une sphère étroite, ne voit qu'autour de
lui; ton esprit, par ses connaissances et ses pensées, atteint jusqu'aux extrémités de l'univers. L'animal ne fait servir qu'un petit nombre de choses
à son usage, et ne peut étendre ses facultés au-delà :
tu fais tout servir à tes besoins ou à tes goûts ,
et tout dans la nature paraît fait pour toi. La brute
assujétie à une marche uniforme, à des opérations
invariables, ne peut presque rien perdre ni rien
acquérir : dirigée par un instinct nécessaire , elle
en suit les impulsions sans mérite comme sans erreur : ton âme, toujours active, invente, acquiert,
change ses coutumes et ses mœurs, se réforme,
s'instruit et paraît susceptible de développement à

l'infini : elle délibère, elle résout, elle se détermine quelquefois contre ses propres lumières, et laisse apercevoir des caractères de noblesse, de grandeur et de liberté jusque dans son orgueil, dans les bouillans transports de ses passions, dans leur honteux esclavage et dans les égaremens de sa raison. La brute n'a qu'une fin bornée ; elle n'est faite que pour des biens particuliers, et s'en contente : l'homme, créé pour le souverain bien, en possédant tout, en rapportant tout à lui-même, n'est pas encore satisfait, et n'est entièrement grand et vraiment heureux qu'autant qu'il rapporte tout à son Dieu. Que les animaux jouissent donc en paix de leur plaisir ; que la génisse, sans soins, sans soucis pour l'avenir, foule aux pieds l'herbe naissante ; que près d'elle le mouton bondisse dans la plaine ; que l'oiseau vole, et chante, qu'ils vivent sans crainte et intérieurement sans combats, qu'ils se livrent sans scrupule et sans remords à leurs appétits grossiers, c'est pour cette sorte de félicité qu'ils sont faits. Mais pour toi, mon fils, lève les yeux au ciel : souviens-toi qu'un autre genre de bonheur t'est destiné, et que pour y parvenir, il faut le mériter. Convaincu de ton immortalité, que son souvenir dirige toutes tes vues, tous tes projets.

O Valmont ! que tel soit en toi l'heureux fruit des grandes vérités que je viens de méditer en ta faveur. Respecte ta raison comme l'organe de la Divinité, comme le premier guide qu'elle t'ait donné, et l'unique fondement de la véritable grandeur : respecte ton âme comme le sanctuaire, comme l'image de Dieu même ; garde ta conscience exempte de toute illusion, libre de tout préjugé ; et respecte-la alors comme l'expression fidèle des volontés de ton maître, et l'heureux interprète de ses lois toujours saintes : sois fidèle à l'honneur ; mais ne le fais pas dépendre des opinions aveugles d'un monde inconstant et frivole ; que ce ne soit point cet honneur changeant et bizarre, aussi mobile que l'onde agitée, aussi frêle que les jugemens vains et trompeurs sur lesquels il est appuyé ; que ce soit cet honneur réel, constant, invariable, que l'honnête homme trouve au fond de son cœur. Suis la vertu comme l'unique route qui puisse conduire au bonheur : que ton âme s'ouvre pour toujours à la bienveillance universelle, assuré que tu recevras tôt au tard le prix de ta fidélité, et qu'il ne peut y avoir de contradiction entre les sacrifices qu'exige de toi l'obéissance à la loi et ta félicité, entre le bien commun et ton propre intérêt : agis constamment d'après des principes si nobles, si beaux en eux-mêmes, si sûrs, si intéressans dans la pratique ; et que le grand bien, mesuré sur les circonstances et sur tes propres forces, serve de règle à ta conduite. Voilà, mon fils, pour tous les hommes, la vraie loi de la raison, et celle que leur impose leur nature.

Maintenant compare mes maximes avec les tiennes ; mon plan de conduite avec celui que tu t'es

formé. Rassemble toutes les vérités que je t'ai
exposées, et que tous les hommes agissent d'après
elles : quels fruits précieux vont en résulter pour
le bonheur de chacun d'eux et pour la félicité
commune! au contraire, anéantis ces vérités. Quel
chaos que le monde! quelle anarchie va s'établir
sur la ruine de toute autorité! quel anéantissement
de tous les droits! quel renversement de toute justice et quels dangers pour toi-même! Tous les
liens vont être rompus, toute société va se dissou-
dre; et, réduit à un état pire que celui des sauvages mêmes, qui ont du moins un commencement
de loi naturelle et des premiers principes de bienveillance pour leurs semblables, tu craindras dans
chaque homme un ennemi, et ton ombre te fera
peur. Ah! qu'un Dieu ami des hommes a pourvu
sagement à leur intérêt ainsi qu'à sa gloire en met-
tant dans leur cœur ce sens moral, cet instinct
naturel de droiture et d'équité qui repousse avec
force ces dogmes destructeurs, et qui forme en nous
l'heureux germe de toutes les vertus! En le développant ce germe, j'ai rempli en ta faveur les desseins de ce Dieu bienfaisant; et si la connaissance
de la vérité te devient chère, souviens-toi, mon fils
que c'est à lui que tu en dois la plus tendre et la
plus vive reconnaissance.

Je te vois, dès le matin, allant frapper à la porte du pauvre   Lettre III.

LETTRE XXVᵉ, XXVIᵉ.

Emilie exprime à son père le bonheur que lui fait ressentir
l'amélioration sensible des principes et de la conduite de
son époux ; cependant elle lui demande sa pensée sur les spectacles où elle serait tentée d'aller chercher des distractions
à ses peines. — Le comte est convaincu des vérités que
son père lui a démontrées ; mais ne pourrait-on pas être
vertueux, et digne de Dieu, sans être chrétien, par
exemple. Tel est l'objet de sa lettre au marquis.

LETTRE XXVIIᵉ.

Le marquis de Valmont à son fils.

Je bénis le ciel, il m'a fait retrouver mon fils !...
Mon fils croit à la vertu, et nous sommes d'accord
sur l'autorité sainte des lois de la nature. Mais la
loi naturelle, la seule raison suffit-elle à nos besoins ? Cher Valmont, si elle te suffit en effet, ne
crains pas que je t'impose un nouveau joug, un
joug inutile, et une loi arbitraire. Ce n'est pas pour

te rendre la vertu plus dure et plus pénible que
je prétends t'éclairer ; c'est pour te la rendre plus
douce et plus facile, et je ne veux pour toi de
loi que celle qui peut servir à ton bonheur.

S'il est un guide plus sûr encore et plus fidèle
que le ciel t'ait donné, me saurais-tu mauvais gré
de te le faire connaître? puisque la vérité, la vertu,
sont maintenant de quelque prix à tes yeux, pourrais-tu être indifférent à ce qui te rendrait vraiment
sage et solidement vertueux?

La raison est notre premier guide : eh, mon
fils! qui l'avouera mieux que moi? et ne t'ai-je
pas appris le premier à la respecter? Mais ce guide
que je révère est-il le seul que nous devions suivre? et de nouvelles lumières, une autorité plus
précise, une règle plus facile, ne seraient-elles pas
à désirer?

Prends y garde, cher Valmont, autant il est
insensé de trop déprimer la raison, autant l'est-il
de se former une trop haute idée de son pouvoir : la
méconnaître, ou trop présumer de ses forces, sont
deux excès également dangereux. Autrefois tu te
plaisais à la dégrader; tu ne la regardais que
comme un instrument mobile et changeant, que
comme une règle incertaine; tu lui refusais tout
crédit : tu te trompais, et tu as été forcé d'en
convenir. Aujourd'hui, bien différent de toi-même,
tu donnes tout à sa lumière, et tu te trompes
encore.

Ah! sans doute, l'autorité sans la raison n'a aucun fondement solide; elle ne porte plus sur rien qui la distingue de l'erreur, et qui lui donne le sacré caractère de la vérité; elle peut être également l'autorité mensongère du bonze ou du druide; elle peut emprunter tour à tour la voix de la nymphe Egérie et le glaive de Mahomet. Croire sans la raison et contre la raison même, c'est le partage des imbéciles, des superstitieux et des fanatiques; c'est, sous le prétexte imposant de sacrifier son entendement à la Divinité pour en recevoir des enseignemens plus sûrs, s'arracher les yeux pour mieux voir.

Mais que, dans l'état où sont les hommes, la raison brille suffisamment de sa propre lumière et se soutienne sans aucun autre appui; qu'elle soit l'unique maître que nous devions écouter; qu'elle n'ait besoin que d'être consultée pour nous instruire; et qu'en nous enseignant elle nous dise tout ce qu'il nous importe de savoir, c'est ce que tu ne prouveras jamais, et ce que tu prouverais en vain contre l'expérience de tous les siècles.

Ouvre, mon fils, la grande et étonnante histoire du genre humain; prends-la où tu voudras; considère-la dans tous les âges; suis-en les révolutions parmi tous les peuples qui n'ont eu que leur entendement pour guide; qu'elle fixe ton attention et tes regards sur les contrées nouvellement découvertes, sur le Nouveau-Monde, comme sur celui qui nous est connu de tous les temps, hélas! en tout temps, en tous lieux, que t'offrira-t-elle? que l'histoire de nos erreurs. Dans un coin de ce vaste univers, un seul peuple eut autrefois des notions saines sur la Divinité, sur les devoirs de l'homme, et c'est Dieu même qui l'a instruit. Partout ailleurs, et c'est sur les objets les plus importans, quelle étrange stupidité, quel égarement et quelles ténèbres! Sans vouloir t'éblouir par le vain étalage d'une érudition dont tant d'autres ont fait les frais avant moi, et passant rapidement sur tout le reste, j'insisterai sur un seul article, parce qu'il est le premier et le plus intéressant aux yeux de la raison; parce qu'il est d'ailleurs la règle essentielle des mœurs et le fondement de la loi naturelle; parce qu'enfin c'est de lui que dépend en grande partie ce que nous devons croire et espérer. Cet article, le plus important de tous, c'est l'idée que nous devons nous former de la Divinité.

Ici, Valmont, mesure bien les forces de l'entendement humain, et rougis pour ta faible raison. Quel tableau, à cet égard, que celui du monde entier! Le vrai Dieu, le Dieu de tous les êtres ignoré et méconnu; ce Dieu unique, indépendant, existant par lui-même, divisé en autant de dieux dépendans et muables qu'il y avait aux cieux d'êtres qu'il avait créés; les divinités les plus bizarres mises à la place de l'être le plus parfait; de vils mortels adorés par leurs semblables; le bœuf, le chien, le chat et le crocodile encensés par des prêtres; le soleil et la terre, les oignons et les plantes; de vains noms, la fortune et la peur, devenus l'objet des hommages d'un aveugle fanatisme; des peuples, des sages prosternés devant des dieux de bois, de pierre ou de métal, devant des figures grotesques dont l'artiste maladroit riait en les formant, et qu'il adorait avec son peuple après les avoir formées; nos pères eux-mêmes...... Ah! je frémis à ce triste souvenir; nos pères à genoux devant de honteux simulacres, et nous, mon fils, qui y serions encore sans la foi de nos premiers apôtres; des superstitions communes aux simples et aux savans, des poulets consultés de bonne foi par des héros; le vol des oiseaux faisant trembler les plus fiers courages; des cultes infâmes, des sacrifices impurs, des dieux parjures, incestueux, adultères; des divinités cruelles et barbares; des victimes humaines, le vice dans les temples, sur les autels, et dans presque tous les cœurs : voilà, mon fils, voilà l'homme abandonné à lui-même.... O aveuglement! ô folie! dont on oserait à peine le croire capable, et qu'on serait tenté de regarder comme une calomnie contre le genre humain, si elle n'était attestée par l'expérience de tous les siècles, et par les exemples de toutes les nations. Grand Dieu! de quelle nuit profonde as-tu tiré l'univers! et dans quel siècle heureux, sous quelle aimable loi m'as-tu fait naître?

Je ne t'ai encore montré les égaremens de la

raison que dans la multitude : et ce serait déjà, mon fils, prouver assez contre toi, puisque enfin c'est le grand nombre, c'est le commun des hommes qui a le plus besoin d'instruction. C'est celui surtout qui, n'ayant ni la force d'esprit, ni le temps, ni la volonté, ni .les moyens nécessaires pour faire une étude raisonnée de la religion et de la morale, a aussi le besoin le plus pressant d'être éclairé et fixé par une autorité.

Mais, à l'égard des philosophes et des sages eux-mêmes, qu'est-ce donc que la seule lumière naturelle? et jusqu'ici a-t-elle bien pu leur suffire ? Parmi eux que d'écoles et de sectes contraires ! que d'opinions diverses sur la nature de Dieu, sur l'origine du monde, sur la destination de l'homme et sur les principes de la morale ! Malgré toutes les recherches des sages de l'antiquité, Dieu, le vrai Dieu leur était presque aussi inconnu qu'au reste des hommes : ils ne l'apercevaient qu'à travers un voile qui leur en dérobait les attributs les plus essentiels, et leur cachait tout l'éclat de sa majesté. Tantôt ils voulaient qu'un destin aveugle présidât seul à ses déterminations, et lui servît de loi : le fatalisme, si absurde en lui-même, était l'opinion la plus commune. Tantôt ils limitaient le pouvoir du souverain Etre en lui opposant une seconde divinité, à laquelle ils attribuaient tous les désordres qu'ils croyaient apercevoir dans quelques-unes des parties de ce monde : dans ce système aussi absurde qu'impie, un bon et un mauvais principe, le dieu du bien et le dieu du mal (et peut-il jamais y avoir un tel dieu ?) partageait également l'empire de l'univers. Plusieurs imaginaient une matière éternelle et subtile qui circulait dans toute la nature, la modifiait, l'animait et trouvait dans son propre fonds le mouvement qu'elle lui donnait, comme si le mouvement, par ses lois et ses changemens divers, ne supposait pas dans l'univers un moteur! Les autres, quoiqu'en petit nombre, distinguaient à la vérité l'Etre purement spirituel d'avec tout ce qui est matière, et toutefois ils le considéraient non pas comme l'auteur de la nature, mais comme celui qui en avait modélé les formes, qui en avait réglé les mouvemens, qui en avait disposé avec sagesse tous les êtres qui la composent, et qui existait comme lui de toute éternité : insensés, qui ne s'apercevaient pas qu'en faisant de toutes les parties de ce grand ouvrage autant d'êtres éternels et nécessaires, ils en faisaient autant de divinités! tant il est vrai, mon fils, que toute la sagesse selon le monde n'est que folie devant Dieu.

Ces sages tant vantés n'étaient pas mieux instruits de ce qui regarde l'homme, son état actuel et sa destination. Varron, le plus savant des auteurs païens, compte près de trois cents opinions différentes sur la seule question du souverain bien, ils ne s'accordaient pas davantage sur la vertu; ils ne formaient sur l'immortalité de l'âme que des conjec-

tures : partout ils hésitent, ils chancellent, ils se
contredisent eux-mêmes; et les plus habiles d'entre
eux sont ceux qui confessent le plus hautement leur
ignorance. Socrate reconnaît sans peine qu'il aurait
besoin de lumières plus sûres pour se conduire,
ou de la parole de Dieu même qui lui servît de
guide ; il ne croit pas qu'on puisse réussir à réformer
les hommes, à moins qu'il ne plaise à Dieu de nous
envoyer quelqu'un qui nous instruise de sa part :
étonnant aveu de notre faiblesse dans la bouche
d'un tel sage ! sentiment de nos besoins qui est le
plus bel effort auquel puisse se porter la sagesse
humaine ! Platon, en nous exposant la mort de son
maître, nous fait part de ses craintes : après avoir
fait à ses amis le discours le plus sublime sur
l'immortalité de l'âme, Socrate le termine en dou-
tant si l'âme est immortelle. Platon lui-même, qui
distingue si nettement l'esprit et la matière, qui
reconnaît un Créateur suprême, et qu'on admire
par de si beaux endroits, se dément honteusement,
en faisant partager les honneurs de la divinité aux
astres, à la terre et aux démons. Cicéron ne commence son *Traité sur la nature des dieux* qu'en
avouant que rien n'est plus difficile, que rien n'est
plus obscur que cette matière, sur laquelle, dit-il,
les sentimens des hommes les plus éclairés sont si
différens et si partagés. O raison ! faible raison !
jusqu'où donc vont tes forces ? Et sont-ce bien là
les merveilles enfantées par tes sages ?

Maintenant, Valmont, que les esprits-forts de nos jours s'appuient sur leurs propres lumières, je leur demanderai s'ils ont plus de force d'esprit que les sages de l'antiquité païenne. Je ferai plus, je les opposerai les uns aux autres, et je leur ferai voir combien ils diffèrent entre eux; je leur montrerai en les opposant à eux-mêmes, sur combien d'articles de la loi naturelle ils se contredisent et s'égarent tous les jours; je ferai plus encore, je lèverai le masque qui les couvre, et l'on connaîtra combien, sous une apparence de respect pour la loi naturelle, ils cachent un fond d'indifférence pour toute loi en général, un esprit de vertige, de système, et le plus souvent de pyrrhonisme à l'égard de toute vérité. Eh, mon fils, tu les as entendus parler, tu as lu leurs écrits, tu as pensé avec eux et comme eux; dis-moi donc, et interroge fidèlement ta conscience et ta mémoire, qu'as-tu entendu dans leurs entretiens? qu'as-tu vu dans leurs ouvrages, que la théorie du matérialisme et la morale des passions? Au milieu de leurs subtils et inintelligibles systèmes, que sont-ils en effet, pour la plupart, que des matérialistes déguisés? Déistes pour la forme, épicuriens pour le fonds; parlons mieux, et, pour ne leur rien imputer que tu puisses désavouer en leur nom, ne sachant eux-mêmes ce qu'ils sont, dogmatiques aujourd'hui, demain pyrrhoniens; changeant d'opinion et de langage selon les circonstances et les temps; n'ayant jamais, d'un ouvrage à l'autre ni deux jours de

suite, la même philosophie, s'enveloppant de grands
mots vides de sens, par lesquels ils substituent à
la science simple et modeste le jargon philosophi-
gue ; raisonnant par enthousiasme, et posant avec
tout le feu du génie et tout le brillant de l'élocu-
tion, des absurdités en principes; se donnant pour
les restaurateurs et les guides du genre humain,
et croyant nous faire trouver la lumière au sein de
l'obscurité la plus profonde : hélas! où est donc,
en fait de religion, la règle précise de ceux qui
n'en ont point d'autre que celle de leur raison !

Et, pour les vérités qui concernent les mœurs,
nos nouveaux philosophes sont-ils plus sages et plus
éclairés que pour celles qui appartiennent à la
religion? Quels sont les fondemens sacrés de leur
morale? Ici c'est la conformité d'origine, de penchans
et de loi dans les brutes et dans les hommes, qui
est l'unique base de la loi naturelle : là ce sont
les conventions, les institutions politiques qui font
tout le mérite et le démérite de ce qu'on appelle
vice et vertu. Pour les uns c'est l'utilité publique,
c'est le salut du peuple, par opposition au bien
même de l'humanité tout entière, qui dans chaque
société, dans chaque état, détermine ce qui est,
juste ou injuste, ce qui est vertueux ou vicieux.
Parmi les autres c'est l'intérêt personnel qui est la
source et la règle de toute justice. Quelques-uns
donnent pour principes des grandes et belles actions
la sensibilité physique, l'amour et la volupté. Tous

enfin, favorisant également le libertinage, le luxe,
l'indépendance, l'orgueil et toutes les passions, font
tour à tour, ou tout à la fois peut-être horreur et
pitié.

O mon fils, moins philosophe, à bien des égards,
et moins conséquens que les sages de l'antiquité
païenne, il est aisé de voir à leurs égaremens
monstrueux, que, nés au sein du Christianisme,
ils ont abusé de plus de secours que ceux-là n'en
avaient reçu, et éteint au fond de leur âme plus
de véritables lumières. Ils sont tombés, comme les
anciens sages, dans l'aveuglement et les ténèbres ;
mais ils sont tombés de plus haut. J'admire souvent
dans leur morale, quoique si imparfaite encore, les
Socrate, les Platon, les Cicéron, les Sénèque, les
Marc-Aurèle, les Epictète ; tandis que mon cœur et
ma raison se soulèvent contre les maximes indé-
centes et perverses des faux sages de notre siècle.

Et quand leurs lumières seraient plus pures, à
qui en appartiendraient le mérite et l'honneur, si
ce n'est à la religion sainte qui les a formés? Les
ingrats ! pour ne pas reconnaître ce qu'ils lui doivent, ils oublient tout ce qu'ils ont emprunté d'elle.
Ah! s'ils daignaient se souvenir du premier rayon
qui éclaira leur berceau, des premières leçons
qu'on donna à leur enfance, ils avoueraient que
tout ce qu'ils ont appris de plus vrai, ils le tiennent de cette religion qu'ils méprisent; qu'on leur
avait inculqué la science et la sagesse avant qu'ils

pussent se glorifier d'être sages, et que personne n'enseigne et ne pratique mieux les devoirs de la loi naturelle que l'humble fidèle éclairé par la lumière de l'Evangile.

C'est cette loi évangélique qui détermine le culte qu'on doit à la Divinité; car enfin, si Dieu existe, si nous lui devons un hommage comme à l'auteur de notre être qui nous a créés pour lui, si nous lui devons un hommage et un culte extérieurs, un hommage de l'esprit et du corps, comme à celui qui a formé l'un et l'autre, et qui a mis entre ces deux substances une correspondance réciproque et un rapport nécessaire; si nous lui devons un culte public, comme au père commun de tous les hommes, qui les a réunis en société, qui en a fait une même famille dont il est le chef, qui leur a donné l'usage de toutes les créatures pour qu'ils en rendissent tous ensemble un même tribut à sa gloire; qui est-ce qui déterminera par les seules lumières naturelles le culte vraiment digne de lui, et le genre de sacrifice qui, pour l'honorer, pour nous le rendre propice, pour expier nos fautes, peut lui être offert sans déroger à sa majesté? Admettrons-nous également tous les cultes? Ils se contredisent entre eux; ils contredisent pour la plupart les attributs essentiels de l'Etre suprême; ils sont contraires à la perfection et au bonheur de l'homme. Prétendre qu'ils sont tous également propres à glorifier le souverain Etre, c'est vouloir que Dieu soit dignement honoré par des contradictions et des absurdités.

Je termine par ces mots : Une religion qui croit toutes les autres religions permises n'est pas une religion, mais une dérision du culte religieux, parce qu'elle fait de la Divinité une idole à laquelle tout hommage est égal.

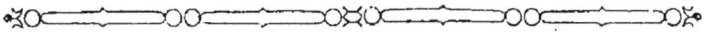

LETTRE XXVIIIe.

Le marquis continue de démontrer à son fils l'impuissance de la raison humaine et l'obligation de ne pas s'en tenir à la seule religion naturelle.

LETTRE XXIXe.

Le marquis de Valmont à la comtesse.

. . . .

. . . .

Maintenant, ma chère Emilie, je ne veux plus m'occuper dans cette lettre que du soin que tu m'imposes de t'éclairer, ainsi que ton amie, sur un article plus intéressant que tu ne le crois, celui des spectacles. Je suis charmé que tu m'aies fourni toi-même l'occasion de joindre sur cette matière quelques réflexions à celles que je t'ai déjà fait faire sur les lectures.

Mais avant tout, dis-moi, ma fille, est-ce à Emilie sage et raisonnable seulement, ou à Emilie chrétienne et sage tout ensemble que je vais parler?

Heureusement pour ton père et pour toi, la question n'est pas difficile à résoudre : j'écris à cette sage et fidèle Emilie qui, bien loin de séparer ces deux titres, ne croit pas pouvoir trouver de véritable sagesse ailleurs que dans la religion. Eh bien! je vais donc te parler d'abord le langage du Christianisme. Mais je ferai plus, je t'aiderai ensuite à parler aux autres le langage de la seule raison.

Comme chrétienne, ma fille, croirais-tu pouvoir allier l'école du monde avec celle de Jésus-Christ, et les maximes du théâtre avec la morale évangélique? Autant il y a de différence entre la lumière et les ténèbres, autant il y en a entre l'esprit qui règne sur la scène et celui qui éclaire, qui anime le vrai fidèle. Faire mourir en nous tout ce qui tient au monde et à ses folles passions, c'est-à-dire, comme parle le disciple chéri du plus saint et du plus aimable de tous les maîtres, tout ce qui flatte dans l'homme satisfaction de ses caprices et de ses passions, ou l'orgueil de la vie, voilà l'esprit du Christianisme : nourrir dans notre âme l'attachement au monde et ses penchans déréglés, voilà, sinon tout l'objet, au moins tout le fruit de nos spectacles. Dans l'Evangile, Jésus-Christ dit partout anathème au monde : sur le théâtre, le monde est partout, dans ce qu'on voit, dans ce qu'on entend, et au fond de notre cœur; c'est lui qui, sur la scène, établit les usages, détermine les bienséances, dicte les sentimens, dirige les affections, et peint de ses couleurs les vices et les vertus;

6

seul il y fixe la règle de nos mœurs, il juge en
dernier ressort, et en monarque suprême, il y
dicte des lois. Est-ce au pied de la croix, dans
l'Evangile de Jésus crucifié pour les hommes, que
tu prétends te former et t'instruire, ou bien est-ce
à l'école du monde et des passions? De ces deux
maîtres entièrement opposés, Jésus-Christ et le monde,
lequel choisis-tu? Si c'était le dernier, ma fille,
que me resterait-il à te dire? je frémirais; et l'a-
nathème prononcé par ton Dieu retomberait tout
entier sur toi. Et de quel front, sous quels prétextes iras-tu voir au spectacle des intrigues d'a-
mour, d'ambition, de vengeance ou de haine,
qu'avec tout l'art dangereux qui les accompagne,
tu n'oserais lire dans les romans; y entendre de
faux principes d'honneur, des leçons de plaisir et
de volupté qui t'effraieraient dans des entretiens,
et que nulle part avec de la religion tu ne pourrais
entendre de sang-froid? Ah! quel supplice le spectacle ne serait-il pas pour une âme qui y entre-
rait vraiment chrétienne, qui en sortirait également
fidèle, si une telle âme, forcée d'y entrer, pouvait
y donner quelque attention!

D'ailleurs, ma fille, sans autre discussion, tu es
enfant de l'Eglise, et heureusement née dans son
sein : si l'Eglise est ta mère, elle qui t'a enfantée
à Jésus-Christ; si ce nom si tendre n'est point un
vain nom; s'il exige de toi le même respect et la
même obéissance que tu auras droit d'exiger de

tes propres enfans, son langage sur les spectacles
ne doit pas être pour toi un langage indifférent,
et ton devoir est de consulter ce qu'elle dicte sur
un objet aussi intéressant. Que prononce-t-elle à
cet égard? Le même anathème que Jésus-Christ a
prononcé contre le monde. Dans aucun siècle son
langage n'a varié : dans ses conciles, par la voix
de ses souverains pontifes, par la bouche de ses
docteurs, par la prédication journalière de ses ministres, par les liens d'excommunication dans lesquels elle retient les acteurs, par l'infâmie dont
les ont notés les lois des princes animés du même
esprit qu'elle, par la croyance commune des peuples qu'elle instruit, ne te dit-elle pas d'une voix
assez haute, pour être entendue, que c'est pécher
contre son esprit et ses lois, contre les lois de la
religion tout entière que d'assister à ces sortes de
spectacles ?

Il ne reste donc, ma chère fille, à une âme
vraiment chrétienne, aucun appui solide sur lequel
elle puisse fonder, dans les circonstances les plus
communes, le droit et la liberté qu'elle se donnerait d'y assister : il ne lui est donc pas plus permis d'y accompagner ou d'y conduire les autres ;
par sa seule présence elle concourt au mal qui s'y
fait, elle y sert d'exemple; elle y tient lieu d'autorité, et plus ses mœurs sont pures, plus sa piété
partout est édifiante, plus aussi, dans ces lieux
dangereux et profanes, elle devient aux faibles un

sujet de scandale. Et quand il ne serait question
que des comédiens tous seuls, compterait-elle pour
rien d'être au nombre de ceux qui, en assistant à
leurs jeux, portent à leur âme le coup mortel qui
doit la perdre éternellement? Y aurait-il des spectacles s'il n'y avait point de spectateurs? et ce qui
se fait pour tout un public, ne se fait-il pas en
particulier pour chacun de ceux qui le composent?

« Mais il faut des amusemens, et il est bien
permis de se délasser quelquefois. » Oui, ma fille ;
mais, pour une âme vraiment chrétienne, il faut
des délassemens conformes à l'esprit du Christianisme. Ne crains pas que, censeur austère et ré-
formateur indiscret, sous prétexte de te prêcher la
mortification évangélique, j'ose bien t'interdire tous
les plaisirs qui te sont permis : mais encore faut-
il qu'ils le soient; encore faut-il qu'ils ne compro-
mettent point la piété et les mœurs; qu'ils n'aient
rien de contagieux; qu'ils n'inspirent point le goût
des faux plaisirs, l'amour de la frivolité, et l'esprit
de dissipation; qu'ils ne nous fassent pas trop
sortir de nous-mêmes pour nous attacher à de
vaines fictions, pour exciter en nous des passions
turbulentes, et pour nous livrer à des transports
que désavouent presque toujours la vertu et la raison. Eh! ne peut-on pas se délasser sans ces sortes
de plaisirs? Lorsque saint Louis crut devoir bannir
de son royaume les spectacles, ne restait-il plus
de délassemens à ceux qui en avaient besoin?

Mais surtout une âme belle et sensible n'a-t-elle pas au sein de sa famille, dans la société d'amis vertueux comme elle, dans les tendres épanchemens de la confiance, dans le goût même des lettres et des arts, des plaisirs purs qu'elle puisse se permettre? Hélas! si elle est plus belle et plus vertueuse encore, n'a-t-elle pas des spectacles plus intéressans qu'elle puisse se procurer, celui des malheureux qui souffrent et qu'elle va consoler? N'a-t-elle pas des larmes plus douces à verser, celles de la pitié pour les indigens qu'elle va visiter et soulager? N'a-t-elle pas un emploi plus noble et plus touchant à faire de ses richesses, en les ménageant pour des œuvres qui honorent l'humanité et la charité? Quel spectacle délicieux pour elle, lorsqu'elle voit un vieillard décrépit ranimer à sa vue cette froide et tremblante vieillesse à laquelle elle vient de servir d'appui; une veuve destituée de tout conseil et de toute ressource, lui ouvrir son cœur avec toute la liberté qu'inspire la confiance, et ressentir à son aspect les seuls transports de joie dont elle soit encore susceptible; des orphelins abandonnés accourir au-devant d'elle, recevoir ses tendres caresses, les lui rendre avec usure; et arroser ses mains de larmes arrachées moins encore par le besoin que par la reconnaissance! Ah! ma fille, ce sont là les plaisirs vraiment dignes de toi.

Quiconque en cherche d'autres au sein du monde et de la vanité, au sein des plaisirs bruyans et

tumultueux, des jeux, des cercles, des danses et
du théâtre, s'il se dit encore chrétien, rappelle-le
aux fonts sacrés sur lesquels il fut régénéré. C'est-
là qu'on promit en son nom le renoncement au
monde et à ses vains amusemens ; le sceau de la
religion confirma ces vœux solennels ; ils furent
écrits dans le livre de vie. Au grand jour où ce
livre s'ouvrira pour lui, où il sera jugé sur ce
qu'il renferme, où l'arbitre de son sort lui retracera
ses premiers engagemens, osera-t-il bien dire qu'en
se permettant ces divertissemens profanes, il n'a
point violé ses promesses, et que tout ce qu'il a
vu, tout ce qu'il a entendu dans ces assemblées
et sur nos théâtres, ne démentait point en lui
l'esprit du Christianisme !

Deux genres, dont le dernier se divise maintenant en bien des espèces différentes, partagent la
scène française : la tragédie, dont les effets sont
d'inspirer la compassion et la terreur, et la comé-
die, qui a pour objet d'amuser par la peinture des
ridicules.

Considérons ces deux genres par ce qu'ils ont de
commun : dans le peu que nous dirons tu distin-
gueras sans peine ce qui est propre à chacun d'eux.

Le but de ce spectacle, comme de tout autre
proprement dit, est d'intéresser non pas quelques
personnes seulement, mais tous les hommes en
général. C'est le goût public qu'il veut flatter, et
il ne peut y parvenir qu'en intéressant les passions !

Mais quelles passions? celles que les hommes trouvent le plus universellement en eux, qui frappent, qui émeuvent davantage la multitude. Je veux bien que son second objet soit d'instruire; mais on ne me niera pas que son premier but ne soit de plaire; et malheureusement je crois pouvoir prouver que de la manière dont on est presque toujours forcé de s'y prendre, ce premier objet nuit à l'autre, et y substitue pour l'ordinaire un effet tout opposé.

Quelle est cette multitude à laquelle on veut plaire et qu'il s'agit d'intéresser? Ce sont des hommes qui certainement, et quoiqu'ils en puissent dire, ne vont au spectacle que pour être amusés, et qui, dans la peinture qu'on y fait des mœurs, ne peuvent être affectés, comme ils désirent de l'être, qu'autant qu'on aura soin de ne pas y contrarier, jusqu'à un certain point, leurs penchans; qu'on y ménagera, qu'on y flattera même leurs passions favorites; qu'on y donnera aux vices qui leur sont le plus naturels un vernis d'héroïsme et de grandeur qui adoucisse à leurs propres yeux ce qu'auraient d'odieux des couleurs trop variées et des images trop ressemblantes. Ce sont des hommes pour la plupart volages et dissipés, bien plus susceptibles d'impressions nuisibles et dangereuses que d'impressions bonnes et utiles; des hommes qu'une morale exacte, qu'une raison sévère, ennuierait, rebuterait, et qui ne peuvent souffrir son langage qu'autant qu'il est tempéré par un langage plus doux, et racheté par des maximes qui s'accommodent mieux à leurs faiblesses. Ce sont des hommes qui veulent être remués, agités, vivement excités, à condition toutefois que ce ne sera pas en leur inspirant des remords, en faisant porter leur terreur et leur pitié sur leur propre misère, mais seulement en les attachant à de vaines fictions, où l'ombre qu'ils poursuivent puisse leur faire oublier la réalité ; où on les intéresse par le spectacle de passions et de malheurs qui ne soient ni trop loin d'eux ni trop près, et qu'ils puissent envisager sans un retour douloureux et pénible sur leur propre cœur : à condition encore que, si on veut les forcer à rire de leurs propres faiblesses, ce sera sans ôter à leurs passions les espèces de dédommagemens qui leur importent le plus; sans faire trop souffrir leur orgueil, si ce n'est peut-être dans la peinture de quelques vices que tout le monde abhorre, et qu'on charge si bien, que personne ne peut s'y reconnaître. Voilà, il faut en convenir, les hommes qu'on veut intéresser, qu'on veut amuser, et, pour la réduire aux termes les plus simples et les plus vrais, telle est la poétique de tous nos théâtres.

Aussi voyons-nous dans la plupart des pièces qu'on représente sur la scène, de violentes passions ennoblies avec art; des sottises héroïques, consacrées par de vieilles erreurs de fables ou d'histoires; de beaux sentimens qui ne sont, à bien dire, que des saillies extravagantes d'ambition et de vengeance; des fantômes de vertu qui en imposent par un vain coloris de grandeur; des per_sonnages qui, par leur caractère, leur rang, leurs sentimens et leurs exploits, réveillent au fond de l'âme ou flattent ses inclinations vicieuses d'où naissent en nous les révolutions les plus funestes. On y voit la passion la plus généralement répandue et la plus à craindre, s'élever sur la ruine de toutes les vertus, dominer presque dans tous les cœurs, et fonder les principaux intérêts; on y voit les faiblesses et les crimes qu'elle traîne à sa suite déguisés, palliés par le tour ingénieux d'une morale aussi fausse que séduisante, justifiés, autorisés par de grands exemples, présentés du moins sous les traits qui les font paraître plus dignes de compassion que de censure et de haine : on y voit les passions les plus ardentes et les plus dangereuses, ces passions qui sont les secrets mobiles du cœur humain, et qui enfantent tous nos malheurs, l'orgueil, l'esprit de domination, le ressentiment des injures, prendre un air de noblesse et d'élévation qui semble les rapprocher de la grandeur d'âme et du vrai courage. Près d'elles et à leur lumière, la fourberie est une politique sage et l'art de gouverner l'esprit de faction, le caractère d'une âme hardie, faite pour régner sur ses semblables; le duel, une loi de l'honneur; la vengeance, un devoir; le suicide, un droit à sa propre vie qui n'est ignoré que des lâches et des faibles. Les grandes fautes y sont données presque toutes à la destinée, et les

6..

dieux seuls y sont coupables du crime des hommes.
On y accoutume l'esprit à des horreurs auxquelles
il n'aurait jamais pensé ; et je suis persuadé qu'un
homme fait à nos spectacles sera moins étonné,
moins frappé d'un grand crime qu'une âme neuve
qui n'a jamais vu que l'image touchante de la
vertu, ou l'empreinte légère du ridicule.

On y voit les caractères vicieux altérés au gré de
l'intérêt qu'on veut répandre sur eux ; on les voit,
rachetant de scène en scène leurs grands vices par
des qualités brillantes, en devenir moins odieux.
On n'y sait ni qui perd ni qui gagne, du vice ou
de la vertu ; tout y est sacrifié au jeu des passions.
On y voit régner une enflure continuelle d'idées et
de sentimens ; on y entend, après quelques maximes vraies, des maximes fausses ; et chacun adopte,
selon son goût et son génie, celle qui lui convient
le mieux. La religion elle-même n'y est traitée,
surtout aujourd'hui, qu'avec indécence ; les dieux,
les autels, les oracles, les prodiges, les prêtres n'y
paraissent que pour être la matière d'un indigne
parallèle ; ils n'y sont offerts que pour nous engager
adroitement à confondre avec de faux cultes le culte
véritable, et n'y sont marqués que du sceau de la
haine et du mépris.

Là le plus honnête homme est presque toujours
le plus ridicule, et tout l'avantage y est pour le
plus fourbe et le plus adroit. Dans les pièces les
plus honnêtes, mentir est compté pour rien : dans
les plus utiles, dans les pièces de caractères, l'effet

qu'on envisage est presque toujours manqué, par
la nécessité de charger le caractère principal pour
le faire ressortir et le rendre plus intéressant. Souvent aussi on le revêt, malgré ses faiblesses, de
tant d'agrémens, on lui laisse tant de ressources,
qu'il est encore le beau rôle, le rôle qu'on voudrait jouer préférablement à ceux qu'on lui oppose.
Presque toujours, si le fond de la pièce est bon,
les détails en sont dangereux; et les leçons mêmes
qui seraient utiles aux uns deviennent pernicieuses
aux autres, selon les circonstances et les dispositions de ceux qui les reçoivent.

Ajoute, ma fille, à tout ce que je viens de dire
les prestiges de la déclamation, ce langage muet,
si éloquent, si persuasif, si séduisant, qui par un
geste parle aux yeux et pénètre le cœur, donne
de la vivacité aux passions, de la force au sentiment, et de la véhémence aux discours; qui exprime dans toute leur énergie les mouvemens de
l'âme que le poète même n'a rendu que faiblement;
qui fait illusion sur la fausseté des pensées et des
maximes, et fait applaudir au mensonge avec plus
de chaleur qu'on n'applaudirait à la vérité. Ajoute
le charme, l'enchantement du spectacle tout entier,
le cercle brillant d'une foule de personnes de l'un
et de l'autre sexe qui étalent à l'envie tous les
raffinemens de l'art et de la parure, qui affectent
tous les agrémens de la mode et tout l'éclat du
luxe, qui vont pour voir et pour être vues, qui
dans leurs yeux portent tout le feu des passions

qu'on exprime sur la scène. Ajoute les idées que font naître les acteurs, les actrices, malheureusement trop connus pour la plupart par la licence de leurs mœurs ; avilis, quoiqu'on en puisse dire, par un préjugé raisonnable, par une conduite qui sans doute est bien plus le vice de leur état que celui de leur esprit et de leur cœur ; invitant, irritant les passions par leur seule présence, et ôtant aux sens et à l'imagination le frein puissant que du moins y met presque toujours l'auguste caractère de la retenue et de la pudeur qui brillent dans les âmes honnêtes.

Réunis tous ces principes de corruption, et, d'après eux, ma fille, juge des effets que le spectacle doit produire. Quels effets ! on y laisse altérer les premières idées de vérité, d'innocence et de vertu que l'éducation avait pu donner. On y accroît, on y renforce les préjugés qu'on avait puisés dans le commerce du monde. On y échange des manières décentes et naturelles contre des affectations ridicules. On s'y forme à un esprit romanesque, à un jargon de théâtre, ou bien encore à ce ton de fatuité et d'impertinence qui rend nos jeunes gens insupportables à leurs propres concitoyens, et en fait pour les étrangers des objets de haine ou de mépris. On y apprend à dédaigner les mœurs anciennes, à mépriser les occupations sérieuses, à négliger les devoirs domestiques, à se laisser gagner par la fureur du chant, de la danse et des vers, à

étouffer l'heureux germe des talens précieux par
des goûts frivoles et des talens futiles. On y substitue l'esprit de dissipation, de luxe et d'affé-
terie, à l'amour de la retraite, de la simplicité et
de la sagesse. On y contracte l'habitude des pensées
fausses et criminelles, on y attise le feu des passions, on y reçoit les premières impressions de la
volupté, ou on les augmente. La force de l'intérêt, la chaleur du sentiment, le feu de l'action,
les ornemens de la poésie, tout l'ensemble du
spectacle nous émeut et nous transporte. On est
tout entier à ce qu'on voit, à ce qu'on sent. On
se remplit, on se pénètre à loisir des mêmes vues,
des mêmes penchans que font paraître les person-
nages qu'on nous représente. On se sent attendrir;
on verse des pleurs en dépit de soi; on oublie
tout, on oublie sa raison et son propre cœur. On
est déçu, on est séduit sans avoir la force de revenir contre de si douces et de si fortes impressions;
tout fait illusion, et tout concourt à la maintenir.

D'ailleurs, ma fille, je conviendrai, si l'on veut,
que le spectacle ne produit pas les plus pernicieux
effets tout-à-coup; mais il les prépare; il met dans
le cœur la disposition secrète qui en sera un jour
la trop funeste cause.

Eh! dans combien de spectateurs le théâtre n'opè-
re-t-il pas des effets et plus prompts et plus funestes!

A des raisons si pressantes, faut-il joindre des

autorités? Celles des législateurs, des anciens sages de là Grèce et de Rome, qui presque tous ont regardé les spectacles comme la source de mille désordres; celle de nos hommes de cour qui ont le mieux connu le jeu des passions et le cœur humain, de la Rochefoucault, de Bussy-Rabutin, du prince de Conti, qui a fait un traité exprès contre les spectacles ; celle d'un magistrat aussi éclairé que l'était le chancelier d'Aguesseau, qui a fait sur eux des remarques si intéressantes ; celle enfin de nos génies les plus distingués, de nos poètes eux-mêmes, des Corneille, des Racine, des Quinault, des La Mothe, qui se sont repentis d'avoir travaillé pour le théâtre, et qui, après en avoir si bien étudié toute la science, ont été les premiers à en avouer les dangers et la séduction : tant d'autorités en tous genres donneront sans doute un nouveau poids à la raison. Eh! qui se flattera mieux savoir que les maîtres de l'art quels sont les effets qu'il peut produire.

Quels prétextes, ma fille, restent donc à ces partisans! Qu'ils dénaturent tant qu'ils voudront nos spectacles , qu'ils les considèrent d'une manière abstraite, tels qu'ils devraient être, tels qu'il serait à souhaiter qu'ils fussent, ils ne persuaderont pas à quiconque a de la sagesse et des mœurs qu'on peut sans risque et sans crime les voir et les fréquenter tels qu'ils sont.

Combien donc se rendent coupables des pères

faibles, des mères imprudentes, des gouverneurs et
des guides indignes de l'être, qui, en y conduisant
leurs enfans ou leurs élèves, leur présentent eux-
mêmes la coupe empoisonnée du plaisir. Hélas!
n'y boiront-ils pas assez tôt sans eux? Leurs passions ne s'éveilleront-elles pas assez d'elles-mêmes?
Faut-il encore les faire naître d'avance ou les
irriter?

O toi, ma fille, plus éclairée sur tes devoirs,
et mieux disposée à les remplir, mieux instruite
des dangers du spectacle, tu n'iras point y chercher pour toi-même un vain délassement; tu n'y
mèneras point un jour tes enfans; tu n'auras pas
été leur mère pour aider à les séduire! Le théâtre
n'est pas l'école des mœurs; et lors même qu'il
semble le devenir à certains égards, les secours
qu'il offre à la vertu sont trop insuffisans; et les
motifs qu'il lui prête sont trop au-dessous d'elle.

N'oublie pas, ma fille, combien nos idées prennent aisément la teinte de tout ce qui nous environne, et combien à nos premières idées sont
liés nos premiers penchans. Fais donc en sorte
que tes enfans, que tous ceux qui dépendront de
toi, surtout dans un âge encore tendre, ne voient,
n'entendent rien qui ne puisse leur donner sans
aucun mélange l'idée du vrai et l'amour du bien.

'Par rapport à toi, ma chère Emilie, si ton
mari redouble par la suite ses sollicitations les
plus vives en faveur des spectacles, fais-lui voir

que ton cœur même ne saurait consentir à être distrait de son amour pour lui, par des amuse-mens qui insensiblement tendraient à l'altérer, et qu'il ne s'y refuse si constamment que pour se conserver toujours pur et fidèle.

LETTRE XXXe.

Le comte est entraîné par les démonstrations de son père ;
mais il voit encore tant d'objections contre le Christianisme
qu'il ne peut que hésiter à se rendre. C'est à ces
difficultés que répond le marquis dans la lettre suivante.

LETTRE XXXIe.

Le marquis de Valmont à son fils.

. . . .
. . . .

Toujours des combats, mon fils ! mais ils mènent à la victoire ; ils décèlent au moins un cœur
naturellement vertueux ; « la foi a ses mystères ,
et ces mystères, dis-tu, sont des contradictions et
des absurdités. » La foi a ses mystères ; je t'en ai
dit les raisons : et, quand je ne les aurais pas
dites, elles s'offrent assez d'elles-mêmes. Des mystères ? eh ! Valmont, où l'homme n'en rencontre-t-
il pas ? De toutes parts la raison, la nature ont les
leurs.

La métaphysique a ses profondeurs et ses abîmes ; la physique a ses phénomènes inexplicables ; parmi les insectes elle a ses polypes ; la matière, comme on se plaît à le croire, et comme on prétend le démontrer, a sa divisibilité à l'infini : la géométrie a ses lignes asymtotes qui approcheront toujours, et qui, quoique prolongées à l'infini, ne se couperont jamais : la connaissance de Dieu par la seule raison, parmi bien d'autres difficultés, nous laisse à concilier, dans ses attributs, la nécessité d'être et la liberté : l'homme tout seul, sans le secours de la révélation, est à lui-même le plus grand des mystères... et tu ne permettras pas qu'une religion qui, bien au-dessus des lumières et des lois de la nature, nous découvre ce qu'il y a de plus profond, de plus caché dans la Divinité, ne renferme rien d'obscur et de mystérieux ! Mortel audacieux ! si le vol hardi de ton orgueilleuse raison doit trouver quelque part des limites, ne sera-ce pas du moins au bord de l'infini.

« La foi a ses mystères, et ses mystères sont contraires à la raison. » Dis mieux, cher Valmont, ils sont au-dessus de notre raison, de la raison humaine ; mais ils ne sont pas contre elle : et, quoi qu'en ait dit un sophiste ingénieux, la différence de l'un à l'autre est immense.

Sans remonter jusqu'à des propositions géométriques si certaines pour un géomètre, si conformes à ses lumières, et cependant si fort au-dessus de l'entendement rude et grossier d'un villageois et d'un simple artisan, combien d'autres vérités sensibles pour un homme dont la raison est exercée, et qui cessent de l'être pour celui dont la raison est sans exercice et sans culture? Ce que l'homme ne peut comprendre, le crois-tu incompréhensible à un ange, à Dieu même? Croirais-tu faux tout ce qui surpasse ta faible intelligence? et oserais-tu bien faire de ta raison la mesure des possibles? Qu'est-ce donc aux yeux de la droite raison qu'une absurdité, qu'une contradiction? C'est ce qui présente l'être et le non-être dans un même objet et sous le même rapport; ce qui renferme tout à la fois, et sous le même point de vue l'affirmation et la négation. Or, les mystères, qui, au premier coup-d'œil, effraient l'imagination bien plus que la raison, considérés de près, n'offrent rien de semblable. La manière d'être, le *comment* y est inconcevable; mais, dans l'exacte vérité, rien n'y est absolument incompatible.

La trinité, par exemple, offre des termes obscurs à certains égards, mais elle ne renferme point d'idées contradictoires. On ne nous dit pas que ce qui est un est aussi *triple* au même égard et dans le même sens que *trois* choses d'une certaine espèce ne font qu'une seule chose de la même espèce, ce qui serait absurde : on ne présente point à ma foi un Dieu et trois dieux, mais seulement trois personnes en Dieu, qui ne font qu'un même Dieu. La trinité affecte les personnes, et non la substance : dans celle-ci point de bornes, point de

division, point de partage ; le chrétien n'adore
qu'un seul être tout-puissant, éternel, immense,
infini ; et ses attributs sont communs, sont tout
entiers à chaque personne, dans l'unité et la simplicité parfaite d'une même essence. Et comment
expliquer cette fécondité divine, cette union de
trois personnes en une seule substance ; toute l'é-
nergie de ce mot *personnes*, employé pour exprimer, dit saint Augustin, ce qui, à dire vrai , est
au-dessus te toute expression? Je n'en sais rien ;
et de là naît le mystère que la foi me propose :
mais il me suffit que, quant aux idées qu'il renferme, on ne puisse y démontrer rien d'absurde.

De même aussi dans l'incarnation, la foi nous
offre, non un Dieu qui, en se faisant homme, ait
altéré en lui cette nature divine qui par son essence
est inaltérable ; mais un Dieu qui, sans cesser
d'être tout ce qu'il est par lui-même, a daigné
s'unir à la nature humaine. Les variations, les
abaissemens, les souffrances ne tombent dans le
Verbe fait chair que sur l'humanité ; et en Jésus-
Christ par l'union des deux natures, les mérites
sont d'un Dieu, les souffrances sont d'un homme.
Cette réunion est étonnante, l'idée en est incompréhensible, mais elle n'est pas contradictoire.

Dans l'eucharistie, c'est le même corps immolé
sur la croix qui est au ciel et sur la terre ; mais,
suivant des physiciens éclairés et des philosophes
profonds, il n'est pas nécessaire que ce soit partout

la même quantité numérique de matière, et en
total les mêmes particules; pour que ce soit partout le même homme, et, à proprement parler, le
même corps.

Je ne vois donc en tout ceci que des effets dignes
de leur cause, d'une cause souverainement féconde
au dedans et au dehors souverainement puissante,
souverainement bonne. Je vois avec admiration,
avec transport, dans la Divinité, une charité immense qui, de même que tous les autres attributs,
participe à son infinité; et, bien loin que ma foi
soit ébranlée par ces mystères, dans le Dieu des
chrétiens, à tant d'amour pour les hommes, je
reconnais mon Dieu.

Dans le péché originel, ce mystère le plus incompréhensible de tous, et sans lequel toutefois
nous sommes encore plus incompréhensibles à nous-
mêmes, les enfans ont contracté la tache de leur
premier père, mais c'est comme des ruisseaux infectés dans leur source. Ils sont dégradés, il est
vrai, ils naissent enfans de colère; mais dans leur
dégradation Dieu leur laisse plus qu'ils n'avaient droit
de prétendre, et leur rend par la rédemption en
Jésus-Christ bien au-delà de ce qu'ils pouvaient
espérer. Peut-être même te forcerai-je de convenir
un jour que, sans le péché du premier homme,
Jésus-Christ, si je puis parler ainsi, eût manqué à
l'univers.

Dans tous ces mystères, je vois donc des choses

obscures ; je n'en vois point que la droite raison ,
que la saine philosophie puisse nommer absurdes,
puisqu'il n'en est point qui soient renfermées dans
le principe de contradiction.

« Mais encore , me diras-tu sans doute, ne pour-
» rait-on pas séparer la religion de ses dogmes et
» de leur obscurité ? » Séparer la religion de ses
dogmes ! Et si c'est Dieu qui les a unis, comment
veux-tu les en séparer ? Ce sont des dogmes qui
forment essentiellement l'esprit du Christianisme ; ils
ne nous offrent point de spéculations inutiles et frivoles ; ce sont eux qui fondent toute la morale
évangélique ; qui, après nous avoir fait connaître la
bonté , tout l'amour de Dieu envers les hommes,
servent de plus puissans motifs à la reconnaissance
et à l'amour de l'homme envers son Dieu , de plus
ferme appui à son courage , de soutien à son espérance , et de principe à ses mérites : ce sont
eux qui , en l'unissant plus intimement à l'auteur de son être , le lient plus étroitement à ses
frères ; qui deviennent pour le vrai fidèle la source
des joies et des consolations les plus pures ; qui font
la base de ses vertus les plus sublimes ; qui le
rendent capable des efforts les plus héroïques et de
la constance la plus parfaite ; ce sont eux qui font
de la religion chrétienne le corps de doctrine le
plus suivi , le système le mieux lié dans toutes
ses parties , l'ensemble le plus uni, le plus complet,
et l'ouvrage le plus digne de la Divinité : séparer
la religion de ses dogmes ! ô mon fils, ce serait

donc l'anéantir ! Laisse aux inventions de nos faux
sages le triste privilége de pouvoir être altérées,
modifiées, réformées au gré de leur caprice, laisse
à des hommes vains leurs systèmes si peu liés,
si décousus, si mal assortis ; ces systèmes où l'erreur se contredit à chaque instant, et qui se démentent par tant d'endroits. Le plan de doctrine que
la religion nous présente ne peut perdre un de ses
articles de foi sans nous laisser voir le majestueux
édifice qu'elle élève, chanceler, s'écrouler, et se
renverser tout entier sur lui-même.

Aussi, mon fils, c'est avec ses dogmes et ses
mystères que l'univers a reçu la religion chrétienne.
Tu demandes quels suffrages elle peut compter en
sa faveur. Demande plutôt, cher Valmont, dans
presque tous les siècles qui ont été éclairés de sa
lumière, chez tous les peuples où elle a été portée,
parmi tous les grands hommes qui ont brillé dans
le monde par leur génie et leurs talens, et qui
l'ont si scrupuleusement examinée, si soigneusement discutée, demande quels suffrages elle ne
compte pas.

L'Église ne faisait que de naître, le Christianisme
était encore à son berceau ; et déjà ses apologies,
répandues de toute part étaient l'ouvrage des philosophes les plus vertueux et les plus éclairés. Tu
compterais bien plutôt le petit nombre de ceux qui
au tribunal de la raison et de la philosophie ont
prétendu combattre la religion et la détruire, les

Celse, les Julien, les Porphyre, que la foule de
ceux qui à ce même tribunal l'ont si glorieusement
défendue et l'ont fait triompher. Parcours, dans
ces premiers temps, les ouvrages des Justin, des
Arnobe, des Lactance, des Tertullien, des Origè-
ne : parcours ceux de tous les saints docteurs
que l'Eglise reconnaît pour ses pères, et qui dans
leurs écrits, malgré les incorrections et les défauts
de leurs siècles, sont encore, à tant d'égards et à
si juste titre, l'admiration du nôtre ; les Irénée, les
Cyprien, les Athanase, les Hilaire, les Basile, les
Cyrille, les Grégoire de Nazianze, les Ambroise,
les Jérôme, les Augustin, les Chrysostôme ; vois
tant de génies divers, de tant de nations différentes, sous tant d'époques remarquables, se soumettre au joug de la foi : souviens-toi que c'étaient
des hommes de lettres, des savans, des orateurs,
des sages imbus pour la plupart de préjugés tout
contraires, nourris dans les idées et les maximes
d'une orgueilleuse philosophie, et qui, par le caractère de leur esprit, par le genre de leurs études,
par l'intérêt le plus pressant, par la résistance des
passions opposées, par la crainte des dangers et
la honte de croire, étaient portés à l'examen le
plus sévère : souviens-toi qu'après la prédication de
Jésus-Christ et de ses apôtres, le Christianisme a
commencé par tant d'hommes illustres, qui n'étaient
rien moins que chrétiens avant qu'il fût question
pour eux de le devenir : et demande encore quelle

sorte d'examen et quels suffrages la religion compte en sa faveur.

Mais peut-être, Valmont, tous ces siècles n'étaient-ils pas assez éclairés pour toi. Eh bien, mon fils, choisis ce qu'il te plaira d'appeler, par préférence à tout autre, le siècle des grands hommes, choisis celui d'un de nos plus grands monarques, le siècle de Louis XIV, plus grand peut-être à nos yeux que le siècle d'Auguste, s'il avait pour lui la même antiquité : dans cette époque si remarquable, et parmi toutes les nations éclairées, compte, pèse, discute les autorités ; puisque c'est aussi à l'autorité que tu en appelles; et voyons qui l'emportera, de la religion ou de l'incrédulité.

A cette petite poignée d'hommes qui dans le dix-septième siècle ont levé l'étendard de l'impiété, qui pour la plupart ont été célèbres seulement par leur liberté de penser, et qui tous se sont tant de fois démentis, contredits eux-mêmes, oppose, sans distinction de secte, et de ce que n'a pu mêler à la croyance générale l'esprit particulier, oppose les Descarte, les Leibnitz, les Newton ; ces trois hommes, l'éternel honneur de l'esprit humain, qui s'élèvent si fort au-dessus de la sphère commune, qui dominent avec tant d'éclat dans l'empire des sciences, et partagent entre eux les respects de tous les philosophes modernes qui se rangent à leur suite ; oppose les Malebranche, les Bernouilli, les Euler, les Wolf, les Wollaston, les Cumberland, les Le Clerc, les Grotius, les Clarck, les Abbadie, les Derham, les Nieuwentyt, les Bacon, les Addisson, les Pascal, les Arnaud, les Nicole, les Bossuet, les Fénelon, qui ne se sont pas contentés d'être chrétiens ou de le paraître, mais qui tous ont si bien prouvé leur croyance. Quels noms (et je te fais grâce des autres), quels hommes je t'ai cités, mon fils, et que tu te trouveras petit auprès d'eux, toi et les partisans de tes erreurs ! Oppose des sages que l'incrédule ignorant ou de mauvaise foi ose citer pour lui; des sages quelquefois trop hardis dans leur système, peu mesurés dans leurs expressions, emportés par la fougue du génie au-delà des bornes que la religion lui prescrit, peut-être aussi séduits par un vain désir de gloire, (car, hélas! que de gloire a été ternie par le trop grand désir de l'accroître); mais toutefois, au milieu de leurs écarts, retenant dans leur cœur et dans leurs écrits la religion que par quelques endroits ils semblaient abandonner. Tels ont été par rapport au Christianisme un Locke, un Pope, un Hobbes peut-être avec tous ses faux principes, et tant d'autres dans le même genre : car c'est un grand et dangereux abus, mon fils, que de crier trop aisément à l'incrédulité, et de vouloir compter malgré eux parmi les ennemis de la religion des hommes d'un certain nom qui jusque dans leurs vains systèmes l'ont chérie, ou du moins l'ont respectée.

A ces philosophes, à ces sages, ajoute les pères de notre belle littérature, les Corneille, les Racine,

les Despréaux, un La Mothe, un Rousseau, un
La Fontaine, qui a déploré si amèrement les écarts
de son imagination et les honteuses licences qu'il
avait permises à sa plume.

O mon fils! je m'imagine quelquefois voir ces
génies fameux des derniers siècles, ces hommes
vraiment grands, à qui l'orgueil philosophique est
forcé de rendre hommage, renaître de leurs cendres
et reparaître au milieu de nous. Je crois les entendre élever la voix dans nos plus célèbres acadé-
mies, s'adresser à leurs disciples, et leur dire :
« Reconnaissez-vous vos instituteurs et vos maîtres,
» vos guides et vos modèles? Est-ce donc la gloire
» que vous prétendez flétrir en flétrissant la religion
» qu'ils ont si sincèrement honorée, qu'ils ont
» défendue si constamment? Quoi! n'étions-nous
» donc des esprits faibles et des petits génies que
» lorsque nous combattions pour elle? Quoi! l'atta-
» chement qu'elle nous inspirait, le respect dont elle
» nous pénétrait, les éloges qu'elle nous dictait en
» sa faveur, n'étaient-ils donc qu'un vain préjugé?
» Et lorsque nous détruisions avec tant de soin
» toutes les erreurs; lorsqu'en tout genre nous ren-
» versions avec tant de force et de courage les
» autels élevés à la crédulité; lorsque nous cher-
» chions avec tant de zèle et de succès la vérité,
» ne nous étions-nous mépris que sur l'objet que
» nous discutions avec le plus d'attention, et qui
» nous intéressait le plus? Eh! qui êtes-vous pour
» traiter notre croyance de superstition, de fanatisme

» et d'imbécilité, lorsque nous vous assurons d'un
» commun accord qu'elle avait à nos yeux tout le
» poids de l'examen et toute l'autorité de la raison?
» Qui êtes-vous, et de quel droit vous donnez-
» vous pour nos censeurs et pour nos juges, vous
» que sous aucun titre nous n'eussions admis pour
» nos égaux, et que notre unique étonnement peut-
» être, est de voir assis maintenant à la même
„ place que nous? »

D'ailleurs, qui est-ce qui fait nombre parmi les
incrédules, et le plus de bruit peut-être? Ne sont-
ce pas ces esprits légers, superficiels, qui, incapables de penser par eux-mêmes, se font l'écho
des autres, et ne répètent que ce qu'ils ont entendu
dire, qui plaisantent parce qu'il leur en coûterait
trop d'approfondir et de raisonner, et qu'à leur
tour le sifflet tout seul épouvante et réduit au silence? Ne sont-ce pas ces petits-maîtres, sortis
hier des écoles, semblables aux soldats de Pompée, poudrés, musqués, peu faits pour la guerre,
et cependant hardis à défier au combat, s'avançant
fièrement, faisant briller leurs armes, mais qu'il
suffit de frapper au visage pour les déconcerter et
les mettre en fuite? Ne sont-ce pas ces hommes
singuliers qu'on a peine à définir, qui refusent de
passer pour chrétiens, parce que trop de gens le
sont encore, et qui, voulant marcher seuls dans
la route qu'ils se sont frayée, n'attendraient qu'un
renversement total d'idées et de sentimens pour se

rendre les hérauts du Christianisme? Ne sont-ce pas surtout ces hommes aussi libertins de mœurs que de croyance, ces jeunes gens déjà perdus de débauche à vingt ans, et qui mettent partout dans leurs écrits comme dans leurs propos, le poison de l'impureté et de tous les excès de la licence à côté de l'irréligion. Eh! mon ami, en considérant la marche ordinaire de la plupart des incrédules, ce n'est pas leur nombre qui m'étonne : c'est au contraire qu'il y en ait si peu. Avec un cœur dépravé, il est si commode de ne rien croire! Mais enfin, malgré la dépravation du siècle et la manie de l'esprit fort, la religion ne trouve-t-elle pas aujourd'hui même, parmi les hommes les plus célèbres, des défenseurs ou des disciples? Elle n'est donc pas si décriée, que tu le disais, au tribunal de la science, du génie et de la philosophie; et. depuis qu'elle s'est fait connaître, elle ne l'a jamais été. Malgré ton mépris apparent pour les suffrages et les opinions des hommes, tu me rappelais à l'autorité, Valmont, et je t'ai répondu par des autorités.

Mais faut-il répondre à tout? Est-il vrai encore. par exemple, que les arts soient opposés au Christianisme? et ne peut-on en même temps embrasser l'un et cultiver les autres avec succès? De quels arts parles-tu? de l'éloquence, de la peinture, de la sculpture, de l'architecture, de la poésie, de la musique? Mais, dans les genres plus nobles, je t'ai déjà cité les plus grands noms. Hommes illustres

par vos talens, orateurs sublimes, poètes célèbres, artistes fameux, c'est à vos ouvrages que
j'en appelle : qu'ils répondent pour moi. Ah !
mon fils, que de chefs-d'œuvre en tous genres la
religion n'a-t-elle pas enfantés ! L'éloquence des
Chrysostôme, des Bossuet, des Fénelon, des Bour-
daloue, des Massillon, en s'exerçant sur des objets
consacrés par la religion, a-t-elle dégénéré de
celle des Cicéron, des Démosthènes? Nos chefs-
d'œuvre chrétiens des Raphaël, des Michel-Ange,
des Bernin, répandus surtout à Rome et dans
toute l'Italie, dont ils font l'ornement, n'égalent-ils
pas ceux qui nous restent des peintres et des sculp-
teurs les plus renommés de l'antiquité païenne?
L'église de Saint-Pierre de Rome, celle de Saint-
Paul de Londres, seraient-elles indignes de figurer
pour l'architecture, à côté du Panthéon? Les plus
belles pièces de Corneille et de Racine ne sont-
elles pas leurs tragédies saintes? et nos plus belles
odes ne sont-elles pas des odes sacrées? La musique a-t-elle rien perdu dans nos temples de sa
noblesse et de son harmonie? et celle qui, dans
les compositions de nos plus grands maîtres,
inspire des sentimens profonds de crainte, de respect et d'amour pour la divinité, ne vaut-elle
pas bien celle qui, sur des rimes impures et par
des sons dangereux, nous invite aux plaisirs?

C'est trop m'arrêter peut-être à réfuter des
objections frivoles ; mais rien n'est à mépriser

pour moi de ce qui peut détruire dans Valmont des préjugés qui, quoique légers en eux-mêmes, l'empêcheraient de prêter l'oreille à ma voix sur des choses plus essentielles. Dépose toute prévention, mon fils, et tu m'entendras volontiers te prouver la religion chrétienne.

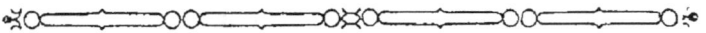

LETTRES XXXII⁰, XXXIII⁰, XXIV⁰.

La comtesse est ravie du changement sensible de son époux.
Elle demande des conseils à son père sur la tenue de sa
maison , sur le luxe en particulier. — Le comte continue
de proposer au marquis quelques difficultés dont la solution doit rétablir sa foi toute entière. — Le marquis mande
à son fils et à sa fille des choses relatives à ce qui doit
opérer le bonheur de deux époux.

LETTRE XXXV⁰.

Le marquis de Valmont à son fils.

.   .   .   .
.   .   .   .

Tout tient, mon fils, à l'idée que nous devons
nous former de la religion chrétienne. A-t-elle des
caractères vraiment divins , ou ne s'annonce-t-elle
que comme une invention, une production toute
humaine? Est-elle marquée au sceau de la vérité
ou à celui du mensonge? C'est à quoi se réduit
l'importante question que je me propose d'examiner
avec toi.

Si ce sont les hommes qui ont inventé la religion chrétienne, c'est dans la suite des siècles qu'on doit en fixer l'époque ; elle doit être l'ouvrage du temps. Si elle est le fruit de l'imposture, des circonstances et du hasard, l'assemblage de ses parties ne doit pas former un système parfaitement lié, un tout complet ; et, comme l'erreur, elle doit se démentir par quelque endroit. Si elle n'est appuyée que sur l'illusion et le mensonge, elle ne doit pas soutenir de grandes et longues épreuves ; elle doit se détruire d'elle-même, s'affaiblir et périr en vieillissant. Que dirai-je de plus ? Si elle est uniquement produite par la raison humaine ; faible comme elle, insuffisante comme elle, elle ne doit pourvoir comme il faut ni à la gloire de Dieu, ni au bonheur de l'homme.

Mais si c'est Dieu qui s'est révélé aux hommes, si le Christianisme est son ouvrage, quel contraste ! et quel tableau bien différent ! La religion au lieu d'être jetée comme au hasard parmi les hommes et dans la suite des siècles, au lieu de former comme une œuvre à part, doit être liée en quelque sorte aux premiers jours du monde, commencer avec les ouvrages de Dieu, et entrer dans le plan de la création : ses parties, au lieu d'être divisées, décousues, sans suite et sans rapport entre elles, doivent être enchaînées l'une à l'autre, se supposer mutuellement, tendre vers un même centre et avoir le rapport le plus parfait : l'œuvre qu'elle nous présente doit être ferme, inébranlable ; elle doit

être à l'épreuve de toutes les discussions, triompher
de tous les obstacles, surmonter toutes les résis-
tances, se développer, se perpétuer de générations
en générations, et assurer de plus en plus sa con-
sistance par sa durée : enfin cette religion, dans
ses rapports avec Dieu, avec l'homme, et dans le
lien sacré qu'elle forme entre eux, doit, par la
justesse de ses proportions, procurer abondamment
la gloire de l'un et suffire aux besoins de l'autre.

Ainsi l'ancienneté, l'unité, la perpétuité, l'excellence, c'est-à-dire, la perfection éminente, la sublime sainteté de la religion révélée, formeront ses
principaux caractères. Chacun d'eux se retrouvera
en quelque sorte dans l'autre; on pourra remonter,
redescendre de l'un à l'autre, sur la même ligne,
et avec la même assurance; ils seront liés entre
eux d'une manière presque indivisible, et se prê-
teront l'un à l'autre une force nouvelle : ainsi la
religion nous offrira-t-elle, comme un édifice majestueux dont le sommet touche au ciel, dont les
fondemens reposent au plus profond de la terre,
dont toutes les parties étroitement unies ont entre
elles et avec le tout qu'elles composent le plus
juste rapport : ainsi la religion encore nous four-
nira-t-elle des preuves qui seront à la portée de
tous. Par ces trois premiers caractères, elle se
prouvera à l'esprit : et c'est le genre de démonstration qui convient à ceux qui sont capables de
discussions et de recherches. Par le dernier elle
se prouvera au cœur; et c'est le genre de preuves

qui convient aux âmes droites et simples, à celles qui, jugeant plus par sentiment que par raisonnement, plus par le cœur que par l'esprit, ont besoin d'une voie plus abrégée, et non moins sûre pour discerner la vérité.

D'après ces réflexions, commençons, cher Valmont, l'examen des caractères de la religion chrétienne, et voyons si elle a ceux que nous venons d'assigner, ou si elle en est dépourvue; si elle porte la triste empreinte des inventions humaines, ou si elle est scellée du sceau respectable de la divinité.

Cette lettre va te paraître un peu sérieuse peut-être; mais mon fils, ce n'est pas maintenant le plaisir tout seul, c'est la vérité que tu cherches, la vérité qui doit ensuite te mener au bonheur! Eh! quelle que soit la route qui nous conduit à elle, ne mérite-t-elle pas bien les soins qu'on prend pour la trouver?

Si je ne m'arrête pas à l'examen des autres religions, du moins de celles qui sont étrangères à la religion de Jésus-Christ, c'est, mon fils, qu'il est évident, pour peu de notions qu'on en ait, qu'elles n'ont aucun des caractères d'une révélation divine, pris dans toute l'étendue que nous leur avons donnée. Il n'en est pas une seule qui ait une antiquité égale à celle du monde, et dont on n'entrevoie l'origine informe et grossière dans des temps bien moins reculés; pas une dont toutes les parties

liées entre elles forment un système complet de
faits et de doctrine, et prennent un caractère d'u-
nité ; pas une qui se perpétue toujours la même,
toujours uniforme et invariable, dans une société
chargée d'en conserver le dépôt ; pas une enfin
qui par sa perfection éminente pourvoie suffisamment à la gloire de Dieu et aux besoins de
l'homme.

C'est donc sur la religion chrétienne que va se
porter toute notre étude ; et, pour nous instruire à
fond de ce qui la concerne, j'interroge le chrétien
lui-même. Que me répond-il ? O mon fils ! quel
premier sujet d'étonnement ! Il me renvoie, avant
toutes choses, à un peuple ennemi, dispersé par
toute la terre, partout étranger, proscrit, errant,
objet de la haine et de la malédiction de tous les
peuples, en butte à tous les outrages, à toutes les
révolutions, à tous les revers, et cependant toujours subsistant sans confusion, sans mélange,
toujours distingué des autres nations, sans avoir
de chef, sans pouvoir former un corps de nation
lui-même ; et parmi tant de causes de variation, de
destruction, retenant toujours de sa religion ce que
sa situation présente lui permet d'en retenir et d'en
observer. « Considère ce peuple, me dit le chrétien
» fidèle, ce peuple étrange, si digne de toute ton
» attention. C'est lui, tout mon ennemi qu'il est,
» qui t'offrira les titres de mon origine ; c'est sur
» lui que je suis fondé ; je ne fais qu'accomplir en
» moi les promesses qui lui ont été faites pour

» moi; la loi que je professe n'est que le dévelop-
» pement et la perfection de celle qui lui a été
» donnée; ses livres sont les miens, et ma reli-
» gion ne forme avec la sienne qu'un tout parfait. »

Surpris de ce peu de mots, où j'entrevois déjà
l'heureux mélange de tous les caractères d'une révélation divine, je m'arrête à ce peuple auquel on
me renvoie, et il offre à mes recherches les objets
les plus intéressans. En datant par la filiation la
plus constante et la mieux suivie, non pas seulement de la vocation d'Abraham, mais des premières époques de son origine, il est, si je l'en crois,
le plus ancien de tous les peuples connus : les livres
qui contiennent son histoire, sa religion et ses
lois, sont les plus anciens de tous les livres qui
nous restent; les faits qu'il nous expose, comme
étant l'histoire de ses pères, sont en même temps
les premiers événemens de la grande histoire de
l'univers. Ce peuple, gouverné autrefois par la
divinité même, se regardait comme le peuple de
Dieu, et, s'il n'est que l'ébauche du peuple chrétien, quels premiers traits, mon fils, pour le
tableau de la religion !

Les fondemens de l'histoire des Juifs se trouvent
dans des livres qu'ils nous donnent également pour
les plus anciens du monde, et sont soutenus par
une tradition constante et par les plus anciens monumens. Il n'est point d'annales, point de livres
dans l'univers auxquels on puisse donner avec une

égale certitude la même antiquité. On parle ailleurs
de quelques anciens manuscrits, mais il s'en faut
bien, ni qu'ils aient été aussi authentiques, aussi
publics, ni que de siècle en siècle on nous ramène,
comme pour l'histoire du peuple juif, à ceux qui
les ont écrits.

J'examine ces livres que le chrétien révère, qu'un
peuple, son plus grand ennemi, me présente, et
qu'il semble n'avoir conservé que pour lui. J'y
vois renfermé les droits, les titres, les intérêts de
toute la nation juive et de tout le monde chrétien.
Ce ne sont point de ces volumes mystérieux que
quelques pontifes conservent dans le secret : ils
ont toujours été exposés aux yeux du monde entier. Je les vois soumis à l'attention et à la critique
de tous les esprits, de tous les peuples, de tous
les âges; et dans le petit nombre d'hommes qui
ont révoqué en doute leur authenticité, qui ont
hasardé de la combattre, je ne vois qu'une critique
faible et insuffisante, que de petites difficultés qu'ils
n'eussent pas osé faire contre d'autres livres que
ceux-là ; que des citations de contradictions apparentes, et qu'avec plus de lumières et d'équité on
concilie aisément; qu'une ignorance réelle ou affectée
des anciennes coutumes, des anciens usages ; que
bien de l'humeur, pour le dire en un mot, et
des efforts impuissans.

L'authenticité de ces livres est incontestable, elle se
prouve par la nature même de ces livres, qui intéressent

tout un peuple dans les objets les plus essentiels , qui lui imposent un joug insupportable de la part de tout autre qu'un législateur tel que Moïse ; qui peignent les Juifs avec un caractère d'aveuglement, d'ingratitude , de révolte , si déshonorant pour toute la nation.

Elle se prouve, en second lieu , par le concert des douze tribus à les adopter ; concert qui ne se dément jamais malgré leurs querelles particulières, leurs vues souvent contraires, leurs passions et celles de leurs chefs ; leurs intérêts différens , leurs prérogatives , leurs possessions, leurs droits respectifs , fondés sur le Pentateuque.

Elle se prouve , en troisième lieu , par l'ordre fixe et immuable qui se trouve établi pour le sacerdoce dans une seule famille, pour les fonctions lévitiques dans une seule tribu ; par l'existence des lois, des cérémonies, des faits, des monumens, dont la date ne pouvait être prise que de celle du législateur même, qui remontaient en effet jusqu'à lui, qui supposaient et son existence et l'authenticité de ses livres ; et celle des faits qu'il y rapporte.

Ainsi l'arche , la manne , la verge d'Aaron , le serpent d'airain, les tables de l'alliance , le rit de l'agneau pascal et les azymes, la loi des prémices et le rachat des premiers nés, la consécration des prêtres, les cérémonies des sacrifices, la fête de la Pentecôte et celle des tabernacles, les généalogies des familles, l'habitation des tribus de Ruben et de Gad, et de la demi tribu de Manassé au-delà du Jourdain, la division de la terre de Chanaan, les asiles et les autres établissemens qui prenaient leur origine dans les premiers temps de la république ; tout servait à rappeler les événemens remarquables consignés dans le Pentateuque, à en confirmer l'histoire, et à lui concilier la plus grande autorité.

Ici les faits, les monumens et les livres, tout se suit avec tant de justesse et de précision, tout s'accorde si bien, qu'on ne peut s'empêcher de reconnaître que la loi écrite et les usages établis ont nécessairement et la même source et la même antiquité.

Elle se prouve encore, cette authenticité des annales du peuple juif, par le concert merveilleux des autres livres de l'Ecriture. L'histoire des Rois est liée à celle des Juges, celle des Juges à celle de Josué, et celle-ci à tous les faits que contient le Pentateuque ainsi qu'à Moïse, auquel toute la Bible me rappelle. Les écrits des Prophètes, ceux de Salomon, les Psaumes de David, les livres que nous venons de citer, il faut, en remontant de siècle en siècle, tout regarder comme supposé ; il faut aller soi-même de supposition en supposition, d'absurdité en absurdité, avant que de se croire autorisé à douter seulement de l'authenticité des livres de Moïse.

Elle se prouve enfin par tous les caractères

d'ancienneté qu'ils portent en eux-mêmes. On y voit
le plus naïvement et le plus fidèlement décrites
les mœurs des premiers temps ; on n'y remarque
en ce genre, pour les premiers âges, rien qui se
ressente des siècles plus récens : on n'y aperçoit
aucune loi, aucune coutume qui se soit introduite
depuis Moïse : toutes les coutumes et toutes les
lois y sont parfaitement conformes au plan général
du législateur, aux circonstances dans lesquelles il
se trouvait, aux desseins qu'il se proposait : le
style, le contexte de l'ouvrage, tout y est de la
plus haute antiquité.

Les mêmes preuves, plus que suffisantes pour
fonder une évidence morale équivalente à toute
autre sorte d'évidence, se retrouvent par rapport
à l'intégrité du Pentateuque comme par rapport à
son authenticité.

Le respect des Juifs pour ces livres suffisait seul
pour empêcher, ou du moins pour rendre inutile
la témérité de ceux qui eussent prétendu les détruire, ou qui dans les points tant soit peu importans eussent seulement prétendu les altérer. Ces
livres étaient entre les mains de tous ; on en donnait un exemplaire aux princes et aux pontifes
aussitôt après leur inauguration ; on en faisait tous
les sept ans, à la fête des Tabernacles, des lectures publiques ; ils étaient pour tous les Juifs le
fondement de leur croyance, la règle de leurs
mœurs, l'unique objet de leur étude ; ils étaient

pour eux en quelque sorte les seuls livres ; ils les portaient partout, et en rendaient ainsi la perte ou l'altération impossible.

Qu'oppose - t - on, mon fils, à des preuves si convaincantes? Rien de suivi, rien de solide ; on incidente sur de petites difficultés qui, par leur faiblesse même ne font que prêter un nouvel éclat à la vérité.

Mais pourquoi donc, mon fils, des objections si peu solides deviennent-elles aux yeux de l'impie, des argumens sans répliques? Ah! pourquoi? c'est qu'il est dans son intérêt le plus pressant d'infirmer nos preuves sur l'autorité des premiers livres sacrés ; c'est qu'il conçoit sans peine que leur ancienneté, leur authenticité donnent déjà à la religion un fondement inébranlable. Et en effet, si c'est Moïse qui a écrit ces livres, on ne peut plus douter de la vérité des faits qu'ils contiennent. Car, prends-y garde, cher Valmont, c'est dès lors un auteur contemporain qui parle à sa nation, qui lui parle de faits qui se sont passés et qui se passent encore sous ses yeux, c'est un écrivain qui ne peut la tromper, qui ne peut se tromper lui-même sur la nature et la vérité de ces faits, dès que ce sont pour elle comme pour lui, des faits publics, sensibles et permanens. Ainsi, par exemple, la sortie de l'Egypte, au milieu de tant de prodiges dont l'Egypte seule est la victime, dont tout l'art de ses magiciens ne peut la défendre,

et auxquels même toute la puissance des démons
est forcée de rendre hommage : le passage de la
mer rouge, non pas en côtoyant ses bords, non
pas sur la vase des flots retirés, mais au milieu
de son lit, et à travers ses flots divisés; le mont
Sinaï tout en feu ; la voix retentissante du Très-
Haut; des flammes, des éclairs et des foudres,
qu'on expliquerait bien mal par des feux d'artifice,
par la poudre à canon, que l'on ne connaissait
point alors, et qu'il est absurde de supposer; la
terre entr'ouverte sous les pieds de Datan, de
Coré et d'Abiron; le rocher frappé par la verge de
Moïse, et offrant tout-à-coup une source d'eau
vive à un peuple toujours prompt à se répandre en
murmures, toujours prêt à se révolter; mieux que
tout cela encore, les prodiges du désert, d'autant
moins susceptibles d'illusions qu'ils étaient pour tous
les Juifs, qu'ils se renouvelaient tous les jours,
qu'ils ont duré quarante ans, tels que la manne,
qui leur a servi si long-temps de nourriture ; leurs
vêtemens, qui se sont conservés pendant tant d'années ; cette colonne de nuée qui paraissait devant
eux pendant le jour pour régler leur marche, et
cette colonne de feu qui leur servait de guide dans
l'obscurité de la nuit : ce sont là sans doute de
ces faits qu'on ne peut raconter à une nation
comme s'étant passés sous ses yeux et avec les
circonstances les plus frappantes, si elle n'en a rien vu,
qu'on ne peut lui faire croire comme les ayant vus
s'ils ne sont pas vrais, et qui ne peuvent être vrais

sans prouver la mission de celui qui les a opérés au nom même du Dieu tout-puissant, du Dieu de vérité.

Mais ces faits ne sont pas les seuls que racontent les livres de Moïse. Ces livres d'un peuple si ancien, et qui sont eux-mêmes de la plus haute antiquité, nous exposent les premiers faits, les premiers événemens de la grande histoire de l'univers.

Ils me rappellent à un Dieu qui a tout fait ; et ils me donnent de sa puissance, de sa sainteté, de sa sagesse, les idées les plus nobles et les plus dignes de lui. Le Dieu des Hébreux n'a rien de commun avec les divinités que le reste du monde adorait. C'est l'être existant par lui-même ; c'est un Dieu unique dans sa substance, infini et parfait dans tous ses attributs. Il existait, et rien n'existait encore : à sa voix le monde sort du néant ; il dit que la lumière se fasse, et elle est faite ; il appelle les astres, et ils commencent leur cours ; il orne les cieux, il embellit la terre, la rend féconde ; il la peuple d'animaux divers et donne à l'univers un maître, un ministre à sa gloire, un interprète à la nature, en créant l'homme à son image. S'il met plusieurs jours à achever le grand ouvrage de la création, c'est pour nous apprendre qu'il fait tout, non par une impétuosité aveugle et nécessaire, mais librement, sans contrainte, comme il le veut, au moment où il le veut.

L'univers est créé, le monde a pris sa forme, et, en sortant des mains du Créateur, tout est parfait, l'homme reçoit l'hommage de tous les êtres pour le rapporter à son Dieu : un précepte léger lui est imposé pour lui faire sentir que, si tous les êtres lui sont soumis, il est assujéti aussi bien qu'eux à l'empire de l'Etre suprême, et lui doit, comme sa créature, le tribut de sa soumission et de sa dépendance. Ce précepte, il l'a violé : tout change de face; la nature n'a plus pour lui les mêmes charmes; il y retrouve partout les funestes suites de son péché; il les trouve dans lui-même; son entendement se remplit de ténèbres, son cœur s'incline vers la terre, ses sens se révoltent; la postérité d'un père coupable perd en lui ses priviléges et ses droits... Tristes et étonnantes vérités, mais que je trouve gravées sur la face de la nature entière; que je trouve imprimées dans tout mon être, dans ce mélange de grandeur et de bassesse, de lumières et de ténèbres, de force et de faiblesse qui nous fait si souvent chercher l'homme dans l'homme même, et qui dans lui annonce à l'univers un roi, mais un roi dégradé. Ah! du moins à la faveur de ces clartés précieuses et nécessaires à l'homme, je ne suis plus un mystère à moi-même : la nature n'est plus une énigme dont l'obscurité me fasse perdre de vue le Dieu qui m'a créé : je connais maintenant la source des contradictions qui me désolent, j'ai la clef de tout le système de l'humanité, j'ai celle de l'état actuel des êtres qui m'environnent, et l'univers entier s'explique à mes yeux.

Mais Dieu tourne mes regards vers un objet plus consolant. Adam a péché, et déjà, dans une semence bénie qui naîtra de la femme, il lui fait entrevoir un libérateur : par lui l'homme pécheur rentrera en grâce avec son Dieu, par lui il honorera la divinité comme elle doit être honorée, et lui offrira un culte digne de lui plaire.

Cependant la postérité d'Adam se multiplie, et le péché s'étend et se multiplie avec elle. Une famille plus sainte est séparée de la contagion universelle. Les crimes des enfans des hommes répandus sur toute la terre crient vengeance au Seigneur ; sa justice éclate par un déluge universel. Sa bonté conserve le juste et sa famille : Sem, Cham et Japhet dont les noms se sont conservés parmi les anciens peuples, deviennent les chefs des nations.

Après le déluge ; la constitution de l'univers se trouve affaiblie ; la vie humaine décroît insensiblement, la confusion des langues s'introduit parmi les hommes ; les premiers peuples se forment, et les premières conquêtes annoncent au genre humain de nouveaux crimes et de nouveaux malheurs.

Voilà les commencemens du monde, tels que l'histoire de Moïse nous les présente : commencemens heureux, dit Bossuet, pleins ensuite de maux infinis par rapport à Dieu, qui fait tout, toujours admirable ; tels enfin que nous apprenons, en les

repassant dans notre esprit, à considérer l'univers
et le genre humain toujours sous la main du
Créateur, tiré du néant par une seule parole,
conservé par sa bonté, gouverné par sa sagesse,
puni par sa justice, délivré par sa miséricorde, et
toujours assujéti à sa puissance.

Moïse, à ne l'envisager que comme historien,
avait sur ces premiers temps des mémoires assez
sûrs pour nous garantir la fidélité de son récit. La
longue vie des patriarches, en simplifiant les générations, rapprochait de cet écrivain les traditions les
plus communes et les plus vraies, les monumens
les plus authentiques, et par un très-petit nombre
d'hommes le faisait toucher à la naissance du
monde et à la création. Tu le sais, mon fils, ce
n'est pas le nombre des années, c'est la multiplicité
des générations qui rend les choses obscures ; et
dans l'exacte vérité, notre ignorance sur les temps
qui nous ont précédés ne vient que du peu de
temps que nous vivons avec nos aïeux. Si Moïse
n'avait donc voulu que faire illusion à ses contem-
porains et leur en imposer, il se serait bien gardé
de faire vivre si long-temps des témoins dont la
mémoire encore récente n'eût servi qu'à rendre
sensible l'erreur de ses dates, et à déposer contre
lui ; il se serait mis en sûreté en éloignant l'origine du monde, et en multipliant les générations :
mais bien loin de là, il parle des choses arrivées
dans les premiers siècles comme de choses constantes

dont il restait encore un souvenir presque universel et des monumens remarquables.

En effet, parmi toutes les fables dont sont rem-
plies les histoires des plus anciens peuples, on en-
trevoit aisément les faits les plus éloignés et les
plus mémorables dont parle Moïse. L'œuvre des six
jours attestée par l'historien du peuple de Dieu,
l'est en même temps par l'ordre de la semaine,
cette coutume si arbitraire, et cependant si constamment observée chez presque toutes les nations.
Presque toutes ont eu l'idée de la création du
monde, d'abord informe, ce qu'elles ont appelé
chaos, et ensuite réduit à l'ordre que nous voyons.
Elles ont toutes, ou presque toutes, fait sortir
l'homme de la terre, et ensuite d'un premier homme.
L'état d'innocence leur a été connu sous le nom de
l'âge d'or, suivi bientôt après d'un autre siècle où
les misères ont été la punition du crime. La longue vie des premiers hommes se retrouvait dans
leurs plus anciennes traditions. Celle du déluge s'est
conservée partout; et l'arche même où se sauvèrent
les restes du genre humain a été de tout temps
célèbre en Orient. Que dirai-je de plus? La fable
des géans qui entassaient montagnes sur montagnes
pour escalader le ciel est l'histoire défigurée de la
tour de Babel que les hommes entreprirent d'élever
jusqu'aux nues, et qui fut suivie de leur disper-
sion. Après ce fait nous ne voyons plus rien de
généralement reçu chez tous les peuples, parce que
la diversité du langage coupa la communication

qu'ils avaient eue jusqu'alors. Mais on retrouve encore dans l'origine et la formation des premières sociétés, des premiers états; dans la position que Moïse a donnée aux premiers peuples de la terre, dans leurs noms et ceux de leurs fondateurs, de nouvelles preuves de son exactitude : ici, comme sur tout le reste, les critiques les plus éclairés et les plus savans sont pour lui. Enfin, dans les traditions particulières, dans la mythologie des païens et l'explication de leurs fables, on démêle avec un peu d'attention presque tous les autres faits de Moïse, quoique défigurés par la superstition.

Eh! mon fils, si Moïse n'eût été qu'un inventeur, où eût-il pris dans les anciens temps toutes ces idées nettes et précises sur les objets les plus intéressans ; tout ce tissu de faits si bien liés; tous ces détails immenses et si suivis ; tous ces calculs si difficiles, si nombreux, et au fond si justes et si vrais ; toutes ces notions si grandes, si lumineuses, si sublimes sur la nature de Dieu, de l'être existant par lui-même, *je suis celui qui est;* sur le caractère de sa puissance, *il dit que la lumière se fasse, et la lumière a été faite;* sur tous ses attributs de sainteté, d'amour pour l'ordre et pour le bien, qui éclatent de toute part dans les livres de cet homme si hautement inspiré? Où eût-il pris tous ces rapports avec l'histoire des autres peuples et la fondation des premiers empires; tous ces détails de géographie, de chronologie, disons-le même d'histoire naturelle, que les plus profondes

8

recherches et les plus savantes discussions n'ont pu encore parvenir à démentir d'une manière solide et raisonnable, mais qu'au contraire elles confirment plus fortement de jour en jour? Où eût-il pris les promesses si importantes faites à Abraham, si bien vérifiées dans toutes leurs parties, et si hautement attestées par la séparation et par la conservation des deux familles d'Isaac et d'Ismaël, depuis plus de 3500? Où cet écrivain eût-il pris la naïveté de ses récits et tous les caractères de vérité qui les accompagnent? . . . .

. . . .

. . . .

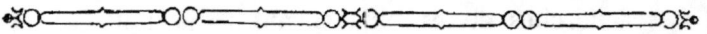

LETTRE XXXVIᵉ.

Le marquis après avoir démontré à sa fille que le luxe est la ruine des individus, des sociétés, des familles, termine par ces mots:

Pour toi, ma fille, je t'ai toujours connue trop sensible aux peines de tes frères pour croire aisément que tu puisses consentir à donner au faste ou à la mollesse ce que tu dois à leur indigence. Je te vois, dès le matin, allant frapper à la porte du pauvre, porter dans les réduits les plus obscurs la consolation et l'abondance; changer en larmes de reconnaissance et de joie les larmes amères de l'opprobre et de la douleur; forcer le malade qui maudissait sa misère de rétracter ses murmures et de lever encore vers le ciel ses mains tremblantes pour le bénir; rendre à la mère languissante et désolée la santé de son fils qui, faute de secours, expirait sur son sein; arracher à une infâme prison un

chef de famille qui, sans reproche devant Dieu,
n'avait à rougir devant les hommes que d'une dette
qu'il n'avait pu s'empêcher de contracter; rendre
leur état et la vie à des familles honnêtes qui pré-
féraient la mort à la honte et à la mendicité; les
leur rendre en respectant leur secret, et leur infortune.

O ma chère Emilie! comment y a-t-il des riches
qui ne connaissent pas le plaisir si touchant et si
pur de faire renaître dans des cœurs sensibles la
joie et le bonheur! Comment ne se regardent-ils
pas comme chargés par état de tous les indigens
qu'ils peuvent secourir! Ah! voulons-nous qu'il n'y
ait point de malheureux parmi nous, et qui aurait
l'âme assez mal faite pour ne le pas vouloir? que
chaque famille aisée adopte une famille pauvre;
que celle qui l'est davantage en adopte plusieurs;
qu'au lieu de se livrer aux dépenses somptueuses,
à celles qui ont pour objet des choses vaines et
futiles, elle se dépouille, en faveur de cette famille,
qu'elle aura adoptée, d'une partie de son superflu;
qu'elle l'aide de ses conseils et de sa protection;
qu'elle lui ménage des ressources par son crédit;
qu'elle agisse et fasse des démarches en sa faveur,
elle jouira de la douce satisfaction de voir une
famille entière ressuscitée par ses soins; elle fournira à l'artisan qui en est le chef des instrumens
pour son travail; elle sauvera du danger l'innocence de tendres enfans qui se seraient perdus par

la misère : elle favorisera la naissance et l'acroissement de leurs faibles talens. Et qu'on ne s'effraie pas de ce qu'il en coûterait pour une si belle œuvre : non-seulement on est bien payé au fond de sa conscience du bien que l'on fait dans une pareille adoption, par l'extrême plaisir qu'on éprouve en le faisant, mais cette adoption se maintient à moins de frais qu'on ne pourrait le croire. Lorsqu'on se charge d'une famille où tous les membres travaillent, il faut peu de chose pour rendre leur travail suffisant à leur entretien ; et il en reste encore assez à des âmes bienfaisantes pour porter ailleurs et étendre plus loin leur libéralité.

Que le riche fasse plus encore ; qu'il fasse oublier la source souvent impure de ses richesses et de son opulence en élevant des monumens au bien commun : car c'est ici qu'on ne saurait mettre trop de grandeur et d'éclat ; qu'il fasse construire ou qu'il prenne soin d'orner des édifices publics ; qu'il répare et embellisse nos routes ; qu'il élève nos temples, qu'il donne de la majesté au culte ; qu'il dote les pauvres ; qu'il favorise des mariages bien assortis ; qu'il enrichisse sa patrie. Eh ! ma chère Emilie, toutes ces dépenses ne valent-elles pas bien celles du luxe ? et les doux fruits qu'on en retire par l'estime de ses concitoyens, par sa propre estime, ne valent-ils pas ses plaisirs ? O ma fille ! pour penser ainsi, tu n'as jamais eu besoin que de ta piété et de ton propre cœur ; et qu'heureux sont ceux dont toute la philosophie n'est que la religion et le sentiment ! !

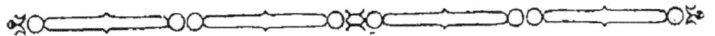

LETTRES XXXVIIe, XXXVIIIe.

La comtesse communique à son père l'idée qu'elle avait
conçue d'aller finir avec lui ses jours dans l'exil. — Le
comte expose ses nouveaux doutes au marquis et lui
repéte que jamais il ne s'est senti plus d'amour et de
reconnaissance pour lui qu'en ce moment où ce bon père
lui explique avec tant de charmes et de talens les vérités
du Christianisme.

LETTRE XXXIXe.

Le marquis de Valmont à son fils.

.   .   .   .

.   .   .   .

Revenons donc, cher Valmont, aux caractères
que j'ai établis, et dont on ne peut contester la
nécessité. La religion chrétienne a pour elle l'ancienneté ; je crois te l'avoir démontré. A-t-elle également l'unité, la perpétuité, la perfection ou la
sainteté ?

Elle est parfaitement une, si elle se rapporte tout
entière à un unique terme, si ses parties sont liées

par un centre commun. Or, tel est son caractère, elle a pour centre, pour point d'appui, pour unique fin, Jésus-Christ, médiateur des hommes.

Faire de J.-C. le fondement de son culte, l'objet de ses promesses, le but de ses oracles, le consommateur de notre foi, le soutien ds nos espérances, l'attente des nations, le modèle des vrais justes, dans l'ancienne comme dans la nouvelle loi, le point de réunion de l'un et de l'autre Testament; en un mot, glorifier Dieu par J.-C. : sanctifier les hommes en Jésus-Christ, et, par ce double objet, rapporter tout à Jésus-Christ : voilà mon fils, ce qui lie, ce qui assortit toutes les parties de la religion révélée, et ce qui en fait le chef-d'œuvre de l'unité. Développons ce second caractère qui lui est propre, et qui, plus que tout autre, est digne de nos réflexions.

Dieu laisse entrevoir à Adam, après sa chute, « une semence qui naîtra de la femme, et qui » écrasera la tête du serpent qui les a séduits; » c'est-à-dire, qui domptera son orgueil, qui renversera son empire; mais contre laquelle aussi cet ennemi du genre humain tournera toutes ses ruses et tous ses efforts. Cette promesse faite à l'homme, dès l'enfance du monde, et qui commence en quelque sorte l'histoire de la révélation, s'éclaircit, se reproduit de jour en jour d'une manière plus sensible, et, à raison de ses développemens, ainsi que de la longue attente qu'elle fait naître, devient pour notre sainte et auguste religion la base sur laquelle elle repose.

Dans le plan admirable que cette religion nous trace et l'heureux ensemble qu'elle nous présente, il fallait à l'Etre suprême, outragé par la désobéissance de sa créature un réparateur digne de lui, une réparation proportionnée à la majesté de celui qui était offensé et à la grandeur de l'offense, il fallait à l'homme, déchu de son premier état, un médiateur auprès du Très-Haut, une victime pure et sainte qui pût l'honorer, un nouveau pontife qui n'eût rien à expier pour lui-même. La nature, dégradée dans son chef, n'offrait rien qui suffît à de si grands objets, et qui fût capable de remplir l'intervalle entre Dieu et l'homme : et toutefois Dieu, admirable et fécond dans sa nature et dans ses desseins, laisse entrevoir au monde encore naissant un libérateur. En lui se concilieront la justice et la miséricorde : en lui le mal du péché sera abondamment réparé : en lui, par ses abaissemens et ses souffrances, Dieu sera honoré comme il doit l'être, le genre humain triomphera de son plus dangereux ennemi; un nouveau règne commencera pour ne finir jamais, et ce règne sera celui de la justice et de la vérité. Voilà ce qu'annonce de loin la promesse, et ce que Dieu se réserve de développer avec plus d'étendue et de lumière à mesure que les temps où elle doit s'accomplir seront plus proches.

Cette promesse est renouvelée d'âge en âge, et son effet doit s'étendre sur toutes les nations. Pour que le souvenir s'en conserve parmi les hommes, Dieu sépare une famille à laquelle il la rappelle sans cesse. Il la rappelle à Abraham, à Isaac, à Jacob, dans la semence desquels il fait voir un jour tous les peuples bénis.

Jacob, au lit de la mort, annonçant à ses enfans ce qui doit arriver à leur postérité, prédit en ces termes, près de dix-sept siècles avant J.-C., la prééminence que doit conserver la tribu de Juda sur toutes les autres tribus jusqu'à la venue du Messie, et le temps où le Messie doit naître : « Le » sceptre ne sortira point de Juda, et le gouver- » nement ne sortira point de ses descendans jusqu'à » ce que vienne celui qui doit être envoyé; et il » sera l'attente des nations. »

Des enfans d'Abraham, des douze fils de Jacob Dieu fait naître un peuple qu'il rend le dépositaire de cette même promesse qu'il a faite à ses pères; ce peuple est pour lui l'objet d'une provi- dence toute spéciale. Il le conduit, il le gouverne, il lui impose des lois, il lui prescrit des cérémo- nies sans nombre : ce ne sont point des cérémo- nies vaines : leur but est d'empêcher qu'il ne se confonde avec les autres peuples, et n'oublie par ce mélange le Messie qui doit être l'unique objet de son attente. Il fait éclater en lui la force de son bras; il le récompense lorsqu'il lui est fidèle; il le châtie sans le perdre de vue, lorsqu'il porte son

hommage aux dieux des gentils. Sa sagesse semble
ne disposer les événemens et ne régler la destinée
des autres nations que pour ce peuple choisi, et
ce peuple lui-même n'est fait que pour le Messie.
Tout en lui m'y ramène; l'agneau pascal, le serpent d'airain, les différentes sortes de victimes
qu'offrait le souverain pontife, mille autres objets
divers me donnent déjà quelque idée de l'objet
qu'ils représentaient : les justes m'en retracent
l'image dans eux-mêmes par des rapports sensibles.

Cependant Dieu s'explique de jour en jour avec
plus de clarté. « Les prophètes m'annoncent un
» Dieu donné, un Dieu avec nous. Il est dans le
» sein de son père avant tous les siècles; » le Seigneur en fera dans le temps un Homme-Dieu, le
rédempteur des hommes. « Le juste descendra du
» ciel comme une rosée. La terre produira son
» germe, dit Isaïe, et ce sera le Sauveur avec
» lequel on verra naître la justice. Mon serviteur,
» a dit encore le Très-Haut, sera rempli d'intelli-
» gence; il sera grand, élevé; il montera au plus
» haut comble de gloire. » Mais quel mélange sur-
prenant de gloire et d'opprobre! Le prophète continue, et tout-à-coup il me le fait envisager sous
une forme méprisable aux yeux des hommes.

Ici, mon fils, écoutons parler les prophètes eux-
mêmes. Arrêtons-nous aux textes les plus précis,
à ceux qui nous dispensent le plus de toute discussion, et qui, sans nous forcer à de longs calculs de chronologie, démontrent de la manière la

plus sensible l'unité de la religion, et son rapport
à J.-C., à un Messie, tel que le chrétien le reconnaît et l'adore.

Mais surtout, souviens-toi, cher Valmont, que
ces prédictions éclatantes ont servi de preuves à
la religion dès les premiers siècles, dès les premiers
jours du Christianisme; que dès lors on les oppo-
sait aux Juifs; que ces Juifs charnels ont bien
cherché, quoique en vain, à en étudier l'application, aveuglés comme ils l'étaient par les fausses
idées d'un règne temporel, d'une Jérusalem toute
terrestre; mais que jamais ils n'en ont contesté
l'authenticité; que c'est d'eux que le chrétien les
a reçues; qu'elles ont donc nécessairement précédé
J.-C., qui en effet se les est tant de fois appli-
quées à lui-même; et qu'ainsi c'est de nos plus
grands ennemis que nous tirons les preuves les plus
frappantes de la religion chrétienne. Après cela,
mon fils, oppose-nous, si tu l'oses, ces oracles
incertains ou équivoques des dieux du paganisme,
ces fausses imaginations que l'esprit du mensonge
a faites des inspirations saintes du Dieu de vérité.

Avant que de reprendre Isaïe, entends le roi-
prophète révéler comme lui, dans son divin langage, le plus grand des mystères et toute la gloire
du Messie.

« Le Seigneur a dit à mon Seigneur, asseyez-vous
» à ma droite... Vous posséderez l'empire au jour
» de votre puissance, et au milieu de l'éclat qui

» environnera vos saints. Je vous ai engendré avant
» l'étoile du jour. Le Seigneur l'a juré, et son
» serment demeurera immuable, vous êtes prêtre
» selon l'ordre de Melchisédech. »

Ailleurs ce saint roi voit le Messie dans les
opprobres et les souffrances, et le peint sous des
traits auxquels il est difficile de le méconnaître.

« O mon Dieu, mon Dieu! s'écrie-t-il, jetez sur
moi vos regards : pourquoi m'avez-vous abandonné ?... Je suis un ver de terre, et non un homme;
je suis l'opprobre des hommes et le rebut du peuple. Ceux qui me voyaient se sont moqués de moi:
ils en parlaient avec outrage, et ils m'insultaient
en remuant la tête. Il a espéré au Seigneur, disaient-ils; que le Seigneur le délivre, qu'il le
sauve, s'il est vrai qu'il l'aime!... Ils ont percé
mes mains et mes pieds; ils ont compté mes os;
ils se sont appliqués à me regarder et à me considérer; ils ont partagé entre eux mes habits, et ils
ont jeté ma robe au sort : mais, pour vous, Seigneur, n'éloignez point votre assistance de moi....
Je ferai connaître votre saint nom à mes frères....
vous qui craignez le Seigneur, louez-le, glorifiez-le,
parce qu'il n'a point détourné de moi son visage...
La terre dans toute son étendue se souviendra de
ces choses, et se convertira au Seigneur, et tous
les peuples des différentes nations seront dans l'adoration en sa présence. Mon âme vivra pour lui,
et ma race le servira; la postérité qui doit venir

sera déclarée appartenir au Seigneur; et les cieux annonceront sa justice au nouveau peuple qui doit naître.

Isaïe s'explique plus clairement encore; et si David, parce qu'il parle en son propre nom, parce qu'il semble parler comme étant chargé de ses péchés, et que J.-C. n'était chargé que des péchés des autres hommes, laisse par-là quelques ressources à celui qui veut bien encore s'aveugler, Isaïe n'en laisse aucune.

« Réjouissez-vous, dit-il, désert de Jérusalem; le Seigneur a fait éclater la force de son bras aux yeux de toutes les nations, et toutes les régions de la terre verront le Sauveur que notre Dieu doit nous envoyer... Il s'élèvera devant le Seigneur comme un arbrisseau et comme un rejeton qui sort d'une terre sèche : il est sans beauté, sans éclat; nous l'avons vu, et il n'avait rien qui attirât les regards, et nous l'avons méconnu. Il nous a paru un objet de mépris, le dernier des hommes, un homme de douleur qui sait ce que c'est de souffrir. Son visage était comme caché. Il a pris véritablement nos langueurs sur lui, et il s'est chargé lui-même des peines qui n'étaient dues qu'à nous. Nous l'avons considéré comme un lépreux, comme un homme frappé de Dieu et humilié; cependant il a été percé de plaies pour nos iniquités; ses blessures sont l'ouvrage de nos crimes. Le châtiment qui devait nous procurer la paix est tombé sur lui, et nous avons été guéris par ses meurtrissures. Nous étions tous égarés comme des brebis errantes ; chacun s'était détourné pour suivre sa propre voix ; et Dieu l'a chargé seul de l'iniquité de tous. Il a été offert parce que lui-même l'a voulu, et il n'a point ouvert la bouche. Tel qu'une brebis qui se laisse conduire à la boucherie, tel qu'un agneau qui se tait tandis qu'on le dépouille de sa laine, il sera livré à la mort sans former la moindre plainte. C'est au milieu des douleurs qu'il a fini ses jours, ayant été condamné par des juges. Qui racontera sa génération ! il a été retranché de la terre des vivans. Je l'ai frappé à cause des crimes de mon peuple. Il donnera les impies pour prix de sa sépulture, et les riches pour la récompense de sa mort, parce qu'il n'a point commis d'iniquité, et que le mensonge n'a point été dans sa bouche : mais le Seigneur l'a voulu briser dans son infirmité. S'il livre son âme pour le péché, il verra sa race durer long-temps, et la volonté de Dieu s'exécutera heureusement par sa conduite. Il verra le fruit de ce que son âme aura souffert, et il en sera rassasié. Comme mon serviteur est juste, il justifiera par sa doctrine un grand nombre d'hommes, et il portera sur lui leurs iniquités : c'est pourquoi je lui donnerai pour partage une grande multitude de personnes ; et il distribuera les dépouilles des forts, parce qu'il a livré son âme à la mort, qu'il a été mis au nombre des scélérats, qu'il a porté les péchés de

plusieurs, et qu'il a pris pour les violateurs de
la loi.

« Réjouissez-vous stériles qui n'enfantiez pas,
chantez des cantiques de louange, et poussez des
cris de joie... votre postérité aura des nations pour
héritage... et le saint d'Israël qui vous rachètera
s'appellera le Dieu de la terre. »

Avouons-le, mon fils, les divines Ecritures n'eus-
sent-elles que cette prophétie à nous offrir sur J.-C.,
les paroles en sont si claires et si précises, qu'elle
suffirait seule pour lever tous nos doutes. Mais
suivons ensemble le fil d'une tradition si belle, et
écoute maintenant parler Daniel.

« Exaucez-nous, Seigneur ; Seigneur apaisez votre
colère ; jetez les yeux sur nous, et agissez : ne
différez plus, mon Dieu, pour l'amour de vous-
même, parce que cette ville et ce peuple sont à
vous, et ont la gloire de porter votre nom.

» Lorsque je parlais encore, et que je priais, et
que je confessais mes péchés et les péchés d'Israël,
mon peuple, et que, dans un profond abaissement,
j'offrais mes vœux en la présence de mon Dieu
sur sa montagne sainte..., Gabriel, que j'avais vu
au commencement de la vision vola tout-à-coup
vers moi, et me toucha au temps du sacrifice
du soir. Il m'instruisit, et me dit : Daniel, je suis
venu maintenant pour vous donner l'intelligence.
Dès que vous avez commencé votre prière, j'ai
reçu cet ordre, et je suis venu pour vous découvrir

toutes choses parce que vous êtes un homme de
désir ; soyez donc attentif à ce que je vais vous
dire, et comprenez cette vision.

« Dieu a abrégé et fixé le temps à soixante dix
semaines en faveur de votre peuple et de votre
ville sainte, afin que ses prévarications soient abo-
lies ; que le péché trouve sa fin ; que l'iniquité
soit effacée ; que la justice éternelle vienne sur la
terre, que les visions et les prophéties soient accomplies, et que le Saint des Saints soit oint de l'huile
sacrée. Sachez donc ceci, et gravez-le dans votre
esprit. Depuis l'ordre qui sera donné pour rebâtir
Jérusalem, jusqu'au Christ chef de mon peuple, il y
aura sept semaines et soixante-deux semaines ; et
les places et les murailles de la ville seront bâties
de nouveau dans des temps fâcheux et difficiles ; et
après soixante-deux semaines, le Christ sera mis à
mort ; et le peuple qui doit le renoncer ne sera
point son peuple. Un peuple avec son chef qui
doit venir, détruira la ville et le sanctuaire : elle
finira par une ruine entière, et la désolation qui
lui a été prédite, arrivera après la fin de la guerre.
Il confirmera son alliance avec plusieurs dans une
semaine, et à la moitié de la semaine, les hosties,
les sacrifices seront abolis. L'abomination de la
désolation sera dans le temple, et la désolation
durera jusqu'à la consommation et jusqu'à la fin. »

Si, après une prédiction aussi remarquable, tu
désires, cher Valmont, supputer les années et les

soixante-dix semaines d'années dont parle Daniel, en
se servant d'un langage déjà employé avant lui par
le législateur des Juifs; si tu veux fixer les dates
et considérer la justesse de leur rapport avec les
temps prédits par le prophète, ouvre notre savant
Bossuet, consulte les plus éclairés de nos chrono-
logistes, et tes désirs seront bientôt satisfaits. Mais,
je te l'ai déjà dit, prenant la voie la plus simple,
je mets à part toute discussion pour m'arrêter uniquement à celui qui est l'objet de ces prophéties,
et te fait montrer comment tout l'Ancien Testament se rapportait essentiellement au Christ, au
Messie, et à toutes les idées que la loi évangélique nous en a données, et comment cet admirable
concert de l'un et l'autre Testament fait de la religion chrétienne un tout parfait.

C'est sous ce grand rapport que tu dois considérer tout ce qu'annoncent à cet égard les autres
prophètes. Continuons donc à nous instruire dans
leurs divins livres.

« Et vous, Bethléem (dit le prophète Michée,
environ 700 avant J.-C.), vous êtes petite entre les
villes de Juda; mais c'est de vous que sortira
celui qui doit régner dans Israël, dont la génération est dès le commencement et dès l'éternité.

» Parlez à Zorobabel (dit le Seigneur au prophète Aggée, dans le temps de la construction du
second temple); parlez à tous ceux qui sont restés
du peuple, et leur dites : Qui est celui d'entre

vous qui ait vu cette maison dans sa première gloire? et en quel état la voyez-vous maintenant? ne paraît-elle point à vos yeux comme n'étant pas, au prix de ce qu'elle a été? Mais voici ce que dit le Seigneur des armées : Encore un peu de temps; et j'ébranlerai le ciel et la terre, la mer et tout l'univers; j'ébranlerai tous les peuples, et le désiré des nations viendra ; et je remplirai la gloire de cette maison, dit le Seigneur des armées.... La gloire de cette dernière maison sera encore plus grande que la première, et je te donnerai la paix en ce lieu. »

« Fille de Sion, soyez comblée de joie , s'écrie le Seigneur par la voix de Zacharie ; fille de Jérusalem, poussez des cris d'allégresse. Voici votre roi qui vient à vous, ce roi juste est le Sauveur; il est pauvre, et il est monté sur une ânesse et sur le poulain de l'ânesse..., il annoncera la paix aux nations, et sa puissance s'étendra depuis une mer jusqu'à l'autre. »

« Je vais envoyer mon ange, qui me préparera la voie, dit enfin le Seigneur par la bouche de Malachie, et aussitôt, le dominateur que vous cherchez, et l'ange de l'alliance, si désiré de vous , viendra dans son temple; le voici qui vient, dit le Seigneur. »

C'en est assez, mon fils; et, sans nous arrêter ici à tout ce qui est prédit dans les divines Ecritures sur la vocation des Gentils, sur l'établisse-

ment de l'Eglise, sur la réprobation des Juifs,
dis-moi, es-tu content de cette chaîne de traditions
que nous venons de parcourir, et qui rappelle si
constamment l'ancienne promesse et le grand objet
sur lequel portait toute la religion?

Faudra-t-il ajouter encore à ces prédictions sur
des faits éloignés les prophéties que Dieu dictait
à Isaïe, à Daniel, à Jérémie, à Ezéchiel, sur des
événemens plus prochains, c'est-à-dire, sur l'état
temporel des Juifs avant J.-C., et sur le sort
des empires qui ont précédé son avènement? Faut-
il te faire observer comment, par ses vives et
éclatantes lumières, il rendait son peuple attentif
à la voix de ses prophètes, et comment, par les
choses mêmes qui se vérifiaient sous ses yeux, il lui
apprenait à regarder comme également certaines
celles qui lui étaient prédites sur le Messie pour
toute la suite des temps? Faut-il te montrer comment, dans les décrets de l'Eternel, tout était lié
en quelque sorte à l'histoire de son peuple, et
tenait par des nœuds secrets à la venue de son fils?

Lis toi-même dans les livres des prophètes, de
ces hommes pleins de zèle pour la gloire du vrai
Dieu, pleins d'amour pour leurs concitoyens et pour
leur patrie, remplis du plus noble désintéressement
pour eux-mêmes, et en butte aux plus cruelles persécutions sans en être ébranlés; lis dans leurs livres
ce qu'il serait trop long de t'exposer ici : et ne
dis pas qu'au moins ces autres prophéties dont je

parle sont supposées. Elles sont liées trop étroitement à toute l'histoire du peuple de Dieu, à celle
des grands hommes sous le nom desquels il les a
reçues, pour pouvoir jamais être considérées comme
telles ; la vénération de ce peuple pour les livres
qui les renferment et pour ceux qui les ont écrits
était trop universellement répandue et trop bien
établie pour qu'on ait pu les y insérer après coup ;
disons mieux, pour qu'elle ait eu d'autres causes
que ces prophéties elles-mêmes et leur accomplissement. Enfin leur liaison nécessaire avec celles que,
malgré tout intérêt contraire, les Juifs nous ont
conservées sur le Messie, et qui se sont vérifiées
dans le Christ que nous adorons, en constatent trop
bien l'authenticité pour qu'on puisse raisonnable-
ment les révoquer en doute : car ici, comme sur
tout le reste, cher Valmont, tout se soutient réci-
proquement et par des moyens vraiment dignes de
Dieu.

Lis donc, et tu verras la continuité et l'étendue
de l'esprit prophétique sous l'ancienne loi ; et tu
admireras ces étonnantes prédictions, si précises et
si détaillées, sur le châtiment des Juifs et leur
captivité ; sur leur établissement après 70 ans ré-
volus ; sur les peuples qui devaient servir, entre
les mains du Tout-Puissant ou de vengeurs pour
les punir, ou de sauveurs pour les délivrer ; sur
Babylone, sur la Syrie, sur l'Egypte, sur les
Mèdes, les Perses, et sur Cyrus lui-même que le

Seigneur appelle par son nom au secours de son peuple ; sur la succession des quatre grands empires et leurs révolutions ; sur Alexandre et la division de ses vastes états ; sur l'empire romain ; et enfin sur l'empire du Christ, cet autre royaume d'une nature bien différente, qui ne sera point détruit, mais qui subsistera éternellement.

Ainsi Dieu dirigeait toutes choses selon le plan unique qu'il s'était formé par rapport à son Christ ; ainsi l'univers en paix sous Auguste, et réuni presque tout entier sous un seul maître, n'était dans les desseins du Très-Haut qu'une préparation prochaine à la prédication de l'Evangile et l'établissement du règne d'un Dieu fait Homme, de ce règne qui, bien opposé aux idées des Juifs grossiers et terrestres, devait s'élever sur la ruine de nos passions, et non pas les flatter. Ainsi encore, dans l'histoire de la religion, les Juifs, les peuples, les différens âges, tout est pour le Messie : c'est le centre auquel tout retentit ; et par le péché du premier homme je suis conduit à ce point fixe, le libérateur attendu par les Juifs, et reçu par les chrétiens comme l'unique fondement de nos espérances, comme le médiateur qui a pu seul rendre à Dieu sa gloire, et aux hommes le salut. Le monde qui, selon la pensée de l'apôtre, a été créé en J.-C., en tant qu'il est le Verbe de Dieu, l'image de sa substance, la splendeur de sa gloire, se trouve dignement réparé en J.-C.

Change maintenant le plan de la religion chrétienne; imagine, pour expliquer les prophéties, un Messie tel que le Juif se le figurait, tel qu'il se le figure encore aujourd'hui, un monarque temporel, un roi conquérant : dès lors toute l'unité disparaît, toutes les prophéties se démentent; elles n'offrent plus qu'une ressemblance éloignée et contredite par mille endroits : on ne sait plus au vrai pourquoi un peuple choisi, pourquoi un Messie : on ne sait plus ce que signifient dans les prophètes tous ces beaux traits qui conduisent naturellement à l'idée d'un roi dont l'empire doit être fondé uniquement sur la destruction du péché, et dont le règne doit être celui de la paix, de la justice et de la vérité; le tableau de ses souffrances n'a plus rien de réel; on ne voit plus de satisfaction pour les péchés des hommes, plus de victime, plus de sacrifice tel que les prophètes l'ont annoncé : tandis que tout s'explique avec précision, tout se lie, les faits, les dogmes, nos mystères, notre morale, nos sacremens, nos rites, nos solennités; tout se suit et s'accorde dans la religion chrétienne.

O religion parfaitement une, que vous êtes belle dans votre ensemble, et que cette unité manifeste avec éclat l'ouvrage de la Divinité ! Non, la nature entière, par l'harmonie qui y règne, ne publie pas plus hautement l'existence d'un Dieu que la religion chrétienne n'atteste par son accord parfait l'œuvre du Très-Haut : ainsi, en comparant les merveilles de l'univers et le beau spectacle que m'offre la religion, j'aperçois quelques ombres à ce dernier tableau, dois-je en être surpris? Dieu, pour nous laisser toujours également libres en nous éclairant sans nous contraindre, en a répandu jusque sur le premier.

Je t'ai donc exposé, cher Valmont, la preuve de la religion, je ne dis pas la plus sensible, ce caractère est réservé, ce me semble, à la sainteté de ses dogmes et de sa morale : mais je dis la plus grande, la plus belle à des yeux éclairés, puisque l'unité des proportions et des rapports innombrables que la religion renferme ne la rend pas moins admirable que ne l'est dans l'ordre de la nature, le monde matériel et visible, par l'accord de ses parties entre elles, et par leur rapport commun à la gloire du Très-Haut et au bien général de tous les êtres.

Rappelle-toi cette pensée du célèbre Bacon, que si l'on considère les ouvrages de la nature séparés et sans liaison, on pourra se laisser aller à quelque doute; mais que si on les envisage réunis et dans leur ensemble, ils formeront aux yeux du sage la démonstration la plus complète; et applique cette juste et belle réflexion à la preuve sublime que nous offre l'unité de la religion. Si nous ne prenions d'elle que différens traits épars et différens genres de preuves qui nous attestent sa divinité, peut-être y aurait-il lieu encore à des difficultés,

quoique plus apparentes que solides ; mais qu'opposer de raisonnable à ce grand tout ; à cet ensemble parfait qu'elle nous présente ?

Prends-y garde, mon fils ; toujours et nécessairement l'erreur se dément par quelque endroit.
Elle se dément d'autant plus aisément qu'elle se
forme par une plus longue succession d'années,
et qu'elle embrasse une plus longue ' suite de
faits.

Dès lors toutes les parties de son ouvrage sont
décousues, comme dans la mythologie des païens
ou dans les rêveries de Mahomet, quelques efforts
qu'on fasse après coup pour les réunir et les
accorder ; partout l'accord est interrompu, la chaîne
se rompt comme d'elle-même ; tout est sans ordre
et sans suite : tant il est vrai que l'unité est le
caractère qu'il est le plus difficile, qu'il est le
plus impossible aux hommes de contrefaire, et par
conséquent le caractère le plus essentiel et le plus
distinctif de la vérité !

Que dois-tu donc penser de cette religion qui,
dans une suite de plus de quatre mille ans, à
compter seulement jusqu'à J.-C., dans une chaîne
d'événemens qui renferme l'histoire de tout un
peuple, et en partie de tous les autres peuples
qui ont eu avec lui quelque rapport, est parfaitement une, ne se dément par aucun endroit ?

Mais comme dans la religion chrétienne tout se
prête un mutuel appui, que sera-ce encore lorsque

tu retrouveras à chaque instant cette unité admirable
dans sa perpétuité ? Je m'arrête, cher Valmont,
et te laisse tout le temps de méditer à loisir les
réflexions que je viens de faire, avant de passer
à cet autre caractère que la véritable religion doit
nous offrir.

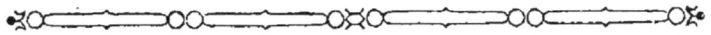

LETTRES XLe, XLIe, XLIIe.

Une lettre d'une amie de la comtesse est relative aux sé_
ductions du monde et indique quelques moyens d'y résister.
— Emilie rend compte à son père des affreux malheurs
que l'impiété et les mauvais livres ont produit au sein
d'une famille avec laquelle elle était en relation. — Le
marquis parle à sa fille de l'éducation de ses enfans et
lui dit entr'autres choses remarquables :

Le Marquis à la Comtesse.

. . . .

.. . .

Prends l'abrégé de nos livres sacrés, racontes-en
les principaux traits à ton fils ; par ces narrations
aussi intéressantes qu'instructives, suis avec lui le
fil des principaux événemens ; par le charme de
tes récits élève son esprit aux plus sublimes vérités : et en travaillant à l'éclairer d'une manière
solide sur la religion, tu le rempliras déjà de l'enthousiasme sacré des plus hautes vertus. A mesure
que ses connaissances s'étendront, que sa raison se
fortifiera, fais-lui surtout envisager d'un œil ferme

et sûr l'étonnant rapport des deux Testamens et l'unité parfaite du plan de la religion.

Fais concevoir à ton fils envers l'Être suprême tout le respect que la profondeur des mystères cachés dans la nature divine doit lui inspirer ; tout l'amour que doit exciter en lui la charité immense d'un Dieu auteur de la grâce et de la nature, source de tout don, et qui s'est donné lui-même ; toute l'obéissance et la fidélité que doivent y faire naître les attributs de la Divinité, son pouvoir, sa bonté, sa sagesse, tout les fruits qu'il doit retirer des grands exemples de l'Homme-Dieu ; toute la charité pour les hommes que doit porter au fond de son cœur le souvenir d'un Dieu qui, en leur faveur, s'est fait homme lui-même, et qui n'a point connu d'exception ni de bornes dans son amour.

Rends tes instructions aimables : écarte loin d'elles l'ennui qui les ferait paraître insipides, et le dégoût qui les rendrait infructueuses. Excite dans ton élève le désir de les entendre, en piquant sa curiosité par une sage réserve, en les lui faisant considérer moins comme une leçon que comme une récompense, et ne lui laissant pas même apercevoir, s'il se peut, l'intention que tu auras de l'instruire. Diffère-les plutôt que de les donner à contre-temps, c'est-à-dire, comme de vains sons qui, n'étant pas compris, ne se répètent qu'avec peine, et qu'on n'a fait entrer dans l'esprit que par la contrainte ! Imprime-les par tes caresses, elles ne sont dangereuses que quand elles ressemblent dans une mère à un acte de faiblesse et de dépendance, mais non pas quand elles ne ressemblent qu'à la tendresse et à l'amour. Souviens-toi de celles que la reine Blanche prodiguait à son fils, lorsqu'en le prenant sur ses genoux, elle lui disait : *Mon fils, Dieu m'est témoin combien vous m'êtes cher; mais j'aimerais mieux vous voir mourir que de vous voir commettre un seul péché mortel.* C'est ainsi qu'elle lui a fait aimer ses leçons ; c'est ainsi qu'elle-même s'est rendue aimable à ses yeux et respectable pour toujours, c'est ainsi encore qu'en en faisant un grand saint, elle en a fait un grand roi. Emploie donc, à son exemple, cet innocent artifice d'une mère tendre qui frotte de miel les bords du vase qu'elle présente à son fils, et par cette amorce lui fait boire la liqueur salutaire qu'elle renferme.

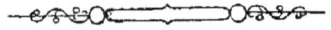

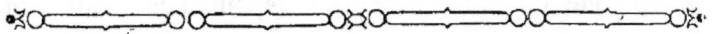

LETTRES XLIIIe, XLIVe.

Le comte avait écrit à son père qu'il allait laver dans le sang de Lausane l'outrage qu'Emilie et lui avaient reçu de cet ami perfide. — Son père lui répond :

Le marquis de Valmont à son fils.

Lausane peut être coupable de légèreté, de présomption, de forfanterie même, puisque tel est son caractère, mais non pas au point où tu le crois : et, quelque coupable qu'il puisse être, as-tu droit de l'en punir? Est-ce à toi qu'appartient la vengeance? Faut-il te répéter, dans l'ivresse des transports qui t'agitent, ce que j'avais autrefois moins de peine à te faire entendre de sang-froid, que la vie d'un autre homme, non plus que la tienne, n'est point à toi; que tu ne la lui as non plus donnée que tu ne l'as donnée à toi-même; qu'il faut étouffer la voix de l'humanité et le cri de la nature, méconnaître tous les droits de l'Etre suprême, et commencer par défier sa justice et son pouvoir, renverser toutes les lois, rompre tous les liens de la société qui nous rassemblent et nous protégent, fouler aux pieds toute autorité, détruire toute espèce de subordination, et s'arroger des titres qui n'appartiennent qu'à la puissance publique, pour oser se faire l'arbitre et le vengeur d'une offense particulière. Prétendre d'ailleurs en laver l'affront dans le sang de celui qui nous l'a faite, quel horrible préjugé! quel fantôme d'horreur, auquel on sacrifie plus en furieux qu'en vrai brave tous les biens et l'honneur véritable! Eh! mon ami! le véritable honneur consiste à être à ses propres yeux sans reproche et constamment vertueux; et peut-il y avoir quelque vertu réelle sans la soumission aux lois de Dieu et de son pays? Ah! sois brave, cher Valmont, mais en faveur de ta patrie, comme je me flatte de l'avoir été; et ne méprise point des conseils que quarante ans d'un courage suffisamment éprouvé m'ont acquis le droit de te donner.

Cependant en voulant te venger de propos indiscrets, que peut-être on n'a pas tenus, si tu péris, ô mon fils! je frémis. Dans quel état iras-tu te présenter à ton Créateur, à ton juge, et lui rendre une vie qu'il t'ordonnait de conserver dès qu'il ne te la demandait pas!

Quelle catastrophe pour Emilie, pour le fruit de ses entrailles, pour son père! Si c'est ton semblable qui périt par ta main, tout souillé de son sang, cruel homicide, quels remords tu te prépares!

quelle image sanglante va te suivre en tous
lieux ! quelle autre source d'amertume pour ton
épouse, pour tes enfans et pour moi ! quel renversement de toute espérance ! Dépouillé, banni, flétri
peut-être, quelle honte réelle pour sauver une
honte imaginaire ! quelle perte de tous les biens
pour un honneur, pour un bien qu'on ne songe
point à t'enlever, ou qui cesse d'être un bien
digne de si grands sacrifices, s'il n'est fondé que
sur l'opinion ! Ah ! s'il était question de sacrifier
à l'état, au bien commun, je te tiendrais un autre
langage, et je t'aurais déjà offert mon exil pour
exemple et pour leçon.

Mon fils, pèse toutes ces réflexions, si tu es en
état de les faire. Tranquillise-moi, je t'en conjure,
en me renvoyant au plus tôt l'exprès que je fais
partir.

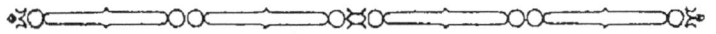

LETTRE XLVe.

Après avoir demontré que le Nouveau-Testament est authenti-
que, l'œuvre d'hommes qui n'ont pas été, ni pu être trompés,
ni trompeurs, le marquis continue de prouver ainsi la
vérité du Christianisme.

Le marquis de Valmont à son fils.

Déjà les quatre grands empires prédits par Daniel
comme devant amener après eux l'empire éternel
du Christ se sont succédé l'un à l'autre, et le
dernier a triomphé de ceux qui l'ont précédé.
Déjà la prophétie de Jacob touche à son terme, et
aux yeux de la nation étonnée le sceptre s'échappe
des mains de Juda pour passer dans celles d'un
étranger. Le second temple ne subsiste que pour
recevoir celui qui doit en faire tout l'ornement.
Les Juifs sont dans l'attente universelle du Messie;
et le bruit de leurs espérances s'est répandu parmi
les Gentils. L'avènement de ce Messie tant désiré
a été différé assez long-temps pour nous rendre

sensibles les misères de l'homme abandonné à lui-même. Enfin le Messie paraît : toutes les prophéties s'accomplissent en sa personne ; tous les caractères du Messie se retrouvent en J.-C.

Comme Verbe, il est coéternel à son père ; comme Verbe fait chair, naissant d'une vierge, il est le rejeton de Jessé ; il est le fils de David ; il sort de la tribu de Juda ; il naît à Bethléem ; il y reçoit le nom de Jésus, ce beau nom de *Sauveur*, qui présageait tout à la fois et la gloire qu'il allait rendre à Dieu par la réparation du péché, et le salut qu'il allait rendre aux hommes.

Une étoile brillante l'annonce ; les bergers l'adorent ; et, ce qu'un auteur célèbre entre les auteurs païens nous a garanti, ce qui confirme de la manière la plus solennelle, tout le récit des auteurs sacrés. Hérode, instruit de sa naissance, immole à sa jalouse fureur une foule d'innocentes victimes, et par ses inquiétudes et ses craintes rend ainsi malgré lui le témoignage le plus sensible à l'attente des Juifs et à la venue du Messie.

J.-C. se soustrait à sa poursuite. De retour dans sa patrie, à peine le temps où il doit se manifester aux hommes est-il arrivé, que Jean-Baptiste, si digne d'admiration par l'austérité de sa vie, par la pureté de ses mœurs, par les effets de son zèle, par la force de ses paroles, et que les plus sages d'entre les Juifs, cherchant partout le Messie eussent pris sans peine pour le Messie lui-même, se

9..

dépouille en sa faveur de sa propre gloire, s'anéantit
en sa présence, et le fait reconnaître à ses disciples pour l'agneau de Dieu qui vient effacer les
péchés du monde.

Le Sauveur enseigne aux hommes la doctrine la
plus pure, et leur propose d'une manière simple
les vérités les plus sublimes. Il ouvre à ses disciples sans appareil et sans faste les trésors de la
plus haute sagesse; il leur révèle les plus profonds
mystères sans en paraître étonné; il développe les
idées les plus neuves et la morale la plus parfaite,
comme des idées qui lui sont naturelles et qui coulent de source; il nous fait aspirer à une nouvelle
béatitude; il rappelle notre âme à son origine et
à sa fin, et la fait rentrer dans tous ses droits. Il
tempère l'élévation de ses pensées et la hauteur de
ses maximes par la naïveté des images qu'il emploie
et l'onction secrète qui accompagne ses discours.
Tout est grand, tout est aimable dans sa personne:
il y réunit au souverain degré la douceur et l'autorité. Il donne les exemples les plus rares des
vertus qu'il commande et de la perfection qu'il
conseille; et ce qu'il y a en lui de plus admirable
encore, son âme noble sait allier la plus haute
élévation avec l'humilité la plus vraie. Son caractère
est ferme et généreux; son cœur est tendre et
bienfaisant, sa vie est pauvre et frugale; ses manières sont simples et affables; ses mœurs sont
irréprochables. Il ne se montre parmi les hommes
que pour les éclairer et pour leur faire du bien.

Sociable, humain, populaire, mais sans familiarité
et sans bassesse, il se met à la portée de tous et
s'en fait respecter. Il converse, il se plaît avec les
enfans; il accueille et prévient les pécheurs; il ne
se rebute point de la grossièreté de ses disciples;
il est bon, il est indulgent pour les faibles, et
ne fait paraître de la sévérité qu'envers les hypocrites. Il verse des larmes sur la mort de Lazare
qu'il aimait tendrement; il s'intéresse de la manière
la plus vive à la douleur d'une mère qui vient de
perdre son fils; il fait grâce à la femme adultère,
et ne lui demande pour toute reconnaissance que
de cesser d'être infidèle. Dans l'entretien le plus
intéressant il instruit, il convertit la Samaritaine,
et annonce un culte nouveau, l'adoration en esprit
et en vérité. Il voit avec une sorte de transport
couler les pleurs de Madeleine; il se plaît à briser
e cœur du publicain. Partout il envisage la gloire
de son père : partout il maintient, il assure l'accomplissement des devoirs et l'ordre de la société. Il
nous apprend que son royaume n'est pas de ce
monde, et rend lui-même à César le tribut qui
lui est dû par ses sujets. Son règne est celui de
la vérité; et, en lui rendant témoignage devant
Pilate, c'est à elle qu'il se sacrifie. Opprimé, calomnié, couvert d'opprobres, mourant dans les
supplices, il fait avouer à son juge son innocence,
et fait voir sur la terre la vertu malheureuse persécutée, mais toujours également ferme, sans tache
et se suffisant à elle-même. Sa passion, sa mort,

sont encore quelque chose de plus grand que sa vie; et le disciple célèbre du plus sage des philosophes, en voulant peindre le juste avec l'héroïsme de la vertu, a peint une vertu plus qu'humaine et le fils de Dieu sans le savoir.

Les merveilles les plus éclatantes viennent à l'appui de la sainteté de ses mœurs, elles ajoutent un nouveau poids à l'excellence de sa doctrine; et avec elle, avec le concours de tous les siècles qui ont préparé sa venue, de tous les genres de prophéties qui l'ont annoncée, elles démontrent la divinité de sa mission.

En vain m'arrêterais-je ici à disserter froidement sur la nature et la possibilité des miracles, il est des faits qui, bien avérés, tranchent toute difficulté et parlent bien plus haut que de stériles et vains raisonnemens. Tels sont les faits et les miracles qui ont un rapport direct à J.-C. : faits sensibles et palpables; faits publics et permanens; faits réitérés et perpétués partout où l'établissement de la religion chrétienne et la gloire de son auteur l'ont nécessairement exigé; faits et miracles avoués par ceux même qui avaient l'intérêt le plus pressant à les nier; avoués par les Juifs, qui, au lieu de les démentir, les ont confirmés en les attribuant à je ne sais quelle vertu secrète qui se trouvait dans le saint nom de Dieu, ce nom inconnu et ineffable que J.-C., disaient-ils, avait découvert, on ne sait comment, dans le sanctuaire; avoués et

reconnus du moins en partie par les païens, Hiéro-
clès, Julien, Celse, Porphyre, et une infinité d'autres qui, moins prévenus, n'ont pu résister à la
force des preuves qui les constataient, et, de païens
sont devenus chrétiens; avoués et confirmés par les
hérésiarques, du temps même des apôtres, les
judaïsans, les nicolaïtes, les cérinthiens, les gnos-
tiques, les valentiniens, les bisilidiens, etc., qui
attaquant tout, confondant tout, disputant sur tout,
n'ont jamais contesté aux vrais disciples de J.-C.
les miracles qu'ils lui attribuaient, ni osé taxer
d'imposture ceux qu'ils opéraient en son nom; faits
merveilleux, évidemment au-dessus des forces de
la nature, tous bienfaisans, tous utiles aux hommes; ou pour guérir les maux du corps, ou pour
dissiper les maladies de l'âme, ses préjugés et ses
erreurs : faits et prodiges bien différens par leur
authenticité de ceux que l'incrédule ose mettre en
parallèle avec eux, bien différens par leur caractère
et leur publicité de ces prestiges et de ces œuvres
de ténèbres par lesquels s'accréditent dans les esprits faibles les superstitions, les schismes et tant
d'opinions aussi contraires à la vérité que dangereuses pour les mœurs.

Exposons-les donc en peu de mots ces faits et
ces miracles dont tout nous garantit la certitude,
dont tout confirme la réalité. Maître de la nature,
d'un mot J.-.C. calme les tempêtes : il prescrit des
lois aux élémens; il multiplie cinq pains, et en
nourrit cinq mille hommes; il ouvre les yeux des

aveugles de naissance, il délie la langue des muets;
il rend l'ouïe aux sourds; il guérit les malades
par sa seule parole; il chasse les démons, et les
force de rendre hommage à sa divinité, la nature,
la mort, l'enfer obéissent à sa voix. Il ressuscite
le fils de la veuve de Naïm dont le peuple accompagnait la pompe funèbre; la fille du chef de la
synagogue dont une troupe de Juifs pleuraient la
perte; Lazare enseveli depuis plusieurs jours. Il
annonce sa mort et sa résurrection; il prédit ce
que nous voyons accompli de la manière la plus
frappante, la prédication de l'évangile l'établissement
de l'Eglise, l'indéfectibilité de sa foi, sa visibilité,
sa perpétuité, le châtiment des Juifs et la destruction
de Jérusalem. Il est livré à ses ennemis parce qu'il
l'a bien voulu. Juda l'a trahi : mais la honte et
le désespoir suivent de près son crime : il en re-
porte aux Juifs le salaire, et le champ acheté de
cet argent même pour la sépulture des étrangers
est un monument destiné à instruire toute la terre
de sa perfidie et de ses remords. Après avoir en-
duré de la manière la plus héroïque et avec le
plus noble courage les opprobres les plus humi-
lians, J.-C. meurt pour la réparation du péché
pour le salut des hommes : et la nature se trouble
et se déconcerte quand il expire; par des prodiges
qu'attestent les auteurs païens, elle reconnaît son
son maître. Il meurt sur la croix; et, selon la
promesse qu'il a faite à ses apôtres, cette croix

devient l'instrument et le signe le plus éclatant de son triomphe.

Peu de jours après sa mort, il met le comble aux témoignages de sa puissance et de sa divinité par sa résurrection. Indépendamment des précautions que ses ennemis avaient prises pour empêcher que ses apôtres ne pussent enlever son corps ; indépendamment des circonstances publiques dont ce fait a été dès lors revêtu, et d'après lesquelles on eut pu aisément convaincre les apôtres d'imposture, s'ils eussent voulu nous tromper, ce fait est confirmé par toutes ses suites, et la force des preuves va toujours en croissaut.

Des disciples autrefois si timides publient hautement le triomphe de leur maître ; et dans quel moment? dans celui où tout paraît désespéré, et où ils n'ont à attendre d'un pareil témoignage que des affronts, des persécutions, des supplices et la mort.

Mais encore ces hommes qui vont opérer au nom de J.-C. d'aussi grands prodiges que ceux qu'il a opérés lui-même ; ces hommes qui vont éclairer le monde, le convertir à la foi, réformer ses mœurs et changer la face de l'univers, que sont-ils ? Des hommes sans nom, sans fortune, sans crédit et sans science, des hommes de la lie du peuple, disons-le en un mot, et ne sois point choqué, cher Valmont, de la vérité de l'expression, tels que seraient parmi nous des bateliers de la

Loire et de pauvres pêcheurs, tels sont ceux qui, dans toutes les langues vont rendre témoignage à Jésus crucifié.

Et que d'obstacles s'opposent à leur mission et à l'établissement de l'Evangile ! obstacles pris des vérités mêmes qu'il fallait prêcher, vérités à croire, plus difficiles encore à pratiquer : obstacles de la part du peuple juif, dans ses superstitions et ses préjugés sur la grandeur temporelle du Messie ; obstacles du côté des païens dans leur religion, leurs lois, leur politique, puisque le culte des faux dieux, les aruspices, les augures, les lois, les sacrifices étaient liés étroitement à l'administration des affaires civiles; dans la vanité des empereurs devenus les dieux de la terre ; dans l'orgueilleuse sagesse des philosophes qui s'en croyaient la lumière ; dans la corruption du monde entier dont le Christianisme renversait toutes les idées et attaquait tous les vices; obstacles de la part des apôtres eux-mêmes, que je t'ai fait voir dénués de tous les talens extérieurs et de tout secours humain. Et malgré tant de difficultés insurmontables à tous nos sages ensemble, quand ils n'entreprendraient que la conversion d'une seule cité, d'un seul hameau, insurmontables pour tout autre que pour un Dieu, le témoignage des apôtres est reçu. Jésus est reconnu par tout l'univers pour le fils du Très-Haut ; la croix triomphe ; les mœurs des premiers fidèles se font admirer de leurs plus grands

ennemis; peuples, philosophes, empereurs, séna-
teurs, guerriers, tous cèdent, l'univers est chrétien.

Les oracles se taisent; les idoles sont brisées;
Rome, cette capitale du monde, devient une Rome
nouvelle, et acquiert pour la gloire de la religion
un nouvel empire. Toutes les prophéties sur la
conversion des Gentils sont accomplies. L'Eglise
prend tous les caractères que son divin chef lui a
assignés : posés sur des fondemens que rien ne peut
ébranler, victorieuse de tant d'ennemis qui ont
cessé de combattre, elle subsiste malgré les efforts
continuels de l'hérésie, de la fausse politique et de
l'incrédulité : elle subsiste plus qu'aucun empire; et
plus de dix-huit siècles d'orages et de tempête n'ont
pu la renverser : chaque jour elle répare ses pertes,
chaque jour elle étend ou renouvelle ses conquêtes,
et vérifie en elle de la manière la plus sensible les
prédictions et les promesses de son divin époux.

Les Juifs forment de leur côté une preuve également complète et toujours subsistante de la divinité
de J.-C. Dès les premiers temps ils ont vu s'accomplir en eux cette terrible malédiction qu'ils avaient
prononcée contre eux-mêmes, lorsqu'au tribunal de
Pilate ils avaient osé s'écrier, en maudissant le
Christ : *Que son sang retombe sur nous et sur nos
enfans.* Ils ont vu, comme le Christ le leur avait
prédit, renverser, détruire de fond en comble, et
sans qu'il en resta pierre sur pierre, les murs de
Jérusalem, et son temple fameux que Julien s'efforça

en vain de rebâtir. Ils ont vu s'exécuter en eux avec plus de rigueur et moins de ressources que jamais, les menaces de leurs prophètes, et ont été dispersés parmi les nations. Depuis plus de dix-huit cents ans, toujours au même état où les vengeances du Seigneur et les conseils de sa Providence les ont réduits, toujours sans chefs, sans patrie, sans temples, sans prêtres, sans sacrifices, errant de peuple en peuple, conservant partout une existence si précaire, et continuée cependant depuis si long-temps sans mélange et sans interruption, ils portent dans toutes les parties du monde la preuve manifeste de leur crime, et démontrent la divinité de ce Jésus qu'ils osent blasphémer.

O mon fils! que la lumière brille enfin pour toi; que le voile qui t'en dérobait l'éclat se déchire : tombe aux pieds de celui que tu as trop long-temps méconnu et adore avec moi J.-C., ce Jésus devenu le centre unique de l'un et de l'autre Testament, le point de réunion de toutes les parties de la religion, la liaison essentielle du véritable Israélite et du Chrétien fidèle; ce Jésus qui, attendu ou donné, a été dans tous les temps la consolation et l'espérance des enfans de Dieu, et nous montre ainsi la religion la plus digne de notre admiration par son ancienneté, son unité, sa perpétuité.

Eh, quoi donc! le Dieu saint aurait-il pu laisser prendre à l'erreur des caractères si parfaitement semblables à la vérité? et ne puis-je pas dire à

juste titre, après tant de merveilles, que, si ce
que je crois pouvoir être une erreur, ce serait
Dieu même qui m'aurait trompé? Prends-y garde,
Valmont; je n'ai fait que tracer rapidement, qu'é-
buchera en quelque sorte une suite d'évènemens,
qui s'amènent et se supposent les uns les autres,
dont chacun en particulier, développé dans toute
son étendue, formerait une preuve suffisante et
complète, mais qui pris ensemble, sont au dessus
de toute difficulté et de toute objection.

Quelle satisfaction pour le vrai fidèle de repasser
ainsi d'un coup-d'œil toute la suite de la religion
et tous les fondemens de sa foi! au milieu de tous
les assauts qu'on livre à sa croyance, quelle consolation pour lui de voir comment et avec quelle
évidence des preuves que nous avons sous les yeux,
je veux dire, de l'état actuel des Juifs, de l'Eglise
et de la religion, on remonte de siècle en siècle,
par une liste de noms connus, par une succession non
interrompue de pontifes dans l'Eglise romaine, aux
premiers jours du Christianisme; comment encore,
par une autre suite de pontifes également constante,
on remonte jusqu'à Aaron, jusqu'à Moïse; et de
Moïse, par un petit nombre de patriarches, aux
premiers jours du monde!

O la belle autorité que celle que nous offre la
véritable religion, la plus belle, la plus grande
qui soit sur la terre, et qu'aucune secte, aucun
peuple ne peuvent imiter?

J'ai satisfait à ton empressement, cher Valmont, en te retraçant le troisième caractère de la religion chrétienne : ne tarde pas à satisfaire le mien sur ce qui concerne ta situation actuelle et tes plus secrètes dispositions.

LETTRES XLVIᵉ, XLVIIᵉ, XLVIII, XLIXᵉ.

Ces quatre lettres sont relatives au duel dans lequel Lausane a succombé. Sa mort impie est mise par le comte en contraste de la piété édifiante avec laquelle sa tendre Emilie vient de se préparer à la mort!

Le comte de Valmont au marquis.

Elle était beaucoup plus mal que le jour précédent : elle crut me dire un éternel adieu; elle me le dit avec tendresse, avec courage. Je l'interrompais par mes sanglots, je la baignais de mes larmes, je ne faisais paraître que ma douleur et ma faiblesse. Elle me ranima. Elle me rendit des forces par l'héroïsme de ses sentimens et de sa piété, elle me recommanda de nouveau les intérêts de mon âme et ceux de mon fils. Je la serrai encore une fois entre mes bras, et m'enfonçai dans le cabinet qui m'était destiné.

On ne tarda pas à s'assembler. Le moment que je craignais le plus, et qu'Emilie désirait le plus

vivement arriva enfin : elle vit entrer son Sauveur
et son Dieu. Quel spectacle de religion ! et de quels
sentimens il a pénétré mon cœur ! On fit à mon
épouse une exhortation courte et pathétique sur l'a-
mour d'un Dieu pour elle, sur les faveurs dont il
l'avait comblée depuis l'instant de sa naissance jusqu'à ses derniers momens : on l'engagea à répondre
à tant d'amour et à de si grands bienfaits par la
plus vive reconnaissance, la résignation la plus entière et le détachement le plus parfait. « Oui,
» monsieur, dit-elle avec fermeté au ministre qui
» l'exhortait, je benis sa tendresse et lui rends les
» plus vives actions de grâce des témoignages qu'il
» n'a cessé de m'en donner. Je meurs à tout, puis-
» qu'il l'ordonne, avec l'unique désir d'être éternel-
» lement à lui. O mon Dieu ! recevez l'offrande de
» tout ce que vous savez que j'ai de plus cher, et
» daignez vous le consacrer uniquement. Soyez ma
» force et mon soutien, comme j'espère que vous
» allez être pour moi un gage d'immortalité ! » On
fit l'onction sainte sur tous ses sens, elle entra
dans le plus profond recueillement. On lui présenta
le crucifix, et elle jeta sur lui le regard le plus
tendre. « Voilà, dit-elle, en le pressant amoureu-
» sement de ses lèvres, voilà l'image sacrée de
» celui à qui je dois mon salut, de celui qui
» m'a soutenue dans toutes les afflictions, et qui a
» fait mon unique espérance tous les jours de ma
» vie. » On lui fit plusieurs questions auxquelles
elle répondit d'une manière si touchante, que tous

les assistans fondaient en larmes. On lui présenta
son Dieu; elle l'adora, elle le reçut et parut comblée de joie et remplie des consolations les plus
douces : « C'est à présent, dit-elle, que je vous
» prie, Seigneur, de recevoir mon âme, et que je
» meurs en paix. »

Pendant cette scène si attendrissante, ce qui m'a
le plus frappé, c'est la sérénité qui brillait sur son
front. Nulle altération ne se faisait voir dans ses
traits; un feu pur et céleste éclatait dans ses yeux;
un tendre coloris animait son visage, et ajoutait
encore un nouveau charme à ses attraits; sa voix
douce et persuasive, mais ferme et assurée, portait
dans le cœur une onction secrète et je ne sais quoi
de divin, la dignité des grâces accompagnaient ses
moindres gestes; tout en elle respirait la grandeur
d'âme et le vrai courage que donnent le témoignage
d'une bonne conscience et la solide piété. A l'éclat
dont elle brillait on l'eût moins prise pour une
faible mortelle que pour un ange descendu parmi
nous sous une forme humaine; elle paraissait bien
moins s'assujétir à la mort qu'en triompher. Ah !
mon père, que la mort du juste est donc précieuse ! et qu'il est doux de mourir ainsi dans le
Seigneur ! Plaise au ciel cependant qu'il n'ait eu
dessein que de nous présenter dans Emilie cette
image sans la réaliser ! Plaise au ciel qu'elle me
soit rendue pour m'apprendre à vivre pour elle !

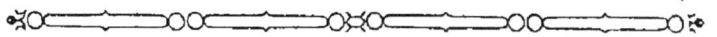

LETTRE L*.

Le marquis après quelques observations générales sur la nécessité de la religion, surtout au sein des grandes afflictions, poursuit la démonstration de la divinité du Christianisme.

Le marquis de Valmont à son fils.

Le croiras-tu, Valmont ? cent fois, en observant cette classe nombreuse d'incrédules, imitateurs futiles de quelques génies célèbres dont par vanité ils empruntent la manie, j'osai les comparer avec nos bonnes femmes de village instruites par leur curé ; et je trouvai dans celles-ci mille fois plus de notions justes, plus de vraies lumières en choses utiles et nécessaires, plus de jugement et de raison que dans tous ces jolis diseurs de riens que l'incrédulité a infectés de son poison. Oui, mon fils, le catéchisme du simple fidèle lui donne infiniment plus de vraie sagesse que n'en peut donner la philosophie ; et quel triomphe pour la religion !

Mais ce qui en relève encore plus l'excellence, c'est son influence sur le cœur de l'homme par le caractère de bienveillance qu'elle nous fait prendre et les vertus qu'elle nous inspire. Et, en effet, quoi de plus divin que sa morale ! quoi de plus sublime que cette charité qui en est l'âme ! Aimer les hommes comme soi-même ; les aimer en Dieu et pour Dieu sans exception, sans réserve ; aimer jusqu'à nos ennemis, oublier les injures ; pardonner les offenses ; vaincre le mal par le bien ; être dans la joie avec ceux qui y sont ; pleurer avec ceux qui pleurent ; se faire tout à tous pour les gagner tous à l'amour du souverain bien ; éclairer ceux qui sont dans les ténèbres ; reprendre en secret et ramener avec douceur ceux qui s'égarent ; ne point juger témérairement pour n'être pas jugés nous-mêmes ; consoler les affligés ; assister de tout son pouvoir les malheureux ; et ne se considérer dans l'usage de ses talens et de ses richesses que comme le dispensateur des dons de Dieu et l'économe de sa providence ; remplir avec amour et principe de conscience tous les devoirs que notre condition nous impose ; respecter Dieu dans nos maîtres, et son autorité dans ceux qu'il a établis pour nous gouverner ; ne point chercher son propre intérêt ; mais le sacrifier à l'intérêt général : voilà, mon fils, ce que la religion nous prescrit à l'égard des hommes, à l'égard de la société toute entière, et ce que le chrétien qui l'est en vérité réalise tous les jours par sa conduite. Bon, sensible,

10

compatissant, affable, généreux, miséricordieux et
clément, citoyen zélé, sujet fidèle, ami constant,
digne époux, bon père, fils tendre, respectueux et
soumis, maître soigneux et vigilant, plein de charité à l'égard de tous, il prévient tous les besoins,
il accomplit toutes les lois, il satisfait toutes les
bienséances, il se prête à tous les désirs honnêtes,
il se livre à toutes les bonnes œuvres, il fait tous
les genres de bien qui sont en son pouvoir : lié
par sa religion à tous les hommes, il volera pour
eux jusqu'aux extrémités du monde, et, nouvel
apôtre, il portera, s'il le peut, la vérité, la justice dans tous les cœurs. Donnez-moi, dans toutes
les conditions, dans toute société, dans toute espèce de gouvernement, des citoyens animés de
l'esprit du Christianisme : donnez-moi un peuple,
un monde de chrétiens fidèles, et la terre sera le
séjour de l'innocence et du bonheur.

La religion chrétienne, cher Valmont, n'est pas
moins digne de notre admiration et de nos hommages dans les vertus qu'elle nous inspire à l'égard
de nous-mêmes. Elle oppose au fol amour de soi
le renoncement à notre volonté propre, une sainte
haine de nos penchans déréglés; à notre orgueil,
la connaissance de notre misère, de notre néant,
et les sentimens d'une humilité profonde; à la
cupidité, l'esprit de détachement et l'amour de la
pauvreté; à la mollesse, la mortification et la
pénitence; à un penchant trop vif pour tous les
biens sensibles, le désir et la recherche des biens

spirituels et célestes ; aux saillies de notre humeur , la douceur et la patience. Elle veut que nous usions de tous les biens avec actions de grâces, avec modération et avec sagesse ; que nous soyons chastes et purs ; que nous nous défendions jusqu'à la pensée du mal ; que nous en évitions jusqu'à l'ombre ; que nous veillions sur tous nos sens ; que nous mettions un frein à nos lèvres ; que nous ne nous permettions jamais les plaintes et les murmures ; que nous soyons résignés et tranquilles au sein des souffrances ; que nous considérions les adversités et les croix comme un bien, et la mort comme le terme de notre délivrance. O la belle philosophie que celle de la religion !

Avec des sentimens si nobles et si purs, le vrai chrétien vit heureux autant qu'on peut l'être ici-bas. La paix du cœur et l'onction du divin amour le dédommagent des plaisirs dont il se prive. S'il n'a pas de joies bruyantes et frivoles, il en est récompensé par des joies plus pures et plus constantes. S'il se refuse à d'infâmes voluptés, il s'en épargne pour toujours les tristes suites, les inquiétudes et les remords. S'il combat ses passions injustes et déréglées, il recueille au-dedans de lui le fruit de ses combats et le prix de sa victoire. La route tracée par nos faux sages pour nous conduire au bonheur est plus séduisante, il est vrai : céder à ses penchans pour ne pas ressentir la peine qu'il en coûte à les vaincre, se faire une sagesse de la volupté, paraît, sans doute, quelque

chose de plus doux à la nature. Mais si cette
route est facile, si l'accès en est riant, que l'issue
en est funeste! et que les fruits d'une semblable
sagesse sont amers! Elle enfante la discorde et la
haine, les égaremens et les fureurs de l'ivresse, la
satiété et l'ennui, le dégoût de la vie, le désir du
néant et toutes les horreurs du désespoir.

O mon fils, qu'elle est différente en elle-même
et dans ses effets, la morale de l'Evangile et la
sagesse de son auteur! Arrêtons-nous encore un
moment à la considérer sous tous les rapports.
Quelle suite et quelle liaison dans tout ce que le
fils de Dieu nous enseigne, et cependant quelle
nouveauté dans ses maximes, et en même temps
quelle sublimité! J.-C. veut que nous soyons parfaits comme notre père céleste est parfait, et rend
ainsi à l'homme toute sa grandeur en le rappro-
chant de la divinité dont il doit être l'image. Cet
homme-Dieu nous apprend que son royaume n'est
pas de ce monde; il nous ouvre la plus noble carrière : il nous rend citoyens d'une nouvelle patrie,
et nous fait aspirer à la plus pure béatitude. Il
nous fait regarder comme un mal tout ce qui nous
en éloigne, et comme des biens réels tout ce qui
peut nous y conduire. Il dit anathème au monde,
à ce monde en qui règne la concupiscence de la
chair, celle des yeux et l'orgueil de la vie. C'est
à tout cela que J.-C. dit anathème, parce que c'est
tout cela qui fait la dépravation de l'homme cor-
rompu par le péché.

De là cette unité de plan, de vues, de sagesse plus qu'humaine, qui se trouve dans les auteurs sacrés du Nouveau-Testament. Quelque grossiers qu'ils aient été par leur état, leur naissance et leur éducation, tous s'accordent dans un genre de connaissances et de lumières sur lequel Dieu seul a pu les réunir et les éclairer, je veux dire ce discernement de l'homme spirituel et de l'homme charnel, de l'homme céleste et de l'homme terrestre, de la vie intérieure et de la vie animale et sensuelle. Les secrets principes de l'une et de l'autre, les opérations merveilleuses de la grâce et de l'esprit de Dieu dans nos âmes : ses effets, ses consolations, ses joies, ses ressources, les vertus qu'ils inspirent, si opposées à toutes les idées du monde et si supérieures à celles d'une vaine philosophie, sont développés dans leurs écrits avec une précision admirable et digne des disciples d'un si grand maître, avec un ton de sentiment et d'onction qui nous touche et nous affecte en dépit de nous-mêmes, mais qui ne peut être bien apprécié que par des âmes vraiment droites et pures.

Le plan de législation et de sagesse offert à l'homme par J.-C. et ses disciples n'a pas eu besoin de passer par ces degrés d'accroissement et de perfection lents et insensibles qui se trouvent dans toute législation purement humaine, dans tous les ouvrages des hommes : il a eu dès le premier instant toute l'excellence qu'il devait avoir. Il est d'ailleurs soutenu de tout ce qui peut nous aider à le remplir : un Dieu présent à chacun de nous et attentif à nos moindres actions : un Dieu qui veille en faveur du juste, qui permet pour sa sanctification et pour son bonheur les maux qu'il éprouve ; qui règle sa destinée, et fait de toutes les créatures les instrumens et les ministres de sa volonté : un Dieu juge et témoin, qui discutera à la face de l'univers nos pensées, nos intentions, nos désirs, et qui rendra à chacun selon ses œuvres ; un Dieu qui récompensera d'une gloire infinie, d'un bonheur éternel, le juste qui aura vécu pour lui ; mais qui, dans la même proportion punissant par des peines infinies, par des peines éternelles l'infraction de ses lois, offre à l'homme toujours prêt à les violer, le contre-poids le plus propre à l'arrêter : un Dieu qui donne tout à la fois la leçon et l'exemple ; qui dans l'union ineffable de la nature divine avec la nature humaine s'abaisse jusqu'à l'homme pour élever l'homme jusqu'à lui ; qui se met à notre portée et n'exige de nous rien de si pénible que sa vie et sa mort ne nous aient rendu facile : un Dieu qui nous presse à chaque instant par les témoignages éclatans de son amour, et qui, s'ils ne sont pas des monstres, force les plus grands pécheurs au repentir, et les cœurs les plus durs à la reconnaissance : un Dieu qui nous prévient, qui nous aide, qui nous soutient par sa grâce, qui nous offre des sacremens par lesquels il nous rappelle fortement à lui en même temps qu'il nous rappelle à nous-mêmes : quelles ressources pour le chrétien ! quels moyens, quels motifs pour fuir le vice ! et quels encouragemens à la vertu ! Dans les principes et les systèmes de l'incrédulité tout est lié pour le mal, tout favorise le déréglement de nos passions ; dans la religion chrétienne tout nous aide à les réprimer. Que substituera l'incrédule à des secours si puissans ? Les lois ? elles n'ont de prise que sur les faibles, et restent sans force contre le crédit et l'autorité ; elles n'étendent leur empire que sur l'extérieur de nos actions, et n'en règlent ni les principes ni les motifs ; elles n'envisagent que les conséquences qui les suivent, et, ne pouvant rien sur le cœur, elles ne remontent point à la vraie cause dont elles émanent. Le respect humain ? il a les mêmes inconvéniens ; et si quelquefois il empêche de paraître vicieux, presque jamais il n'empêchera de l'être. L'honneur ? il est souvent le fruit des préjugés ; et, selon les opinions reçues, il parlera quelquefois aussi hautement contre la vertu qu'il aurait dû parler pour pour elle. L'éducation ? ses impressions s'effacen quand la religion ne les soutient pas ; et que sera l'éducation elle-même si elle n'est pas réglée par la religion ? Un sentiment intérieur du juste et de l'honnête ? ah ! s'il nous suffit dans des circonstances où la victoire est plus facile, où l'on n'est que faiblement combattu, tiendra-t-il au milieu des tentations les plus vives, contre la contagion de l'exemple et la violence des passions ?

Non, il n'y a que la religion qui offre à l'homme une règle invariable, un moyen toujours prompt, un secours toujours présent, et un contre-poids à sa faiblesse indépendant de ses passions : elle seule fait intérieurement et constamment sur lui, l'effet que produit au-dehors et par intervalle, sur le vicieux lui-même, la présence d'un ami qu'il estime et qu'il révère ; elle le rend attentif, elle le retient, elle l'excite et le transforme en un autre homme.

Que reste-il donc à objecter contre l'excellence de la religion chrétienne ? Eh, mon fils, que n'objecte pas la haine en dépit de la raison ? On oppose à la religion les mœurs de la plupart de ses enfans et de quelques-uns de ses ministres ; comme si des enfans qu'elle désavoue et des mœurs qu'elle réprouve prenaient sur la sainteté de sa foi et sur la pureté de sa doctrine, comme si des ministres infidèles et parjures dégradaient jusque dans leur essence la vérité, la beauté de ses enseignemens et la dignité du ministère qu'elle leur confie, par cela seul qu'ils se dégradent eux-mêmes !

Mais il y a bien plus, et s'il faut en croire nos incrédules, le Christianisme a traîné à sa suite les persécutions, les guerres, le despotisme et la servitude. Les persécutions ? disent-ils. Hélas ! tous les hommes sont naturellement persécuteurs ; j'en conviens, parce que naturellement tous les hommes sont méchans. Mais qui a été plus persécuté que

les chrétiens par ceux qui ne l'étaient pas ?
qui se montrerait plus persécuteur que nos
philosophes s'ils étaient les maîtres? quel esprit
répugne davantage à la persécution et à la
violence, par sa nature même, que l'esprit du
Christianisme? et n'est-ce pas uniquement quand
on l'oublie qu'on cesse d'être indulgent et qu'on
devient impitoyable? Les guerres, disent-ils encore.
Mais nées avec la dépravation du genre humain,
elles ont presque toujours eu la même cause dans
tous les âges du monde, l'ambition; et ce n'est
que pour lui donner un prétexte que leurs chefs
parmi les chrétiens mêmes, ont fait des guerres de
religion. Le despotisme? la servitude? Mais où les
princes ont-ils été plus despotes, où les peuples ont-
ils été plus esclaves que dans les siècles et dans
les contrées où le Christianisme ne florissait pas?
Aujourd'hui encore que les ennemis de la religion
comparent l'Europe chrétienne à l'Afrique, à l'Asie,
et qu'ils nous disent où l'humanité, les lois, les
sciences et les arts règnent avec le plus d'empire,
et où se trouve la liberté. Ah! c'est le Christianisme, au contraire, qui, par une morale simple
et majestueuse, uniforme et générale, a le plus
contribué à détruire la tyrannie, à adoucir les
mœurs, à humaniser les princes, à civiliser les
peuples les plus barbares, à abolir l'esclavage, à
diminuer les horreurs de la guerre, à affaiblir
l'esprit de conquête, à rendre la paix plus constante et plus sûre, et à lier toutes les nations par

un droit des gens plus humain, plus moral et mieux entendu.

Le Christianisme a fait tout le bien qu'il pouvait faire malgré nos passions, et, s'il leur a quelquefois servi de voile et de prétexte, est-il juste de confondre la chose avec l'abus qu'on en fait, et les vices de l'hmanité avec la religion même qui les condamne? Mettons plus de parité, cher Valmont, et plus d'équité dans nos raisonnemens. Pour décider entre le Christianisme et l'irréligion, entre le vrai fidèle et l'esprit fort de nos jours, opposons à celui-là, agissant d'après ses principes, un de nos sages agissant d'après les leurs; et voyons à qui des deux, dans le commerce de la vie civile, pour les intérêts et les devoirs de la société, on aimerait le mieux avoir à faire : opposons ensuite à une multitude de chrétiens se réglant sur les loïs de l'Evangile un peuple d'incrédules, et observons de quel côté seraient l'ordre, la justice et la paix.

Avouons-le donc, cher Valmont, tout milite en faveur de la religion chrétienne ; aussi, mon fils, sa sainteté parle-t-elle à tous les cœurs dès qu'ils ne sont pas entièrement dépravés, aussi est-ce la sainteté du Christianisme qui a soumis presque tous les peuples à son empire, et si elle a été la source la plus ordinaire des combats qu'on lui a livrés, elle a été aussi la cause presque universelle de ses triomphes.

Pour toi, cher Valmont, repasse dans ton esprit

tous les caractères qui lui sont propres; son ancienneté, son unité, sa perpétuité, sa sainteté : admire en elle l'enchaînement des faits, des dogmes et de la morale : et une fois convaincu de l'existence d'un Dieu, dis-moi si dans le Christianisme tout seul il a pu laisser prendre à l'erreur des caractères de vérité que l'erreur ne saurait avoir, et que partout ailleurs elle n'eut jamais. Surtout souviens-toi que c'est, non d'un fait particulier, d'une preuve isolée, d'un oracle, d'un prodige, du seul établissement de la religion que j'ai tiré la certitude de sa divinité, mais de la réunion et l'accord de toutes ses parties; c'est de son ensemble qu'elle tire sa force invincible, et c'est à son ensemble qu'il faut répondre.

O mon ami! que gagnerais-tu de rester incrédule? Rien pour cette vie que de faux plaisirs peut-être et des tourmens réels; et à coup sûr tu perdrais tout à l'égard de l'autre. Si cependant les illusions qu'on se fait pouvaient changer la nature des choses; si elles pouvaient empêcher la vérité d'être ce qu'elle est; si du moins elles pouvaient modifier au gré de nos désirs notre situation pour l'avenir, je te dirais : « Eh bien, fais-toi illusion » puisque tu le veux; laisse la réalité pour des » chimères; et, puisqu'enfin les suites en seront » à peu près semblables, prends des fantômes de » bonheur et de sagesse pour la sagesse et pour » le bonheur même. » Mais en dépit de nos passions les choses resteront éternellement ce qu'elles

sont ; tôt ou tard la vérité se montrera à nous
telle qu'elle est : et quel regret n'éprouvera pas
celui qui s'y sera refusé, parce qu'il l'aura bien
voulu, quand cet aveuglement volontaire l'aura
rendu malheureux pour toujours. Ah, qu'il n'en
soit pas ainsi de toi ! puisse bien plutôt la religion,
en rectifiant tes idées, en réglant tes penchans,
en épurant tes mœurs, assurer ton éternelle félicité ! puisse-t-elle ici-bas te sanctifier dans les
épreuves que te prépare la justice de Dieu ainsi
que sa clémence !

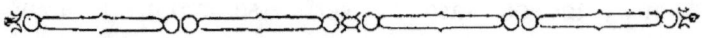

LETTRES LIᵉ, LIIᵉ.

Le comte dit à son père qu'il est entièrement convaincu ; il lui fait part de l'amélioration survenue dans l'état d'Emilie. — Le marquis tâche de fortifier les convictions de son fils en lui parlant maintenant de l'autorité de l'Eglise catholique.

. . . .

. . . .

Mais il fallait conserver aux hommes ces vérités précieuses, et ce ne pouvait être qu'en perpétuant parmi nous dans une société divinement inspirée la même autorité qui nous les avait enseignées. La raison toute seule ne pouvait les fixer, puisque les unes lui échappaient si aisément, et que les autres étaient si fort au-dessus d'elle.

Cette autorité divine et permanente, qui entrait si nécessairement dans le plan de la révélation, devait par sa nature même être visible, sensible et animée, de manière qu'on pût tout à la fois et l'entendre et la distinguer de toute autorité humaine et précaire qui oserait entreprendre d'usurper ses droits.

Voilà, mon fils, ce que J.-C. devait à sa sagesse pour compléter en faveur des hommes l'admirable économie de la religion révélée, et ce que dans sa bonté il a daigné leur laisser.

« Toute puissance, dit le Sauveur du monde à
» ses apôtres, m'a été donnée au ciel et sur la
» terre. Allez donc, instruisez tous les peuples, les
» baptisant au nom du Père, et du Fils, et du
» Saint-Esprit, et leur apprenant à observer toutes
» les choses que je vous ai commandées ; et voici
» que je suis avec vous tous les jours jusqu'à la
» consommation des siècles »

Ainsi, mon fils, J.-C. par ces paroles, établit sur un premier fondement, qui est lui-même, et sur le fondement visible de ses apôtres, une Eglise, une société légitime de pasteurs, qui doit leur succéder dans toute la durée des siècles pour enseigner toutes les nations ; et avec laquelle, par l'assistance de son esprit, de sa sagesse et de son pouvoir, il sera tous les jours jusqu'à la fin du monde.

Chef invisible de cette Eglise, il lui a donné sur la terre un chef visible pour ramener tout à l'unité ; et ce chef, c'est celui à qui il a dit, et dans sa personne à tous ceux qui dans le même rang viendront après lui : « Vous êtes pierre, et
» sur cette pierre je bâtirai mon Eglise, et les
» portes de l'enfer ne prévaudront pas contre elle. »

Je ne suis pas fait pour les discussions théologiques,

cher Valmont ; et sans beaucoup de théologie
je trouve tout dans ces deux textes de l'Evangile
rapprochés des courtes réflexions que je t'ai fait
faire. Avec ces seules armes je puis confondre
toutes les sectes qui ne sont pas la véritable
Eglise de J.-C.

Quelle est, leur dirai-je, l'autorité suffisante que
vous m'offrez ? Est-ce celle de l'Ecriture-Sainte ?
Toute seule elle ne suffit pas, elle ne s'explique
point d'elle-même ; vous la prenez, selon vos vues,
en bien des sens différens. Vous savez combien de
sens contraires souffre parmi vous ce seul texte de
l'Evangile, *ceci est mon corps.* Qui en fixera pour
moi le sens véritable ? Il fallait donc à l'Ecriture
Sainte un interprète infaillible, vivant et animé ;
et Jésus-Christ me l'a donné.

Eh quoi ! sera-ce l'esprit particulier de chacun
de vous que je prendrai pour guide ? Quelle autorité ! quelle droit a-t-elle pour me soumettre ? et
que peut-elle m'offrir que des contradictions ? Sera-
ce du moins l'onction secrète, l'esprit intérieur qui
éclaire les vrais fidèles et les élus de Dieu ? Quelle
source d'illusion et de fanatisme ! et qu'a de visible
pour tous les hommes une pareille autorité ? Sera-
ce votre corps de société ? Je ne vois rien qui dans
sa visibilité le distingue suffisamment de tout autre.
D'ailleurs où est sa succession non interrompue,
en remontant jusqu'aux apôtres ? On peut fixer
depuis eux, dans des temps plus ou moins récens,

l'époque où vous avez commencé ; et dès lors ,
comme toutes les autres sectes, on vous verra
finir. Où est votre unité? et quel rapport avez-
vous à un chef visible , au successeur de saint
Pierre, qui vous condamne avec toute son Eglise,
et dont vous vous séparez? M'offrirez-vous pour
dernière ressource l'autorité des chefs du corps
politique? Mais il n'est donc plus question d'une
religion donnée aux hommes par Dieu même? il
ne s'agit donc plus que d'inventions tout humaines
qui pourront en effet être modifiées, interprétées
par la même législation qui les aura établies? Car
enfin où l'autorité divine manque, il faut bien que
le législateur humain supplée et soit le chef de la
religion. Mais quelle religion! quelle croyance! et
qui peut en être la dupe?

En vérité, je me suis attaché à la révélation,
parce que la lumière naturelle ne me suffisait pas !
et comment la révélation me suffira-t-elle, si, par
rapport à ses dogmes, je ne sais plus ni quel
guide suivre pour en fixer le sens, ni quel parti
prendre entre les sectes qui divisent le Christianisme ?

Ah! que J.-C. a bien mieux pourvu aux intérêts de sa gloire, à ceux de sa religion et à nos
vrais besoins! Je trouve dans l'Eglise catholique
et romaine tout ce qui m'est nécessaire et tout ce
qui m'a été promis. J'y trouve une autorité suffisamment répandue parmi tous les peuples pour

attirer toute leur attention ; une autorité qui, par
son étendue, par sa hiérarchie, par ses usages et
sa discipline, par la publicité et l'universalité de
ses enseignemens, devient éminemment visible
au-dessus de toutes les sectes qui s'élèvent
contre elle. Je la vois garder au milieu de ces
sectes et malgré elles le beau nom de *catholique*,
ce nom que, pour la distinguer de toute autre
église, elles sont elles-mêmes forcées de lui laisser.
Je la vois conserver dans ses principaux siéges les
titres de la succession légitime de ses pasteurs
depuis les apôtres, et rentrer ainsi dans le caractère de perpétuité essentiel à la véritable religion.
Je la vois tenir à un centre d'unité, à un chef
qui, uni à la pluralité visible des autres pontifes,
soit dans des conciles auxquels ils président, soit
dispersés parmi les nations, forme un tribunal
toujours subsistant, et auquel, tous les jours, selon
la promesse, je puis avoir recours pour distinguer
la vérité de l'erreur. Je la vois inalliable avec
toutes les sectes, qui toutes se rallient contre elle,
retrancher tout ce qui s'oppose à son unité ; rejeter
sans ménagement tout ce qui altère sa doctrine ;
conserver sans variations tous les dogmes si bien
liés de la religion chrétienne ; tout son ensemble
merveilleux ; tous les moyens et les secours de
salut qu'elle renferme ; et par une tradition soutenue dans ses différens siéges, attestée par ses
conciles et les ouvrages de ses saints docteurs, me
faire remonter de siècle en siècle jusqu'aux premiers.

disciples des disciples du Seigneur et jusqu'à la doctrine des apôtres. Que dirai-je enfin ? je la vois soutenant tous les efforts de tant d'ennemis conjurés pour la détruire, maintenir constamment son glorieux empire, tandis que tout tombe autour d'elle, envoyer seule des ministres de l'Evangile dans toutes les parties du monde, pour les éclairer des lumières de la foi, regagner avec avantage dans de nouvelles contrées ce que dans d'autres l'esprit de schisme et d'erreur lui fait perdre ; et confirmer de plus en plus cette parole de son divin maître, que les portes de l'enfer ne prévaudront pas contre elle.

Quel admirable spectacle et quelle source de reconnaissance pour l'âme vraiment fidèle ! Tranquille dans la simplicité de sa croyance, elle peut se reposer à l'ombre d'une autorité infaillible, et qui par la promesse devient celle de Dieu même. La voie la plus facile, la plus courte, et tout à la fois la plus sûre, lui est toujours ouverte pour résoudre toutes les difficultés qu'on lui oppose. Si par des raisonnemens captieux on cherche à lui rendre suspect quelque article de sa foi, si son imagination effrayée dispute en secret, et veut ramener à l'examen ce qu'elle doit croire, elle n'a besoin, pour s'éclairer, pour se calmer et se fixer que de faire attention à l'enseignement public de l'Eglise catholique et romaine, à ce que nous apprennent ses solennités, ses rites, ses prières, ses catéchismes, ses prédications, ses instructions journalières, et à la croyance générale des peuples qu'elle renferme dans son sein. Si l'orgueil, si l'esprit d'indépendance, si l'amour de la nouveauté élèvent des contestations, font naître des incertitudes et des doutes, partagent les novateurs en autant d'opinions différentes que l'aveugle présomption enfante de partisans à l'erreur, elle regarde où est l'autorité visible, le corps des pasteurs et son chef, et, ne craignant plus de flotter au gré des opinions, elle demeure ferme et inébranlable. Si, à l'égard des vérités les plus importantes, elle voit des génies ardens, tous ces hommes de secte et de parti, combattre avec chaleur pour les excès contraires, elle est assurée de rencontrer dans l'autorité qui la guide ce juste milieu qui, également éloigné des extrêmes, est le point précis où s'arrête la vérité.

Non-seulement le chrétien soumis a dans l'Eglise catholique un guide sûr et fidèle, mais il y trouve encore une mère tendre qui, depuis le moment de sa naissance jusqu'à celui de sa mort, répare toutes ses faiblesses et pourvoit à tous ses besoins. Il ne perd rien, dans son sein des Sacremens institués par le Rédempteur des hommes, et de tous les moyens de salut les plus propres à affermir sa foi, à nourrir sa piété et à lui faciliter la pratique des vertus. Aussi ne se borne-t-il pas à lui être soumis, son attachement pour elle et son zèle pour sa gloire égalent son obéissance : ses intérêts sont les siens; il est offensé lui-même de tout ce qui

la blesse et qui l'offense ; dans ses douleurs elle
ne sent rien qu'il ne ressente avec elle : il adresse
au ciel en sa faveur les gémissemens les plus tendres, les vœux les plus ardens. S'il est dans un
rang élevé, il maintient son autorité par son crédit
et son pouvoir : dans toute condition, il édifie
par la pureté de ses mœurs ceux qui ne craindraient
pas de faire retomber sur elle l'opprobre de ses
enfans. Il ne permet pas qu'on l'attaque impunément en sa présence. Il donne à tous ceux qui
l'environnent l'exemple du plus grand respect pour
son culte, ses lois, ses ministres et d'une fermeté
inébranlable à ne point se départir de ses jugemens et de ses préceptes. Il ne regarde pas comme
des choses indifférentes en matière de foi tout-ce
que son chef et ses Pasteurs ne regardent pas
comme tel, et ne croit pas que l'esprit de neutra-
tralité et d'indécision, puisse être permis dès que
sa voix s'est fait entendre.

Que ses ennemis aveuglés par la haine crient
donc, tant qu'il leur plaira, à la crédulité, à la
superstition, au fanatisme ; qu'ils exagèrent des
scandales qui sont au milieu d'elle et dont elle
gémit ; qu'ils concluent de la corruption des mœurs
dans quelques-uns de ses membres, à l'altération
presque entière dans la foi de ses chefs ; qu'ils
distillent avec art le poison de la calomnie ; qu'ils
prétextent le renversement de la discipline, l'abus
de l'autorité ; qu'ils en appellent aux anciens temps ;
qu'ils se montrent sur un ton de réforme, afin de

parer au dehors par l'extérieur de la piété ce que
l'esprit de révolte se permet de souiller au-dedans;
qu'ils fassent parler les divines Ecritures au gré
de leurs systèmes, ou s'étayent de l'autorité de
quelque ancien docteur pour mieux cacher leurs
hérésies sous son nom ; qu'ils relèvent par leurs
discours et par leurs écrits l'autorité de chaque
docteur hérétique, et fassent même vouloir en son
honneur des prodiges marqués au coin de l'imbécilité et du mensonge ; le fidèle n'en sera point
ébranlé ; les attaques de l'erreur, comme celles
de l'impiété, ne le verront point lâche, faible et
chancelant ; elles ne le verront point indifférent et
insensible ; mais aussi elles ne le rendront pas dur
et impitoyable.

Le véritable enfant de l'Eglise, et qui l'est moins
encore de nom que de sentimens, rempli de son
esprit, pénétré de la charité qui l'anime, envisage
d'un œil de compassion et de tendresse ceux qui
se trompent et qui s'égarent, il les plaint, il
gémit sur eux ; il emploie pour les ramener les
armes de la persuasion et de la douceur. Il ne
voile point les passions et la haine du vain prétexte des intérêts de la religion et de la vérité.
S'il ne peut parvenir à toucher et à convaincre,
il ne se croit pas dispensé d'aimer et de chérir.
En arrêtant autant qu'il est en lui les progrès de
l'erreur, il voit toujours avec transport dans ceux
mêmes qui s'y livrent des hommes et des frères.

Non, mon fils, non ; ce n'est point la foi de l'Eglise qui enfante des dissensions, des troubles, et tout ce que le fanatisme a de cruautés et d'horreurs : ce sont, je te l'ai dit, l'intérêt, l'ambition, l'esprit de révolte et d'indépendance, qui pour favoriser leurs projets sacriléges et leurs honteuses manœuvres, se jouent de la crédulité des peuples et de la vie des hommes. Ce n'est point cette foi pure de l'Eglise de J.-C. qui ébranle et qui sape les trônes, et qui en même temps renverse et brise les autels. Ouvre nos annales et celles des peuples voisins, et examine quels systèmes et quelles causes, sous le nom et le masque imposant de la religion, ont produit les révolutions, dévasté les états, et flétri la personne et la dignité du monarque.

Voilà ce qu'est l'Eglise, et c'est d'après elle, cher Valmont, que je me propose depuis long-temps de ranimer ou d'affermir en toi tous les sentimens de soumission, de respect et d'amour que tu dois à l'autorité qui nous gouverne. Ainsi deviendras-tu en même temps et dans la même proportion un chrétien docile, un catholique zélé, un citoyen humain et compatissant, un époux et un père vertueux.

LETTRES LIII', LIV', LV'.

Le comte exprime à son père les vives inquiétudes et le profond découragement où le plonge l'état d'Emilie de plus en plus alarmant. — Le marquis tâche de relever le courage de son fils, en lui montrant la Croix source de toute énergie et de toute consolation. — Le comte apprend à son père le rétablissement d'Emilie, et le supplie de travailler encore à sa conversion.

LETTRE LVI.

Le marquis de Valmont à son fils.

EMILIE nous est rendue ! Pour une telle faveur, ô mon Dieu ! quelle reconnaissance pourra nous acquitter entièrement vers vous ? Mon fils, mon cher fils ! tu ne sens pas encore le prix de ce que le ciel fait pour toi ; tu le sentiras plus vivement un jour ; et puisse ce jour ne pas être loin ! Rappelé à Dieu, à toi-même, oui, tu sentiras

que le ciel te laisse tout en en te laissant Emilie.
Tu l'apprécieras alors bien mieux que tu ne l'as
fait jusqu'ici, tu sauras tout ce qu'elle vaut. C'est
au sein de l'infortune qu'on apprend à connaître
les hommes. Mais..... en avais-tu besoin pour connaître Emilie ! Je ne m'inquiète point de ce qu'elle
fera ; je ne veux pas même savoir ce que je ferais
si j'étais à sa place : elle consultera son cœur,
et d'après lui elle ne peut que bien faire. Cher
Valmont, si désormais tu n'es pas heureux, c'est
que tu voudras ne pas l'être ; c'est que tu mettras
toujours des chimères à la place de la vérité ;
c'est que tu conserveras des passions qui ne peuvent faire que le tourment des autres et ton
propre supplice.

Tu désires que je t'arme contre toi-même. Au-
rai-je donc recours en ta faveur aux leçons de
la philosophie ! Me répandrai-je comme les anciens
sages, en longs discours moraux, qui laissent
l'homme un peu mieux instruit de ses devoirs,
mais aussi faible pour les remplir qu'il était aupa-
ravant ? Te parlerai-je le langage de ce stoïcien
célèbre qui, dans sa disgrâce, déclamait si élo-
quemment contre les vanités du monde, et tenait
si fort au monde et à ses vanités ? Non, mon
fils ; il s'agit pour toi de plus grandes leçons,
d'objets plus importans et de motifs plus solides ;
c'est en chrétien que je vais te parler.

Tu me permets de travailler à ta conversion

plus efficacement que je ne l'ai fait jusqu'ici. Mon ami, par combien de gémissemens et de larmes je n'ai cessé de la demander au Seigneur! C'est de lui que je l'attends : car, hélas ! que peuvent les hommes pour un si grand ouvrage! Unis tes gémissemens aux miens, tes instances à mes prières ; demande, presse, conjure, n'épargne rien pour l'obtenir. Ton repos ici-bas..... que dis-je ton salut en dépend.

Ton salut... oui, mon fils : éclairé maintenant par la religion, ouvre à tes idées et à tes penchans une plus vaste carrière ; élance-toi dans l'éternité : sondes-en les abîmes, et médite profondément tout ce que renferme ce mot, ce seul mot, si peu senti par la plupart des chrétiens..... le salut éternel.

Une éternité de bonheur, du bonheur le plus vrai, d'un bonheur immense, infini, immuable comme Dieu même, à acquérir, à posséder un jour ; une éternité de malheurs à craindre : telle est l'alternative que la foi te présente. D'après elle pèse bien la force de ces paroles de ton divin maître; elles valent tous les livres, et disent tout à qui sait les comprendre : « Que sert à l'homme » de gagner le monde entier, s'il vient à perdre » son âme? et que donnera-t-il en échange pour » elle ? »

O mon fils! tu tiens à ce monde qui t'a charmé. Eh ! quand tous ses biens te seraient donnés, quand il accumulerait en ta faveur toutes les richesses et tous les honneurs, que te servirait d'en avoir joui, si par un attachement indigne de toi ils te conduisaient à ta perte? et qui te dédommagerait en effet de tout ce que tu aurais perdu ? Au contraire nu, dépouillé, banni, flétri, abandonné de toutes les créatures, mais détaché de tout pour ne tenir qu'à Dieu seul; après des maux qui finiront tôt ou tard, qu'aurais-tu à regretter lorsque, dans la possession de Dieu même, tous les vrais biens te seraient offerts et assurés pour toujours? Ah! mon ami, que c'est bien ici que tu dois comprendre toute la force de cette autre parole du Sauveur : « Il n'y a après tout qu'une seule chose nécessaire. » Non, il n'est pas nécessaire que tu conserves quelque temps encore, quelques jours, quelques momens peut-être, ces biens fragiles qui irritent tes désirs; mais il est nécessaire.... que dans l'éternité tu sois heureux.

Eh! considère pour cette vie même ce que sont ces biens après lesquels tu soupires. Prends, pour les mieux voir un œil plus religieux et plus sage. Emprunte le secours de l'expérience, et puise-la dans toi et dans tes semblables. Valmont, ces biens font-ils le bonheur? Toujours tu te trompes en le cherchant où il n'est pas. Le bonheur du vrai sage sur la terre est dans la paix, et ce ne sont pas ces faux biens qui nous la donnent. Hélas! de quelles inquiétudes ils sont la source! quel vide ils laissent dans l'âme quand on les possède! quels regrets, quelle amertume quand on vient à les perdre ! Veux-tu en bien connaître la vérité, interroge un monarque sur son trône ; et qu'il te dise, si parmi ses sujets, il est un homme qui éprouve plus que lui la satiété et l'ennui qu'elle entraîne après elle ; interroge le plus renommé d'entre les rois, et le plus heureux en apparence, celui qui savait le mieux jouir, ce semble, et qui avait le plus réuni, épuisé toutes les espèces de jouissances, celle de la gloire, des richesses, des sciences, des arts et des plaisirs ; et entends-le après la brillante énumération, qu'il en fait, s'écrier : « Vanité des vanités ; tout n'est que vanité ! » Et pourquoi tout ici-bas n'est-il que vanité ? Ah ! c'est que notre cœur est trop vaste pour de si petits objets, et qu'ils n'ont pas été faits pour le remplir : c'est que Dieu, qui l'a formé ce cœur, ne l'a formé que pour lui et pour lui seul, et qu'en imprimant dans nous le désir nécessaire du bonheur, il a voulu que nous ne puissions trouver le bonheur qu'en lui seul.

Mais pour te mieux détromper, va puiser au pâle flambeau de la mort de nouvelles clartés. Descends en esprit sous les voûtes sacrées qui couvrent les tombeaux de nos rois. Parcours en frémissant ces sombres demeures ; cherches-y le pompeux cortége qui accompagnait autrefois ces maîtres de la terre. A la sombre lueur d'une lampe sépulcrale, admire les tristes monumens

d'une grandeur passée ; ou plutôt , saisi d'une
religieuse frayeur, et parmi ce silence profond,
vois toute leur grandeur anéantie et leur majesté
réduite en poussière.

Fais mieux encore ; que ton âme se porte tout
entière au lieu que j'habite. Dans cette même
terre, l'antique héritage de tes aïeux , assieds-toi
vivant parmi ces ombres au milieu desquelles tu
reposeras après la mort : évoque-les, et qu'elles
te répondent.

« Mon fils, te diront-elles, ne crains pas que
» tes regards curieux profanent cet asile, l'école de
» la sagesse. Instruis-toi par notre exemple ; fouille
» dans ces cercueils ; ramasse une poignée de ces
» cendres , voilà tout ce qui reste ici-bas de tes
» ancêtres, de ces hommes qui t'ont précédé dans
» la brillante carrière des honneurs et des pompes
» mondaines, et qui pour la plupart en ont joui
» plus sûrement et plus long-temps que toi. Au
» moment où nous y pensions le moins , lorsque
» nous nous endormions avec une douce et folle
» sécurité au sein de la gloire et des plaisirs,
» tout-à-coup la mort a terminé pour nous le
» songe de la vie. Nous nous sommes éveillés.....
» et quel triste réveil ? Lis ces inscriptions fastueu-
» ses, ces épitaphes chargées de noms et de titres ;
» et t'apprenant que nous avons été, elles te diront
» plus fortement encore que nous ne sommes plus,
» et que tout ce qui passe n'est *que vanité*. Parmi

» ces inscriptions, un jour.... bientôt on lira la
» tienne; et si l'on n'a pu y joindre à de vains
» éloges celui d'une vertu constante et d'une piété
» solide, qu'annoncera-t-elle au monde? qu'il y a
» sur la terre un faible mortel de moins; et qu'il
» y a de plus dans les enfers.... un réprouvé!... »

O mon fils! qu'elles sont donc utiles et frappantes les leçons que nous offre la mort! Elle
instruit les voluptueux, les coupables adorateurs
d'une beauté fragile, par le spectacle d'un cadavre
en proie à la pourriture et aux vers; elle instruit
le riche par le spectacle de la nudité qu'elle entraîne : elle instruit le superbe, l'homme élevé
en dignité et fier de sa prétendue grandeur, par
les humiliations et le néant auquel elle nous réduit:
tôt ou tard elle nous instruit tous malgré nous,
lorsqu'elle nous dépouille, lorsqu'elle frappe : et
l'unique moyen de lui arracher alors son aiguillon,
de lui dérober son triomphe, c'est de la forcer
par nos œuvres à nous rendre dans le ciel bien
plus qu'elle ne peut nous ôter sur la terre.

Il viendra pour toi, cher Valmont, ce moment
fatal où, touchant aux portes du trépas, tu pèse-
ras dans une juste balance toutes les choses humaines, où, voyant la figure trompeuse de ce
monde s'évanouir, tous les biens sensibles fondre
sur toi, et ne te laisser d'autre fruit de ton attachement pour eux que le repentir; tu reconnaîtras
qu'il n'y a de réel que le bien qu'on a fait, et

dont on peut attendre en paix la récompense dans le siècle à venir.

Mais quel autre moment quand on ne l'a pas prévu, quand on ne s'y est pas préparé, quand par une bonne vie on n'a pas appris à bien mourir! quel moment que celui qui nous aura fait passer du temps à l'éternité, des prestiges et de l'enchantement du monde à la lumière de Dieu même. O lumière vive et pure, qui dissipera tout le charme de nos passions, toutes les illusions de notre orgueil, tous les préjugés de l'exemple et de la coutume, et qui ne laissera apercevoir à l'homme coupable que la loi et la vérité. Sorti de ce séjour du crime, suspendu entre le ciel et la terre, entre le ciel et l'enfer, parmi tous ces globes immenses qui révèlent la puissance et la gloire d'un Dieu créateur, ne voyant la terre que comme un point; seul avec son juge, sans appui, sans défense, n'ayant pour se justifier que ses œuvres; jugé déjà par sa propre conscience; jugé par la règle immuable de l'ordre, du vrai, du juste et de l'honnête; se comparant malgré lui à la source ineffable de toute beauté, au modèle de toute perfection dont il devait être l'image, jusque-là avili, dégradé par de honteux penchans, par des pensées basses et terrestres, par des actions indignes de l'homme; réduit à sa propre valeur : conçois, si tu le peux, sa surprise, son trouble et son désespoir!

Cependant une scène bien plus terrible encore s'ouvre à mes yeux, et porte dans mon âme l'épouvante et l'horreur. La foi, toujours plus digne de nos respects à mesure qu'on s'en pénètre davantage, me découvre dans l'avenir le plus grand, le plus majestueux et le plus effrayant de tous les spectacles. Elle me transporte à la fin des temps, au dernier des jours; jour solennel pour lequel tous les autres ont été fait; jour mémorable à jamais, auquel achèveront de se développer toutes les merveilles du Très-Haut, tout le plan de sa sagesse, toute l'économie de sa religion, tous les ouvrages de la nature et de la grâce; jour de manifestation et de gloire pour Dieu et pour ses élus, de confusion et de douleur pour les hommes injustes et pervers.

Quels tableaux il offre à ma pensée! quelles images bien propres à m'élever au-dessus de moi-même! La mort, d'une aile rapide parcourant l'univers, détruisant, dévorant tous les êtres pour en faire hommage à l'unique auteur de la vie; le désordre, la confusion dans tous les élémens; le soleil égaré de sa route; les mondes errans dans l'espace, se heurtant, se brisant dans leur course; la terre enflammée, les montagnes qui s'écroulent, les abîmes entr'ouverts; des monceaux de cendre à la place des couronnes, des trônes et des empires; au son aigu de la trompette, les tombeaux rendant leur proie; et les hommes, tous confondus, tous, peuples et sujets, tous...... disons mieux,

distingués seulement par leurs vertus ou leurs
vices, par la forme brillante ou hideuse de leur
résurrection, les hommes dans l'attente du juste
juge, témoins de ces grands changemens : quelle
révolution! quel spectacle!

Alors le juge paraîtra. Le Fils du Très-Haut, son
Verbe, la splendeur de sa gloire, annoncé par
ses anges, environné d'un tourbillon de feu, porté
sur les nuées et les tempêtes, viendra interroger
à haute voix les ouvrages de ses mains. Sa croix,
le scandale du Juif et de l'impie, la consolation
du vrai fidèle, le discernement des élus et des
réprouvés ; l'étendard de sa croix brillera dans les
airs, et fera le plus bel ornement de son triomphe.

« Approchez, s'écriera-t-il, esprits audacieux et
» superbes; vous, les ennemis de mon pouvoir,
» de ma bonté, de ma sagesse et de tous mes
» attributs; vous, les ennemis de mon père et les
» miens, approchez, et soyez juges entre vous et
» moi. » Ici, mon fils, que l'orgueil de l'esprit
humain sera abaissé! que les voies de Dieu paraî-
tront grandes, et ses œuvres admirables! que ses
secrets dévoilés le justifieront dignement, et con-
fondront nos plaintes et nos murmures! que les
argumens entassés de nos prétendus esprits forts
opposés à tout l'ensemble de la création, paraî-
tront petits et misérables!

Dieu ainsi jugé et justifié par ses ouvrages,
quel sera à son tour le jugement de l'homme

rebelle à son Dieu ! que les sources honteuses de l'incrédulité de nos faux sages, mises dans tout leur jour, les couvriront d'opprobre ! que les héros du monde, paraissant à leur rang, laisseront apercevoir en eux d'indignité et de bassesse quand le masque tombera ! que les grands événemens rapprochés de leurs causes, inspireront d'horreur et de pitié ! que les ressorts si vantés de la politique et ses profondes noirceurs, données autrefois pour des traits de génie, mais éclairées alors des rayons de la divine sagesse, causeront d'indignation et de mépris ! que de conquérans homicides gémiront sur leurs lauriers teints de sang, lorsqu'ils entendront des voix lamentables leur reprocher leurs combats et leurs victoires comme les plus criantes injustices et les plus énormes forfaits ! que de chefs de secte et de parti frémiront des ravages que leur orgueil a entraînés, et du sang que leurs longues disputes ont fait répandre ! que d'hommes à talens rougiront de l'abus qu'ils en ont fait ! que de vertus fausses dans leurs principes et leurs motifs seront remises au rang des vices ! que de cœurs doubles et hypocrites, sous les dehors affectés d'une morale sévère, ne laisseront voir au grand jour que la plus honteuse nudité ! que d'injustes projets ! que de désirs effrénés, que d'actions odieuses ensevelies dans l'ombre et le silence, se reproduiront à la face de l'univers pour l'éternelle infamie de ceux qui s'y seront livrés.

Mais aussi que la vertu simple et modeste, que

11..

le vrai mérite obscur et ignoré, que les combats
extérieurs livrés à la chair et au monde sous les
yeux de Dieu seul; que le juste méprisé, calomnié,
persécuté, reparaîtront avec honneur et recevront
de gloire et d'éloges de ceux qui sur la terre les
ont déshonorés!

O Valmont! dans ce jour quel seront les objets
de ton ambition et de tes désirs? quelle place
voudrais-tu tenir alors? quel rang voudrais-tu
occuper? Entends cet arrêt définitif, ce mot irrévocable qui conclut tout, qui finit tout : Venez,
» les bien-aimés de mon père entrez en posses-
» sion du royaume qui vous est préparé ; et vous,
» maudits, allez au feu éternel qui vous est
» réservé. »

Un feu éternel! Ici la passion, le libertinage,
l'impiété se récrient : Pour des fautes d'un moment,
une éternité de supplices! Oui, impie! voilà le
frein le plus puissant, et le seul suffisant sans
doute, que la religion ait pu mettre au vice et
que vous voudriez lui ôter. Mais qui croirai-je
davantage, d'un Dieu qui nous menace pour nous
rendre vertueux et nous sauver, ou de vous qui
cherchez à nous rassurer, il est vrai, mais pour
nous rendre plus vicieux encore et pour nous
perdre? Que croirais-je le plus, des textes formels
d'un Evangile si divinement annoncé, si clairement
interprété par la tradition et par l'Eglise, cette
autorité la plus respectable de toutes et la plus
sainte, ou de vos raisonnemens captieux dont

l'incertitude toute seule suffirait pour nous désespérer? Des récompenses éternelles et sans bornes
ne vous étonneraient pas; et des tourmens sans
fin vous paraissent une absurdité : cependant c'est
la même équité qui doit distribuer les unes et
les autres ; et, si la vertu peut bien mériter à
l'homme une éternité de bonheur, pourquoi le
crime, par une égale proportion, n'aurait-il pas
la force de le rendre digne d'un éternel châtiment?
Ah ! vous ne connaissez pas ce que c'est qu'un
Dieu vivement outragé par une volonté rebelle, et
qui l'est avec lumière et avec choix; ce que c'est
qu'une majesté suprême offensée, bravée dans ses
lois les plus précises et ses plus saints comman-
demens; ce que c'est qu'une bonté infinie méconnue, méprisée par l'être le plus redevable
envers son Créateur. Vous ne savez pas quel est
le prix du sang d'un Dieu fait homme, de ce
sang adorable, profané par l'infidélité constante
de ces mêmes hommes qu'il est venu racheter.

Oui, mon fils, il y a un enfer; et les hommes, si ardens à la poursuite des objets qui les
flattent, sont faits de manière que la crainte des
maux à venir, quelque terribles qu'ils dussent
être, mise en balance avec l'appât d'un plaisir
présent, les toucherait peu dès que ces maux ne
devraient pas durer toujours. Il y a un enfer ;
que celui-là tremble, cher Valmont, qui l'a tant
de fois mérité, et qui contribue chaque jour de
sa vie à le mériter. Ses feux matériels et sensi-

bles, allumés par la juste colère d'un Dieu, pu-
niront par les douleurs les plus vives un corps
impur et souillé, comme le repentir le plus amer
tourmentera par les plus accablans reproches l'âme
infidèle. Il y a un enfer, des feux et des démons,
c'est-à-dire des esprits rebelles, qui, les premiers,
se sont révoltés contre la majesté du Très-Haut ;
qui, dégradés par leur orgueil, et rendus malheureux par leurs fautes, ont porté envie à notre
sort, et ont voulu nous associer à leur malheur ;
qui, triomphant de notre fidélité, sont devenus
les ministres des jugemens de Dieu, à l'égard de
l'homme coupable, et lui feront porter sans cesse
par des inventions dignes d'eux, la peine de sa
désobéissance.

Dans l'affreux séjour qu'habitent ces esprits de
ténèbres, les réprouvés, liés les uns aux autres
par une chaîne de calamités et d'infortunes, n'a-
percevront de toute part que des objets de cons-
ternation et d'horreur ; n'entendront que des impré-
cations et des blasphêmes ; ne verront couler que des
pleurs ; ne pousseront que des gémissemens et
des cris ; se reprocheront tour à tour les occasions,
les exemples, les moyens de séduction, les lâches
condescendances, les folles joies, toutes les passions qui les ont mutuellement égarés, se reprocheront à eux-mêmes l'abus des lumières et des
grâces, l'oubli des devoirs, leur perte volontaire,
leur éternité de contentement et de gloire sacrifiée
à une satisfaction d'un moment ; se demanderont

en vain quand l'éternité finira ; soulèveront leurs
chaînes brûlantes pour étancher leur soif, pour
rafraîchir leur ardeur, pour s'élancer dans le sein
de la félicité suprême, tandis qu'une main vengeresse
les repoussera à chaque instant pour les tenir
plongés dans l'abîme du désespoir.

Ah! mon fils, il y a un enfer; et tu t'es joué
tant de fois de l'auguste vérité ; et tu as tourné
en dérision la loi sainte de ton Dieu ; tu as blas-
phémé ce que tu ne connaissais pas ; tu t'es
rendu homicide ; tu as dévoué ton semblable à
l'anathème ; tu t'y es dévoué toi - même et tu
vis !.... et la patience du Très-Haut ne s'est point
lassée ! et tu peux encore, par le repentir et la
pénitence, t'épargner le triste sort qui t'était réservé ! et sensible à ton état, frémissant sur tes
dangers, l'âme tendre et compatissante d'un père
a volé toute entière au-devant de tes malheurs !
et ton Dieu, cher ami, te rappelant par ma voix,
te sollicitant, te pressant, t'éclairant par de grands
exemples, te ménageant des revers, t'offrant partout des motifs de conversion, veut bien t'ouvrir
le sein de sa miséricorde, te tend les bras, te
montre encore la perspective du bonheur, te fait
envisager le ciel comme le terme de tes travaux, et
te promet dans cet heureux séjour une récompense
digne de lui ! quelle récompense ! la jouissance de
toutes ses perfections, la connaissance de toutes
les vérités dont il est la source, le développement
de toutes ses merveilles, la société de ces esprits

immortels qui brillent de son éclat et brûlent de
ses feux, l'enivrement de son amour, des torrens
d'une sainte volupté, une touchante et céleste
harmonie, une paix ineffable, un royaume stable,
une couronne immortelle, une béatitude enfin que
l'apôtre n'a pu rendre qu'en disant, que « l'œil
» n'a rien vu, que l'oreille n'a rien entendu, que
» l'esprit ne peut concevoir, et que le cœur ne
» peut sentir ici-bas rien qui approche de ce que
» Dieu a préparé à ceux qui l'aiment. »

O bonté! ô clémence d'un Dieu si long-temps,
si indignement outragé! et qui, pour te pardonner,
pour te rendre heureux, ne te demande que le
sentiment d'un cœur contrit et humilié! Ah! pourras-tu bien, cher Valmont, ne pas être sensible
à sa tendresse? Rappelle-toi tout ce qu'il a fait
en ta faveur; l'être qu'il t'a donné, les facultés
dont il t'a orné, les biens dont il t'a fait jouir,
les momens, les années qu'il a daigné te laisser,
lorsqu'en te les ôtant il te perdait pour toujours;
rappelle-toi le bienfait de la rédemption, tout ce
qui l'a précédé, annoncé, préparé pendant tant
de siècles, et toutes les grâces qui en ont été
l'heureux fruit : considère Jésus-Christ devenu victime pour tes péchés : et, si tu as le cœur tant
soit peu susceptible de sentiment, ose encore être
ingrat et demeurer infidèle!

Mais peut-être c'est la grandeur même de tes
fautes qui retient dans cet instant l'effusion de ta
reconnaissance, et qui, par le découragement et

l'abattement où elle te jette, empêche ton retour? Ah! tes crimes, fussent-ils plus grands encore, n'égaleront jamais la miséricorde de ton Dieu et les mérites de son Fils. Que l'impie se fasse du Dieu des chrétiens un fantôme odieux pour se dispenser de l'adorer; qu'il le peigne aux autres et à lui-même, vindicatif, jaloux, cruel, inexorable, lorsqu'il n'est que juste, et que sa jalousie, sa colère et ses vengeances ne sont en lui que l'amour de l'ordre et la souveraine équité; qu'il ne le voie que comme un Dieu terrible, et qu'il oublie sa miséricorde et sa bonté, tu ne dois pas en être surpris : c'est ainsi que la passion peint tout de ses propres couleurs. Mais formé maintenant à l'école de la vérité, consulte la religion, ouvre nos livres sacrés; et tu y retrouveras partout le vrai Dieu ennemi du péché, et ne punissant qu'à regret le pécheur, le menaçant en père, pour ne pas le frapper en juge; ne voulant pas la mort de l'impie, mais qu'il se convertisse et qu'il vive. Tu l'entendras nous dire qu'autant sa majesté est grande, autant est grande sa clémence; que dans l'exercice qu'il en fait, elle est encore bien au-dessus de toutes ses œuvres, et qu'il nous offre même quelquefois des prodiges de miséricorde qui ne doivent jamais permettre aux plus grands pécheurs de fermer le cœur à l'espérance, sans que par des délais affectés ils le laissent continuellement ouvert à une folle et aveugle présomption; tu l'entendras rappeler son peuple par les paroles

les plus tendres, par les motifs les plus touchans,
et lui faire sentir qu'en abandonnant son Créateur,
son bienfaiteur, le principe de tout bien, il s'est
mépris, il a changé une source d'eaux vives, de
joies pures et inaltérables, contre les eaux bour-
beuses d'une citerne entr'ouverte, contre de faux
plaisirs : plus que tout encore, tu entendras ton
divin maître te dire qu'il est venu, non pour que
les pécheurs périssent, mais pour qu'ils aient la
vie; non pour juger le monde mais pour le sauver.
Tu le verras, sous la forme du bon pasteur, courir
après la brebis égarée, et à travers les ronces et
les épines la ramener au sein du troupeau : tu le
verras dans les paraboles les plus consolantes et
par les plus vives images, te tracer en traits de
feu et la honte de tes égaremens, et la facilité
du retour : il s'offrira à toi-même sous la forme
de l'enfant prodigue, et te montrera les sentimens
d'un père qui, du plus loin qu'il aperçoit son
fils, court au-devant de lui, se penche sur son
cou, le serre entre ses bras, le couvre de baisers,
et le comble de ses faveurs.

Aimable peinture ! tableau fidèle où sont expri-
més avec tant de grâces et d'énergie les douceurs
et les charmes de la conversion ! Oui, mon fils,
crois-en ma propre expérience, rien n'est si doux
que le moment du retour. La pénitence n'est dure
et pénible que pour un cœur faiblement touché et
qui ne la fait qu'à demi, mais lorsque le cœur
est bien pénétré, lorsqu'il s'ouvre tout entier, au

repentir et à l'amour, ah! que les larmes que ce
repentir fait répandre sont douces! et que l'onction
qui les accompagne, que la touche secrète de la
grâce qui élève l'âme et la ravit, lui laisse peu
regretter les faux biens qu'elle sacrifie! Fais-en
toi-même l'épreuve, mon fils; et tu béniras mille
fois l'heureux moment qui t'aura rendu à ton Dieu;
et, au sein du détachement qu'il inspire, tu reconnaîtras qu'on est plus heureux à son service
par les privations mêmes que le devoir exige que
ne le sont les mondains par leurs liaisons frivoles,
par leurs jouissances et leurs plaisirs.

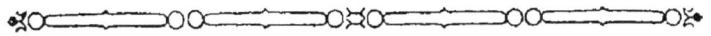

LETTRE LVIIe.

Emilie écrit à son père qu'elle est guérie et qu'elle est heureuse de lui apprendre la conversion totale de son époux,
et la vive affection qu'il ne cesse de lui témoigner depuis que la vérité a brillé à ses yeux.

LETTRE LVIIIe.

Le Marquis à ses enfans.

Mes enfans ! mes chers enfans ! en qui je vis, je
respire ; la consolation, le charme de mes dernières
années ; ô mes enfans ! peut-on éprouver les transports
que vous me causez, et ne pas mourir de saisissement et de plaisir ! Digne épouse ! ma fille ! hâte-
toi de venir recueillir sur le sein de ton père, les
larmes de joie que tu lui fais verser. Mon cher
fils ! précipite avec elle ton départ pour jouir de

mes embrassemens et me faire jouir des tiens.
Doux embrassemens! vives étreintes! pourrez-vous
suffire à ma tendresse? Laisse, mon bon ami,
laisse ce monde, si peu digne d'être regretté, et
viens puiser dans la retraite toutes les forces dont
tu auras besoin un jour pour le braver avec tous
ses usages, avec tous ses dangers; disons mieux....
pour lui être utile. Viens faire ici l'essai de la
sagesse, du contentement et du bonheur. Que tu
vas me payer avec usure les inquiétudes que tu
m'as données! tu es donc à Dieu sans partage ;
tu lui offres après tes fautes le sacrifice du repentir
et de l'amour; pourrait-il ne pas l'agréer?

O mon fils! tu me fais demander par Emilie des
avis propres à régler et à nourrir en toi la piété.
Et que suis-je pour t'instruire sur des objets si
relevés? un vieil enfant qui ne peut que bégayer
avec toi les premiers élémens d'une pareille science.
N'importe, mon propre guide, mon pasteur va
m'aider dans un si grand ouvrage, et par la suite
il achèvera, en conversant avec toi, ce que le
tien aura si heureusement commencé. Que ces
anges de paix, ces dignes consolateurs des hommes, leur refuge dans leurs peines, leur soutien
dans leur faiblesse, leur ressource après leurs égaremens, leurs guides et leurs amis fidèles dans les
situations les plus critiques de la vie, remplissent
à notre égard un précieux ministère! et quand ils
le remplissent dignement, ah! qu'ils méritent bien
notre confiance et nos hommages! Celui que dans

sa clémence le ciel nous a donné, à moi et à
toutes les bonnes gens de nos hameaux, est leur
père et le mien. Il sera le tien, mon fils, et je
lui verrai sans peine partager avec moi ce titre si
flatteur et si doux. Son âme tendre et sensible
s'ouvre à tous les genres de misères, et sa charité
ingénieuse trouve pour tous les remèdes nécessaires.

Le meilleur des princes se plaignait d'avoir
perdu un jour ; mon pasteur se reprochait d'avoir
passé une heure, et moins encore, sans avoir fait
du bien. Si tu savais, cher Valmont, combien il
a pris part à ma peine, comme il s'est intéressé
à ton retour vers Dieu, combien il m'a fourni de
lumières pour te ramener et t'éclairer ; non, tu ne
croirais jamais pouvoir assez lui marquer de tendresse et de reconnaissance. O que j'ai béni le
Seigneur, quand il a été choisi pour mon curé !

Soutenu, guidé par ses leçons, je vais donc,
mon fils, répondre à tes désirs. Je vais m'entrete-
tenir avec toi de l'objet le plus intéressant dont
l'homme puisse s'occuper, du seul objet qui offre
à l'âme un aliment digne d'elle.

Oui, mon fils, c'est pour la piété, la solide
piété que l'homme est fait, et c'est faute d'en
analyser le sentiment et d'en connaître l'excellence
qu'on ose dans un certain monde en ridiculiser
jusqu'au nom même. Et qu'est-ce que la piété,
sinon le culte de la reconnaissance et de l'amour

envers le plus aimable tous les êtres et le plus
bienfaisant? Pour quelle plus noble fin l'homme
a-t-il été placé sur la terre que pour servir de
ministre et d'interprète à toute la nature, et en
célébrer le Créateur? Qui jouit plus que lui de
tous les trésors qu'elle renferme? qui en saisit mieux
tous les rapports, qui en goûte mieux tou les charmes? et quel être ici-bas rendra ce tribut de gloire à
l'Etre suprême, si, au nom de toutes les créatures,
l'homme ne le glorifie pas? Quoi! notre cœur est
capable d'aimer, et il lui sera permis d'être indifférent pour l'auteur de son existence, pour celui
qui nous a faits tout ce que nous sommes, et qui
nous a tout donné! Quoi! la reconnaissance sera
la première vertu des belles âmes, le lien qui
attache le plus sûrement au devoir par le sentiment,
la caractère essentiel des cœurs biens nés, et ce
n'est qu'envers Dieu, le premier, le plus grand
de tous les bienfaiteurs, qu'il nous sera permis
d'être ingrats! Quoi! nous sommes portés à louer, à
bénir, à honorer la bonté, l'équité, la sagesse et
tout ce qui porte un caractère d'ordre, de beauté,
de perfection dans nos semblables, et nous ne le
bénirons pas dans l'être souverainement parfait qui
en est la source! Ah! notre cœur nous en punirait.
Eh! comment arrive-t-il en effet qu'à parler en général, tout retour sur soi, toute vue, tout sentiment d'intérêt, d'ambition, d'orgueil, d'envie, de
passion déréglée, ait quelque chose de turbulent,

d'inquiétant, de fatigant pour notre âme ; et que les retours vers Dieu, de confiance, de résignation, d'offrande de louange et d'amour aient quelque chose de tranquillisant, de doux et de consolant, qui la mette comme dans son centre ? Non, ce n'est qu'en aimant Dieu que l'on peut dire avec vérité que l'aliment, la vie, le bonheur d'un être intelligent, c'est l'amour.

Mais dans quelle mesure doit-on l'aimer ? Ah ! il n'y en a point d'autre, disait une âme pieuse et tendre, que de l'aimer sans mesure. N'est-ce donc pas ainsi que lui-même nous a aimés ? et le chrétien qui ne voit plus seulement dans son Dieu le Dieu de la nature, mais l'auteur de la grâce, mais un Dieu qui s'est montré assez grand, assez rempli d'amour, assez bon pour consentir que son Verbe s'unît à la nature humaine pour s'immoler dans la personne de son Fils, au salut des hommes ; pour se choisir en lui une victime digne de sa justice, et propre à servir d'instrument à sa miséricorde, le chrétien qui n'aimerait pas un tel Dieu de tout son cœur, de toute son âme, de toutes ses forces, ne serait-il pas le plus dénaturé de tous les êtres ? ne serait-il pas un monstre ! Mais si c'est ainsi qu'on l'aime, on est dévot, on lui est consacré, dévoué tout entier. C'est donc à dire que ses intérêts deviennent les nôtres ; que sa gloire seule nous touche et nous émeut, qu'on le retrouve partout et dans tous ses ouvrages ; qu'on

jouit avec transport de ses dons, par cela même
qu'ils nous viennent de lui, qu'on lui est soumis dans
les épreuves qu'il nous envoie, qu'on observe avec
soin ses préceptes, qu'on est zélé pour son culte,
qu'on cherche à étendre son nom, qu'on va au-
devant de ce qui peut lui plaire, qu'on écoute et
qu'on suit avec joie ses inspirations et ses conseils,
qu'on n'a en toutes choses d'autre volonté que la
sienne.

Et quels sentimens sont plus propres à honorer
Dieu, et plus dignes de l'homme? Qu'est-ce qui
peut mieux élever l'âme et la rendre vraiment sublime ? Ah ! mon fils, si Dieu existe, si, avec
toutes nos facultés, nous sommes son ouvrage; la
piété droite et sincère, bien loin d'être une superst-
tition, un ridicule ou une faiblesse, est le premier
de tous les devoirs, et sa divine flamme est, après
Dieu, ce qu'il y a de plus grand au ciel et sur
la terre.

Malheur, mon fils, malheur à ces âmes faibles
et pusillanimes que le nom seul de la piété effraie,
que le moindre obstacle arrête, que le plus léger
sacrifice épouvante! malheur à ces demi-chrétiens
dont la religion est une routine, dont le culte est
une cérémonie, qui honorent du bout des lèvres
celui qui n'est dignement honoré que par le
cœur !

Malheur à ces hommes qui croient d'une manière
et qui agissent de l'autre ; qui démentent leur

croyance par leur conduite ; qui font blasphémer leur foi par leurs œuvres, qui tiennent au monde, au temps, à la terre, lorsqu'ils font profession d'avoir Jésus-Christ pour chef et pour modèle, l'éternité pour fin, le ciel pour patrie, et qui font ainsi de l'évangile du salut la matière de leur jugement et de leur condamnation !

Malheur, malheur enfin à ces chrétiens de nom, retenus ou excités seulement par la crainte ; presque toujours en deçà de la loi pour ne pas risquer de faire plus qu'elle ne commande ; raisonnant, équivoquant sur le précepte pour se dispenser de l'accomplir ; mesurant, composant leur plus ou moins de fidélité sur le seul danger de se perdre ; esclaves sous l'empire d'un maître, et jamais enfans bien nés sous la douce loi d'un père ! Hélas ! ils traînent le joug du Seigneur qu'ils n'ont pas la force de porter ; leurs pratiques mortes et stériles, parce qu'elles ne sont pas vivifiées par l'amour, forment autour d'eux un cercle laborieux et pénible qu'ils se fatigent vainement à parcourir : n'appartenant, à proprement parler, ni à Dieu ni au monde, ils sont un objet d'horreur pour l'un et la fable de l'autre ; ils ne goûtent ni les douceurs de la religion, ni les plaisirs de la vie, et sont également malheureux par les choses qu'ils se permettent et par celles qu'ils se refusent.

O que bien plus sage est l'âme pieuse et fidèle ! sa ferveur la soutient et l'anime ; rien ne la gêne, rien ne l'asservit, rien ne lui paraît difficile ; elle fait les plus grandes choses, et les trouve encore trop petites ; elle avance toujours, et ne se lasse jamais ; elle court de vertus en vertus, et les pratiques de piété, embrassées avec joie, bien loin de lui paraître un fardeau pesant, ont pour elle toute la douceur du joug aimable de J.-C.

O mon fils ! suis donc la noble carrière qui s'ouvre à tes désirs. Enflamme-toi pour l'objet qui mérite le mieux de t'enflammer, et ne ressemble pas à ces adorateurs sacriléges de la Divinité, qui profanent les beaux noms d'amour et de charité, qui osent dire « j'aime.... j'aime Dieu de tout mon cœur », et qui l'oublient à chaque instant, ou ne s'en souviennent que pour chercher des prétextes à leurs révoltes, que pour le méconnaître ou pour l'outrager.

Mais que doit t'inspirer envers lui une piété sincère ? Je te l'ai dit, cher Valmont ; par-dessus tout, elle doit te conduire à la recherche de ses intérêts et de sa gloire. Il faut que cette gloire de ton Dieu soit le mobile et la règle de toutes tes actions, comme elle a été par rapport à lui-même la fin de toutes ses œuvres.

Glorifier Dieu, le glorifier au nom de J.-C., c'est la source des mérites de l'homme et du chrétien, c'est le grand secret de la religion, et ce qui peut seul rendre tes moindres actions dignes d'une récompense éternelle. Et qu'y a-t-il de plus capable de les sanctifier et de les ennoblir qu'une

pareille fin? Elle renferme éminemment la poursuite constante du plus grand bien que tu puisses
faire, et le meilleur usage de toutes tes facultés:
elle rectifiera par elle-même tes jugemens et ta
conduite, si tu te souviens que la gloire de ton
Dieu ne peut se procurer dignement que par le
soin que | tu prendras de te perfectionner de jour
en jour, et par le plus grand bonheur possible
que tu t'efforceras d'apporter à tes semblables :
elle te fera sortir des vues fausses, étroites et
bornées qu'inspirent l'orgueil et les passions ; des
vues serviles et destructives de l'ambition; des
vues sombres et louches d'une politique purement
humaine ; des vues misérables et sordides d'un
intérêt personnel et momentané, pour te faire
enfanter les desseins les plus vastes et les plus
généreux ; pour t'attacher à un plan fixe d'ordre,
d'équité et de bienfaisance ; pour t'élever jusqu'aux
sacrifices les plus magnanimes, lorsque l'intérêt de
la vérité et le bien commun l'exigeront : elle
donnera à ton âme un ressort vraiment durable,
un courage qui ne s'épuisera jamais; elle portera
son élan sublime jusqu'à la Divinité, et l'armera
tout entière, cette âme, des forces du Tout-Puissant;
elle lui assurera à elle-même une gloire immortelle
et une véritable grandeur. Oui, Valmont, si tu
aimes la gloire, si ce feu sacré, ce désir inquiet des
belles âmes te dévore, cherches-en du moins une qui
soit vraie et qui ne puisse périr; et c'est dans le
zèle pour la gloire de Dieu qu'elle se trouve.

Soutenu par un si beau motif, guidé par une fin si pure, tu joindras à ce premier principe d'une vraie et solide piété la soumission pleine de confiance qui entraîne la conformité à la volonté du Très-Haut. Heureuse soumission ! aimable conformité, qui fait le caractère essentiel du vrai juste, et son bonheur dès cette vie même ! C'est cette conformité qui place la pratique des devoirs bien avant celle des œuvres de simple conseil et de surérogation ; qui, parmi les différentes obligations de la vie civile, donne le premier rang à celles que notre état nous impose ; qui tient tout dans l'ordre, ramène tout au vrai, saisit en toutes choses le juste milieu, et retranche également les abus de la superstition et les excès de la singularité. C'est elle qui nous met à l'abri du trouble dans les événemens contraires ; des craintes et des inquiétudes pour l'avenir ; des plaintes et des murmures sur le présent, ces espèces de blasphêmes contre la Providence, ces désaveux tacites de l'équité, de la sagesse et de la bonté du Tout-Puissant. C'est elle qui nous fait goûter les fruits de la patience ; qui, en nous soumettant aux lois du plus grand de tous les maîtres, nous fait reposer en paix dans le sein du meilleur de tous les pères ; qui ne permet pas que nous trouvions du mécompte dans notre attente, de l'erreur dans nos désirs ; et qui, dans toute circonstance, nous laisse toujours également satisfait.

C'est elle encore, c'est cette **conformité sainte**

qui, ne se bornant pas à nous prescrire l'accomplissement des devoirs les plus essentiels, nous rend fidèles dans les choses mêmes les plus légères. Que dis-je ! elle ne nous permet pas de distinguer, pour la direction de notre propre conduite, entre les petites fautes et les grandes. Rien n'est petit pour une âme chrétienne, rien n'est léger de ce qui peut offenser son père, son ami, son Dieu. Ne se laisser jamais aller à la moindre faute avec réflexion, c'est la première loi d'un amour délicat et tendre. Et pour qui, ô mon Dieu ! sera toute la délicatesse de ce sentiment, si elle n'est pas pour vous? C'est d'ailleurs, cher Valmont, cette attention scrupuleuse à ne se rien permettre de ce que l'amour nous défend, qui nous met le plus sûrement à l'abri des rechutes, et qui nous conduit par degrés aux plus hautes vertus. Car c'est un oracle du Sauveur, « que celui qui est fidèle » dans les petites choses le sera aussi dans les » grandes ; et que celui au contraire qui est infi- » dèle dans les unes le deviendra également dans » les autres. » *Celui qui craint Dieu,* dit l'Ecriture, *ne néglige rien* : à plus forte raison celui qui l'aime. Les philosophes mêmes les moins suspects confessent cette vérité d'expérience :

Entends, mon fils, le philosophe de Génève : Rien n'est plus nécessaire qu'une grande délicatesse de conscience pour nous mettre par la suite à l'abri des illusions, des crimes, de l'aveuglement, de l'endurcissement et de l'impénitence. Si l'on n'apporte pas beaucoup de soins à former et à entretenir en soi une conscience tendre, exacte et timorée, on pourra bien, d'après les premiers principes d'éducation, ressentir pendant quelque temps de l'horreur pour certaines fautes; mais ensuite on se familiarisera insensiblement avec elles : on aura conçu le péché avec peine, avec remords, et bientôt on l'enfantera sans douleur.

« Ah! si le premier désordre est pénible et lent, que tous les autres sont prompts et faciles! Prestige des passions, tu fascines ainsi la raison, tu trompes la sagesse et changes la nature avant qu'on ne s'en aperçoive. On s'égare un seul moment de la vie, on se détourne d'un seul pas de la droite route : aussitôt une pente inévitable nous entraîne et nous perd ; on tombe enfin dans le gouffre, et l'on se réveille épouvanté de se trouver couvert de crimes avec un cœur né pour la vertu. »

O toi, mon fils, pourrais-tu maintenant ne pas sentir le prix d'une vie entière passée dans cette fidélité constante? Pourrais-tu du moins ne pas en commencer l'époque à ces instans de lumières où le Dieu des miséricordes se montre à toi avec tous ses charmes; à ces momens de grâce et de réconciliation où il te fait si heureusement rentrer sous son empire? Oh la belle vie! qu'on peut terminer en se disant à soi-même : « Depuis que » j'ai appris à connaître mon Dieu et à goûter

» combien il est doux, j'ai eu des faiblesses, j'ai
» fait des fautes, mais elles m'ont échappé ; et
» avant que de les faire, en les faisant, je ne les
» voyais pas; et si je les avais entrevues, si je
» les avais seulement soupçonnées, ô mon Dieu !
» mon cœur me rend le consolant témoignage que
» je ne les aurais pas faites. » L'heureuse mort,
où Dieu achève de tout perfectionner par le sacrifice entier de nous-mêmes, de tout purifier par
ce dernier trait de sa justice, de tout pardonner
par sa clémence, et où l'on peut ainsi remettre
tranquillement son âme entre les mains de son
Créateur.

Mais elle suppose, cette mort si précieuse, que
l'on a tout fait de son côté pour satisfaire selon
ses forces à sa gloire outragée. Jusqu'ici, cher
Valmont, tu as contracté des dettes envers le Seigneur; et c'est à la pénitence à les acquitter. Un
Homme-Dieu victime pour tes péchés, en donnant
du mérite à ton repentir, du prix à la réparation
de tes offenses, ne t'a pas en effet dispensé de
les réparer. Membre de cet auguste chef, il faut
que tu accomplisses en toi ce qui manque, non
de sa part, mais de la tienne, à ses souffrances.
Les saintes rigueurs de la pénitence, si décriées
par la fausse sagesse et la prudence de la chair,
sont consacrées au tribunal de la raison même;
elles le sont par la voix de la conscience et le
cri de la nature. Oui, tous les hommes, dans
tous les lieux et dans tous les temps, par un

instinct naturel, ont respecté les droits de la justice divine violés par le péché, et le soin qu'on prend d'y satisfaire. Partout ce soin de venger sur soi la Divinité offensée par nos crimes se concilie, en dépit de nous, avec la vénération la plus profonde; et la pénitence a tellement paru une loi du zèle et de l'amour, que nul peuple dans sa religion n'a fait des saints de ceux qui ne s'étaient pas montrés pénitens.

Je n'ignore pas cependant combien ici les abus sont communs, et les excès fréquens. Je sais distinguer la démoniaque et cruelle folie du bonze et du fakir; l'hypocrite vanité du derviche, l'affectation et les dehors de la réforme, de l'humble et sage austérité d'une pénitence vraiment religieuse, chrétienne et raisonnable. Je sais quelles sont les bornes qu'a posées la religion; mais, en respectant une santé, des forces, une vie qui ne sont point à nous, je sais aussi combien sont saintes les rigueurs de la pénitence, combien elles sont justes et nécessaires. De plus, mon fils, la mortification chrétienne donne à l'âme une force et une vigueur que sans elle il est comme impossible d'acquérir. Quiconque se croirait en droit de se satisfaire dans toutes les choses innocentes et permises, risquerait aisément d'être trop faible dans les occasions importantes pour pouvoir se refuser les choses mêmes qui lui seraient défendues. Tel est l'oracle du sage: « Si vous accordez à votre âme tout ce que les » sens lui demandent, elle vous rendra bientôt la

» joie de votre ennemi. » Telle est aussi la maxime
» de l'apôtre : « Mortifiez vos membres... portant
» sans cesse dans notre corps la mortification de
» J.-C. pour que sa vie soit manifestée en nous. »

Mais, mon fils, la vraie piété, en nous rendant
sévères pour nous-mêmes, nous rend bons, indul-
gens, charitables pour les autres. Loin d'elle cette
rigidité excessive, cette vertu sauvage, cette dureté de caractère qui déshonore, qui fait blasphémer la dévotion. Loin d'elle cet orgueil phari-
saïque, cette complaisance secrète qui fait dire au
faux juste réprouvé par J.-C. : « Je ne suis pas
comme le reste des hommes. » Loin d'elle ces
vivacités d'humeur et de tempérament, si contraires à l'esprit de l'Evangile ; ces sensibilités
d'un amour-propre toujours exigeant, toujours inquiet, que tout offense, que tout irrite, et que
rien ne calme et ne fléchit ; cet esprit pointilleux
et jaloux, implacable dans ses haines et ses vengeances ; cet esprit caustique et mordant, toujours
prompts, à juger, à censurer, et à reprendre ; cette
inflexibilité dans la conduite, cet entêtement dans
les opinions, d'où naît si souvent le mépris des
plus légitimes et des plus saintes autorités. Loin
d'elle une vie oiseuse et stérile, si hautement
condamnée par notre divin maître ; l'unique occu-
pation de nous-mêmes ; une sorte d'apathie, d'in-
sensibilité pour tout autre intérêt que les nôtres ;
une stupide et barbare indifférence pour les besoins
des malheureux... qui ne pensent pas comme nous.

Ce sont là, mon fils, les tristes caractères de cette fausse dévotion qui décrédite la véritable. On ose la confondre, ainsi que les vaines formules sur lesquelles elle s'appuie, avec un sentiment qui est le plus beau don du ciel, l'objet des complaisances du Très-Haut, l'esprit de la religion et de la gloire de l'humanité. On traite la piété comme on traiterait dans le monde un honnête homme qui par accident ou par contrainte, se trouverait mêlé, confondu avec une troupe de scélérats.

C'est ainsi que le monde juge les ministres mêmes de la religion. Il voit ceux qui se produisent impunément au milieu de lui, lorsqu'ils devraient se cacher et rougir; ceux qui affichent avec la plus criminelle indécence le ton du siècle, les mœurs et les opinions du jour, sous un habit dont le reflet, si je puis parler ainsi, met dans une plus grande évidence et rend plus odieux encore le scandale de leur conduite : il les voit et il les méprise; car on n'est estimable aux yeux du monde même qu'autant qu'on a l'esprit de son état. Mais il ne voit pas ceux qui s'enveloppent dans la sainte obscurité de leur ministère, et qui pourraient se montrer avec avantage : il ne voit pas le prêtre, le religieux, qui s'ensevelissent dans la retraite, uniquement occupés de l'étude, de la prière, des devoirs que leur état leur impose, et il les confond avec ceux qu'il a malheureusement sous les yeux, et qui lui font illusion sur leur

12..

petit nombre, parce qu'ils se produisent en tous
lieu et qu'on les rencontre à chaque pas : il ne
voit point, du moins souvent et de près le pontife vraiment digne de nos hommages par son zèle
et la pureté de ses mœurs; le pasteur vigilant
borné au soin de son troupeau. S'il les connaissait
mieux, ah! sans doute, tout injuste qu'il est, il
respecterait et leurs fonctions et leur personne.

Partout, au reste, il y a des hommes qui s'a-
busent; il y en a qui abusent les autres, qui
abusent même de ce qu'il y a de plus saint au
ciel et sur la terre; et Dieu les jugera. Oui, la
piété en pleurs réclame ses droits et ceux de la
Divinité qu'on outrage; elle gémit, elle parle pour
ses enfans; elle nous les montre moins répandus,
moins exposés aux regards des hommes que ne le
sont ceux d'après lesquels on la juge et on la
condamne, mais livrés en secret et sans faste à
la pratique des plus aimables comme des plus hautes
vertus. La charité la plus compatissante et la plus
tendre est l'âme de leurs sentimens et de leurs
actions : ils voient tous les hommes comme des
frères; ils voient en eux Dieu même qui les a
rachetés de son image, et le Fils de Dieu qui les
a rachetés de son sang. Ils supportent leurs faiblesses et leurs erreurs; ils pardonnent leur injustice;
ils volent à leur secours, les soulagent sans exception du rang ou de la personne; et s'immolent à
leurs besoins. Ils se considèrent comme redevables
à ceux qu'ils obligent. Ils ne s'arrogent aucune

sorte d'empire; ils mettent la persuasion à la place de la violence et de l'autorité. Ils sont affables sans chercher à le paraître. Par de continuels efforts sur eux-mêmes, ils commandent à leurs passions et à leur cœur. Ils acquièrent un caractère heureux, une humeur égale, une douceur constante. Ils sont humbles et petits à leurs propres yeux; mais ils sont grands aux yeux du vrai sage, et plus grands encore aux yeux du Seigneur.

Aimable douceur! précieuse humilité! charité sainte, c'est vous en effet qui formez les caractères distinctifs de la vraie piété. Et que ces caractères sont augustes! qu'ils méritent bien nos hommages! La douceur acquise par l'habitude est le charme le plus vrai; elle est à la vertu ce que le poli est au diamant; elle en relève la beauté et lui donne tout son éclat. L'humilité, qui la fait naître et qui l'accompagne, source des vrais mérites, et la base essentielle sur laquelle ils reposent, est le sel de la sagesse et l'héroïsme de la vertu. Elle apprécie l'homme ce qu'il vaut par lui-même; elle le rappelle à son origine; lui montre son néant, et lui fait sentir son impuissance et sa misère; elle l'élève ensuite jusqu'à son Créateur, et lui apprend à chercher en lui sa force et sa grandeur. L'âme, humble, petite et faible de son fonds, devient grande et forte par celui sur lequel elle s'appuie. Sans présomption comme sans pusillanimité et sans bassesse, elle croit ne rien pouvoir par sa propre énergie, et peut tout par son

Dieu. Elle emprunte de lui une lumière vive et sûre, une grâce puissante et victorieuse, qui l'élève au-dessus de toutes les pompeuses chimères de l'orgueil et de la vanité ; on ne la voit point ramper devant la faveur ; elle ne suit point en esclave le char brillant de la fortune ; elle ne se laisse point éblouir par le faux éclat des grandeurs humaines ; la vérité et la justice forment son plus riche apanage. Ses plus belles victoires sont celles qu'elle nous fait remporter sur nous-mêmes. De tous les triomphes, le plus vrai, comme le plus difficile, c'est celui de l'humilité sur l'amour-propre. Cette vertu, si digne de nos vœux et de nos efforts, contribue essentiellement au bonheur de l'homme, même ici-bas. Elle nous délivre des tourmens presque continuels qu'éprouve un cœur vain et superbe, elle nous rend les abaissemens, les contradictions moins sensibles ; elle nous les épargne souvent, car l'humilité nous sauve bien des humiliations. La paix est le fruit de ses combats et le prix de sa victoire. « Apprenez de moi, » dit le Fils de Dieu fait homme pour nous » servir de modèle, que je suis doux et humble » de cœur, et vous trouverez le repos de vos » âmes. »

Jésus-Christ nous dit, il est vrai : « Si vous » ne devenez comme de petits enfans, vous n'en- » trerez pas dans le royaume des cieux. » Mais il ne faut pas croire pour cela que l'humilité chrétienne nous fasse prendre un caractère de bassesse et d'abjection; qu'elle renverse l'ordre de la société, qu'elle nous rende dépendans de ceux à qui nous devons commander, que la simplicité qu'elle nous inspire soit faiblesse et imbécilité. Le même Dieu qui nous a dit : *Soyez petits comme des enfans*, nous a dit, *soyez prudens comme des serpens et simples comme des colombes*. Il y a plus, la même religion qui nous dit : *soyez humbles*, nous dit en mille manières différentes, *soyez grands, soyez courageux, soyez généreux et magnanimes*. Il y a dans toute âme vraiment chrétienne une noble fierté aussi éloignée de l'avilissement et de la bassesse qu'elle l'est de l'enflure et de l'orgueil.

L'humilité du chrétien l'élève, bien loin de l'avilir. C'est pour Dieu seul qu'il s'abaisse devant les hommes; et il ne le fait qu'autant que Dieu veut, et comme il le veut. Opposons-le aux persécuteurs et aux tyrans, au monde et à ses amorces flatteuses, au respect humain et à ses lâches complaisances, à la servitude honteuse des passions et des vices, à la bassesse de l'adulation et du mensonge, à la cabale, aux intrigues, au manège des cours et à toutes les indignes manœuvres des courtisans, à tout ce qui avilit et qui dégrade; son âme, grande et généreuse sans hauteur et sans faste, déploie toute sa force et son courage. Elle dédaigne tout ce qui n'est pas digne d'elle, s'élève au-dessus de tout, sacrifie tout pour le véritable bonheur et pour la vertu.

Si ces caractères de la vraie piété, tels que
nous les retracent la religion chrétienne et l'exemple des vrais justes, ne se trouvent pas dans tous
ceux qui font profession d'être dévots, ô mon fils!
qu'on s'en prenne à eux seuls, et non à cette
piété qui les désavoue, qui les reprend, les condamne et les réforme autant qu'il est en elle.
Otez à ces âmes pieuses à quelques égards, mais
trop peu éclairées dans leur piété et trop imparfaites, ôtez-leur ce sentiment de religion qui les
retient, et vous reconnaîtrez alors ce qu'est l'homme
abandonné au feu de ses passions et à l'impétuosité de son caractère : il était vif encore malgré
sa dévotion, et vous le verrez emporté et furieux;
il était sensible et pointilleux, et vous le verrez
fier et arrogant; il était rigide et sévère, et vous
le verrez cruel et dénaturé. Monde injuste et bizarre! vous lui eussiez pardonné ses vices s'il eût
été sans loi, sans frein, sans religion comme vous;
et parce qu'il s'efforce de devenir pieux et fidèle,
vous ne daignerez pas même excuser ses faiblesses.

Oui, mon fils, respecter les personnes pieuses
avec leurs défauts, rien de plus conforme à l'é-
quité naturelle. « J'ai vécu cent ans, disait Fonte-
» nelle, et je mourrai avec la consolation de n'avoir
» jamais donné le plus petit ridicule à la plus
» petite vertu. »

Le monde, injuste comme il l'est, se plaît principalement à répandre sur la piété, le soupçon et

le vernis de l'hypocrisie. Cependant la fausse piété, l'abus trop funeste de la religion, fait dans tous les temps, et dans ce siècle surtout, beaucoup moins d'hypocrites que le monde lui-même, malgré tous ses scandales : hypocrites de droiture, de probité, d'honneur; hypocrites de désintéressement, d'humanité, de bienfaisance; hypocrites de bravoure, de courage, de fermeté d'âme; hypocrites de sagesse, d'honnêteté, de mœurs, de délicatesse et de sentiment; hypocrites d'incrédulité même, de prétendue force d'esprit et de philosophie; hypocrites dans tous les genres; qui n'ont des qualités qu'ils affectent qu'un vain renom qu'ils se donnent, et les faux dehors dont ils se parent : voilà ce que le monde enfante dans toutes les conditions, et surtout parmi les grands; voilà le secret important qu'il cherche à nous dérober, et qu'une fatale expérience que des circonstances plus ou moins critiques nous révèlent à chaque instant malgré lui.

Laissons donc, mon ami, laissons le monde invectiver contre la piété; et en travaillant à la former en nous, mettons tous nos soins à la rendre solide et exempte de reproche. Mais que faut-il faire pour l'acquérir et pour y persévérer? En deux mots Jésus-Christ nous l'a dit : « Veillez et priez. »

Ah! sans doute, Dieu connaît nos maux, il voit nos misères; et, pour les soulager, il n'a pas besoin de nos prières. Mais, pour nous dispenser de les faire, est-il, mon fils, un plus faible argument? Dieu veut être prié, sollicité, pressé, parce qu'il ne veut pas que nous oublions notre dépendance, que nous perdions de vue l'hommage que nous lui devons et les droits qu'il a sur nous. Dieu se doit à lui-même l'aveu que nous lui faisons de notre impuissance, le tribut de nos louanges; et c'est justice en lui de l'exiger. Il nous assure un remède puissant contre notre faiblesse par le sentiment qu'il veut que nous en conservions; et il est de notre intérêt que l'expression continuelle de ce sentiment, si nécessaire à l'homme, soit pour nous un devoir. Prions donc sans nous lasser jamais. Tout est permis à la prière, lorsqu'elle est le gémissement d'un cœur qui sent ses besoins, qu'elle est animée par la foi, et qu'elle est soutenue de la persévérance.

Eh! quoi de plus doux que ces tendres gémissemens, ces entretiens affectueux, ces soupirs enflammés par lesquels l'âme s'élance vers son Dieu, lui expose ses désirs, lui peint son amour, le loue de ses perfections, lui rend grâce de ses bienfaits, lui parle des peines qu'elle ressent, des maux qu'elle éprouve, des dangers qu'elle craint, des tentations qui l'affligent; implore son secours, se console, se délasse, en sa présence; s'oublie, se perd délicieusement en lui, et reprend dans son sein une vigueur nouvelle!

Mais, en priant, veillons constamment, et combattons avec courage. Le grand ouvrage de notre sanctification suppose l'heureux concours de deux causes qui y sont également nécessaires, Dieu et l'homme : de Dieu, par sa grâce; et de l'homme, par sa vigilance et ses efforts.

Ces deux moyens essentiels, la vigilance et la prière renferment tous les autres; — le recueillement et la retraite, autant qu'elle est compatible avec notre état et les obligations que nous avons à remplir : douce retraite! qui nous fait jouir en paix de nous-mêmes : qui nous rappelle à Dieu, à nos devoirs, à la vérité; qui nous aide à revenir de sang-froid sur les fausses opinions du monde; sur ces entretiens contagieux et funestes où chaque idée que l'on reçoit est un préjugé, où chaque principe que l'on adopte est une source d'erreurs : — la fuite des occasions qui peuvent nous porter au mal; car « celui qui aime le péril, dit l'Ecriture, y périra. » — Le choix des livres, des conversations, des sociétés, qui décide presque infailliblement de nos sentimens et de nos mœurs, et qui souvent même nous fait perdre en un jour le fruit de bien des années : — le sentiment de la présence de Dieu, qui nous met en garde contre les saillies des passions, qui nous soutient dans les maux de la vie et nous les rend plus faciles à supporter; qui nous fait jouir des vrais biens avec sagesse et avec reconnaissance : — l'heureux choix d'un guide éclairé qui veille avec nous sur nous-mêmes; qui voit sans prévention, sans illusion,

ce que l'aveuglement de l'amour-propre pourrait nous dérober ; qui joint à nos faibles lumières
celles que l'expérience lui donne et les grâces
attachées à son ministère : — la fréquentation des
sacremens, qui, par l'épreuve qui les précède,
les dispositions qui les accompagnent, les secours
abondans qu'ils nous procurent, les faveurs et les
dons qu'ils renferment, entretiennent notre vigilance, soutiennent notre exactitude, augmentent
notre ferveur, deviennent pour nous le sanctuaire
de la sagesse et l'école de la vertu : — les actes
contraires aux tentations qui nous assiégent, ces
pratiques de renoncement et d'abnégation, qui
donnent de la vigueur à notre âme, affaiblissent
la violence de nos penchans, déracinent nos vices,
nous préparent des armes pour le combat, et sont
déjà comme des présages de la victoire.

Je te dois ici une belle page d'un de nos philosophes : « Notre liberté, dit-il, comme toutes nos
autres facultés, a besoin d'être agrandie, dirigée
et perfectionnée. Pour agrandir et fortifier la
liberté, il faudrait s'accoutumer dès la plus tendre enfance à ne rien faire que par choix ; à ne
parler, à ne se taire, à n'agir qu'après se l'être
commandé à soi-même ; à bannir tout empressement, toute ardeur, et toute impétuosité qui
nous entraînerait hors de nous ; enfin à consulter
sans cesse la raison et à lui être docile. Ainsi pour
dompter un coursier généreux, et lui donner plus de
force et de souplesse, une main habile le dirige ; tantôt

elle précipite ses pas, tantôt elle l'arrête tout-à-coup au milieu de sa course ; à chaque moment elle lui donne une allure nouvelle.

« Malheur à ces hommes qui, semblables à des machines animées, suivent sans réflexion la pente de l'habitude. Cette habitude, fût-elle indifférente, et même eût-elle quelque utilité dans ses effets, devient néanmoins funeste, en accoutumant la volonté à la servitude, et en énervant les forces de la raison. C'est dans ces occasions faciles que notre raison doit faire l'apprentissage de l'empire qu'elle doit exercer dans des occasions difficiles. Ah ! si tandis qu'il ne lui coûte rien que de commander, elle obéit ou reste oisive, comment dans les occasions difficiles se déterminera-t-elle à exercer un pouvoir onéreux !

» Le pilote qui, dans un temps favorable et serein, ne s'accoutume point à manier le gouvernail, quelle facilité aura-t-il pour manœuvrer au milieu de l'orage?... O vous, qui êtes épris du désir de la sagesse, exercez les forces de votre liberté sur les passions naissantes, étouffez tous les dangereux désirs dans leur berceau ; n'oubliez jamais le précepte du sage, écrasez contre la pierre les lionceaux quand ils sont à la mamelle ; si vous attendez qu'ils soient plus grands, vous deviendrez, en gémissant, leur proie. »

Reprenons : l'œuvre de notre sanctification demande encore le réglement général de notre conduite,

qui met de la justesse dans nos vues, de l'ordre
dans nos actions, de la fermeté et de la constance
dans nos résolutions : — les occupations journalières,
le travail assidu , le bon 'emploi du temps ,
si opposé à celui qu'en font tous les jours ces
insensés de l'un et de l'autre sexe, pour qui la
vie n'est qu'un cercle ennuyeux de toilette, de
visites, de promenades, de spectacles, de jeu, de
repas, de lit encore plus que de sommeil, de
soins minutieux et frivoles; d'occupations stériles,
d'importantes bagatelles ; eh, quelle vie pour un
être pensant ! — l'accomplissement de tous les
devoirs de religion et en particulier de ceux d'un
chrétien zélé , devoirs si ignorés, et si nécessaires cependant , puisqu'ils contribuent essentiellement à l'édification publique; qu'ils nous réunis-
sent beaucoup mieux que tout autre exercice dans
l'adoration commune et l'observance d'un même
culte; qu'ils nous assurent des instructions aussi
simples que solides , qu'ils influent efficacement
sur les mœurs par le bon exemple , et que d'ailleurs ils nous sont prescrits par l'Eglise : — l'offrande assidue de ce sacrifice adorable par lequel
se perpétue sur nos autels celui de la croix, de
ce sacrifice dont l'Homme-Dieu est tout à la fois le
premier prêtre et la victime, et qui dès lors, par
sa nature même, est aux yeux du souverain Etre
et du chrétien fidèle l'acte le plus excellent de la
religion : — enfin toutes les pratiques de piété
propres à la nourrir dans notre âme et à l'accroître,

telles que sont l'examen de prévoyance pour la
journée dans la prière du matin; l'examen de
conscience le soir; les saintes lectures, les aspira-
tions fréquentes vers le ciel; la visite des malades;
le soulagement des malheureux; les aumônes abon-
dantes par lesquelles nous prêtons à usure au Seigneur; l'empressement à établir le règne de Dieu
dans les âmes en éclairant ceux qui sont dans les
ténèbres, en soutenant ceux qui sont faibles, en
dérobant à la séduction ceux qui sont en danger
de se perdre, en ramenant ceux qui s'égarent :
tels que sont- encore les témoignages de confiance
envers les amis de Dieu, les marques de compassion, d'intérêt pour l'Eglise souffrante : ces effets
vraiment respectables de l'union si belle qui lie
dans l'Eglise catholique l'âme vraiment chrétienne
à tous les êtres intelligens et sensibles destinés à
procurer la gloire du Très-Haut; qui la lie à la
terre, au ciel, à tout l'univers, par une chaîne
d'amour, dont le terme est Dieu même! pratiques
saintes et sublimes! que l'irréligion du siècle traite
de petitesse et de minuties, qui le sont en effet,
si l'on en prend mal l'esprit et si on les sépare
du culte essentiel de la vertu, mais qui seront
toujours grandes dès qu'elles conduiront aux grandes
choses.

Mais, Valmont, pour faire usage de ces moyens
qui mènent à la piété, ou qui la soutiennent et
qui l'augmentent, il faut de la force, j'en conviens; il faut braver le respect humain..... Le

respect humain ! le plus dangereux obstacle à la
piété, le plus fatal ennemi de tout bien, celui
qui en étouffe, qui en arrache le germe dans sa
naissance ; lui, mon fils, le tyran des âmes faibles
et lâches qui, leur laissant oublier que « la vraie
gloire est de suivre le Seigneur, » leur fait apos-
tasier la religion, trahir leur conscience, rougir
de J.-C., et renier ses plus saintes maximes ; lui
cependant qui ne nous rend le monde si redoutable que par la frayeur qu'il nous en donne,
tandis que la censure pour le monde est si peu
à craindre pour quiconque l'affronte et le méprise ;
lui enfin, ce respect humain, qui n'est fort contre
nous, qui ne nous en impose qu'autant que nous
le voulons bien.

Ah! Valmont, pour apprendre à le vaincre, souviens-
toi des égaremens auxquels il t'a conduit, des vils préjugés sur lesquels il s'appuie, des principes honteux
qui le font naître et le fortifient, de cette bassesse
d'âme qui l'accompagne, de l'opprobre qui le flé-
trira un jour, lorsqu'aux yeux de l'univers assem-
blé, J.-C. rougira de quiconque aura rougi de lui
et de son Evangile. Et que t'importent les éloges
ou les censures d'un monde insensé, qui, jugé
lui-même, sera forcé de rendre hommage à la
vertu qu'il aura méconnue et déshonorée ?

Les plus grands intérêts, les plus grands soins,
mon fils, doivent t'occuper aujourd'hui. Tu élèves

le plus important et le plus noble édifice, celui
de ta perfection : travailles-y sans crainte, sans
faiblesse, sans relâche ; c'est élever en même
temps le monument le plus durable à ta gloire et
à ton bonheur.

J'ai tout fait avec la grâce de mon Dieu pour
te procurer ce bonheur que je te désire si ardem-
ment. Daigne le ciel couronner mes vœux comme
il a daigné prévenir et seconder mes efforts ?

O mon fils ! pour répondre dignement à ses desseins sur toi, ne perds point de vue les grandes
vérités que nous avons discutées : médites-en souvent les preuves, et surtout les preuves essentielles
qui les démontrent, celles de l'existence de Dieu,
d'après la nature et l'existence de l'être nécessaire ;
— de la spiritualité de l'âme, d'après sa faculté
de raisonner et de comparer ; — de la loi naturelle, d'après les attributs de l'Etre suprême, et
la différence intrinsèque du bien et du mal, ainsi
que des effets qui en résultent ; de notre immortalité, d'après le plan de la législation divine ; —
de la religion chrétienne, d'après son ensemble et
ses principaux caractères, sa nécessité, son ancienneté, son unité, sa perpétuité, son excellence ou
sa sainteté.

Et n'oublie pas, comme dit l'illustre d'Aguesseau,
que : « cet ensemble a principalement pour objet
Jésus-Christ, comme unique terme de toute la religion, et le centre de réunion de l'un et de l'autre

Testament ; qu'il renferme , comme garans de la
divinité de ce Jésus, premièrement *les promesses* qui
l'ont annoncé; *les justes* qui en ont été la figure ;
les prophètes qui l'ont prédit, qui ont vu l'étonnant
mélange de sa divinité et de son humanité, de sa
grandeur et de ses ignominies; qui, à cause de
lui , et pour rendre d'avance leurs prophéties plus
sensibles, ont prédit également les révolutions des
plus grands empires ; secondement *Jésus - Christ
même,* si distingué du reste des hommes par son
caractère tout divin, par l'étendue de son pouvoir,
par la sublimité de sa morale, par l'esprit de sa
religion, qui, comme on l'a si bien dit, semble n'avoir
pour objet que la félicité d'une autre vie, et fait
encore notre bonheur dans celle-ci ; troisièmement
les apôtres, d'abord timides, grossiers, charnels ,
sans éducation, sans lettres, transformés bientôt
après en des hommes nouveaux; se partageant
l'univers, pour l'éclairer et le renouveler ; et sur
des faits qui se sont passés publiquement et sous
leurs yeux, scellant avec tant d'autres disciples
leur témoignage de leur sang; quatrièmement ,
l'établissement du Christianisme par des moyens si
faibles, si peu naturels, si peu humains, et qui
n'avaient, selon le cours ordinaire des choses,
aucune proportion avec une si grande entreprise ;
cinquièmement, *les Juifs,* qui voient se vérifier en
eux depuis plus de dix-sept siècles cette impréca-
tion de leurs pères, lorsqu'ils demandèrent avec
tant d'instances la mort de J.-C., *que son sang*

retombe sur nous, et sur nos enfans; les Juifs, c'est-à-dire la plus grande merveille aux yeux d'un sage qui n'est pas prévenu par la plus aveugle et la plus stupide incrédulité; sixièmement : *l'état de la société chrétienne*, sous la conduite d'un chef, successeur du premier des apôtres, et sous celle des évêques qui d'âge, en âge, leur ont également succédé; société dans laquelle s'accomplissent avec tant de fidélité les promesses du Sauveur; société toujours subsistante dans une si grande partie de l'univers, toujours visible, toujours une, toujours triomphante, malgré tant d'ennemis conjurés pour la détruire. »

Oui, la religion, comme l'a dit ailleurs d'Aguesseau, est la vraie philosophie.

Médite enfin, mon fils, les preuves de la visibilité, de l'infaillibilité de l'Eglise, d'après le besoin d'une autorité; — de l'obligation indispensable d'une piété solide, d'après sa nature et les vertus qu'elle renferme. Ramené ainsi à de meilleurs principes, tu retrouveras partout l'heureux accord de la religion avec la saine et véritable philosophie.

Pour donner à ces preuves tout l'éclat dont elles étaient susceptibles, et te persuader plus promptement, que n'ai-je pu emprunter la plume et le génie de quelques-uns de nos incrédules ! Mais qu'ils changent de rôle; qu'ils emploient, pour faire valoir la religion chrétienne, toute cette magie de style, toute cette force d'expression, toute

cette richesse de détails, tout l'art que quelques-
uns d'entre eux ont employé à embellir l'impiété et à orner le mensonge ; qu'ils fassent pour
la vérité, de suite et par principes, ce qu'ils
font quelquefois pour elle par un sentiment involontaire ou par caprice : quelle cause ils auront
à défendre ! quelle vive persuasion ils feront naître!
quels chefs-d'œuvre ils enfanteront! et qu'ils méri-
teront de notre part d'admiration, d'éloges et de
reconnaissance!

Peut-être, mon fils, cette espèce de révolution
est-elle plus prochaine qu'on ne se l'imagine. Les
extrémités se touchent. Nos incrédules ont été trop
loin ; ils ont renversé tous principes, ils ont ôté
à l'irréligion son masque, et montré trop à découvert ses tristes et affreuses conséquences. Maintenant on sait à quoi s'en tenir, et ils portent en
quelque sorte leur contre-poison avec eux. Il ne
leur reste donc plus, pour se donner un nouveau
relief et se fonder un nouvel empire, qu'à revenir
sur leurs pas et à se porter en sens contraire.

D'ailleurs tout est affaire de mode parmi nous ;
et j'ai cru m'apercevoir que, parmi les gens de
lettres d'un certain mérite, la mode de paraître
n'avoir pas de religion n'était pas si générale.
Quelques - uns même en portent depuis quelque
temps le ton dans leurs ouvrages, de manière à
faire croire, qu'ils se sentent assez de force d'esprit,

pour s'élever au - dessus du préjugé philosophique qui s'attachait à la dégrader. Puisse leur
exemple influer sur le reste de la nation, et
ramener parmi nous les plus beaux jours du
Christianisme.

Adieu, mes chers enfans ; je vous attends avec
le plus vif empressement, et mon âme vole tout
entière au-devant de vous.

LETTRE LIX.

Le comte de Valmont à son père.

Sans le triste châtiment que vous m'aviez fait pressentir ; sans cette douloureuse image du malheureux Lausane, qui souvent me poursuit, et qui dans bien des momens vient altérer ma joie la plus vive, je serais mon père, le plus fortuné de tous les hommes. Déjà je sens, je goûte tous les avantages et tous les charmes de la religion. Mes passions sont plus calmes ; mon esprit est plus tranquille ; ma conscience est en repos autant qu'elle peut l'être, et mon cœur est satisfait. O mon Dieu ! pourquoi vous ai-je connu si tard ! et qu'aveugles sont ceux qui cherchent loin de vous la vérité et le bonheur !

Dans le silence de la retraite, à l'aide d'un guide aussi tendre que sage, j'ai médité les objets que vous m'avez tracés, ces puissans motifs d'un parfait retour vers Dieu ; ces grandes vérités, dont le premier éclat, dès le moment où je reçus votre

lettre, m'avait si vivement frappé. Quels heureux
traits de lumière elles ont portés en moi! quels
sentimens elles y ont développés! Ah! que mon
Dieu m'a paru grand et miséricordieux! mais que
je me suis trouvé criminel! que devant lui je me
suis vu petit et misérable! J'ai repassé mes années
dans l'amertume de mon âme; j'ai remonté à la
source vile et impure de mes désordres et de mes
erreurs; j'en ai suivi la trace; et qu'ai-je aperçu,
grand Dieu! qui ne fût propre à m'humilier et à
me confondre? Courbé sous le poids de mes infi-
délités, j'ai dévoilé ma honte et confessé mes
crimes. Le ciel daignait m'entendre. Par le secours
de son ministre, il aidait à ma mémoire ainsi qu'à
ma faiblesse; il touchait, il brisait mon cœur par l'opposition touchante de ses bienfaits et de mon ingratitude; il excitait mes gémissemens et faisait
couler mes larmes.

Larmes plus douces qu'amères! elles soulageaient
ce cœur oppressé; elles étaient pour mon âme ce
qu'est dans les ardeurs de l'été une rosée abon-
dante pour la terre aride et desséchée. Le ministre
d'un Dieu sauveur a vu mon repentir; il m'a imposé des œuvres de satisfaction propres à servir
de remèdes pour le passé et de précautions pour
l'avenir; il m'a donné les plus sages conseils: il
m'a fortifié, consolé: et, déterminé enfin par la
proximité de mon départ, il a ouvert en ma faveur tous les trésors de la miséricorde de mon
Dieu: il m'a réconcilié.

O jour heureux! qui m'a rendu tous mes droits
à la félicité, et m'a remis en possession des titres
les plus glorieux, puissé-je ne t'oublier jamais!
Non, mon père, l'infortuné captif qui tout-à-coup
voit rompre ses liens et briser ses fers n'éprouve
pas un contentement si vif que celui qu'une telle
faveur m'a fait éprouver. Vous aviez bien raison
de le dire : si la pénitence a ses rigueurs, si
elle exige des privations, des sacrifices, ah! qu'on
en est bien dédommagé par l'onction de la grâce
qui les accompagne !

Mais que dis-je? des sacrifices! C'est ma chère
Emilie qui en fait un à sa tendresse et à notre
union; qui foule aux pieds les richesses et les
grandeurs lorsqu'elle pouvait en jouir avec tant
de sagesse : mais pour moi, à qui on les arra-
chait, bien plus que je ne consentais à les perdre;
moi, dont elles n'avaient que trop empoisonné les
penchans et déréglé la conduite; moi, mon père,
qui en usais si mal, et qui, par mes désirs insatiables, en faisais mon tourment, de quels sacrifices puis-je me glorifier? et quelle perte fais-je
en perdant de tels biens? Ah! je gagne tout,
puisque je commence à connaître le bonheur. Ce
n'est donc pas dans l'accomplissement de nos
vœux toujours renaissans, dans la réussite de nos
projets si mal concertés qu'il se trouve, c'est
dans la modération de nos désirs; et la religion
seule nous la donne.

Quel souvenir pour moi que celui des excès, de l'aveuglement et des malheurs auxquels je me vois échappé ! quelles passions m'agitaient ! quels vices je m'étais fait ! quels systèmes bizarres j'adoptais tour à tour ! quelle habitude de fausseté j'avais contractée ! Vous seul me contraigniez à une sorte de respect pour la vérité ; mais que je conçois maintenant de quel prix est l'amour que vous vouliez m'inspirer pour elle, combien nous est nécessaire la droiture de l'esprit et du cœur, et quelle influence elle a pour le bien sur nos sentimens et sur nos mœurs ! Oui, mon père, le caractère d'un homme vrai est devenu à mes yeux le plus saint, le plus auguste de tous les caractères, et si je l'eusse conservé tel qu'on avait pris soin de le former en moi, jamais, ah ! jamais je n'eusse cessé d'être fidèle.

De faux amis, aidés de la fougue de mes penchans, m'ont entraîné, m'ont perverti : eh ! de quelles voies Dieu s'est servi pour me ramener ! Il me conservait une épouse tendre et sage, dont le caractère doux et insinuant, dont les charmes toujours simples et purs m'attachaient lors même que je semblais m'éloigner d'elle ; dont les exemples m'imposaient ; dont la vertu me maîtrisait avec empire lorsque j'étais assez vil pour oser la soupçonner. Il me conservait un père bon, indulgent, plein de zèle, mais d'un zèle éclairé, prudent et circonspect : un père, un ami qui avait égard à ma faiblesse, qui soutenait ma confiance, qui

ménageait avec art l'emportement et le feu de
mes passions : sans un tel père, sans un tel ami,
le retour à la vérité, à la vertu m'était fermé
pour toujours. Ce Dieu bon me préparait encore
des événemens malheureux, mais utiles, des leçons, des revers. Hélas! que n'a-t-il pas fait pour
moi! Après de telles faveurs, quelles grandes
choses ne doit-il pas se promettre de ma reconnaissance! et qui doit mieux que moi célébrer
ses miséricordes par la constance à le servir ?

Aujourd'hui même j'attends de son infinie bonté
une nouvelle grâce, qui va mettre le sceau à
toutes les autres. Dans ces jours de salut, où par
un précepte formel l'Eglise appelle à la table sainte
ses enfans, on me permet, tout indigne que je
m'en suis montré jusqu'ici, de m'y asseoir avec
eux. On m'assure que Dieu a égard à la sincérité,
à la vivacité de mon repentir; que, vaincu par
mes gémissemens et mes larmes, il me presse, il
m'ordonne d'approcher : et cependant, je redoute
autant que je le désire ce moment qui s'apprête. Je
ne vois mon indignité qu'avec frayeur; je n'envisage la majesté de mon Dieu qu'avec saisissement
et avec trouble. D'un autre côté sa bonté me
rassure; les paraboles si touchantes de l'Evangile
me raniment par la confiance qu'elles m'inspirent;
l'idée du bonheur dont je vais jouir me transporte
et me ravit.

Ah! le croiriez-vous? Je sentais encore tout le

prix d'un tel bonheur, après m'en être privé par
ma faute, et dans les premiers temps de mes
égaremens. Oui, mon père, il y a un an à pareil
jour que, combattu par un reste de foi, et par
mes doutes, j'entrais dans le temple sans trop
savoir ce que j'allais y faire : je vis l'heureux
concours des fidèles qui environnaient les saints
autels, et s'y nourrissaient du pain des anges :
leur foi, leur piété, leur contenance modeste,
une expression de contentement et de joie répandue sur tout leur extérieur, le souvenir des douceurs ineffables que j'avais goûtées dans cette action
sainte, lorsque je la fis pour la première fois ,
tout se réunissait en ce moment pour faire sur
moi les plus fortes impressions : je me cachais
pour verser des pleurs; je me plaignais à moi-
même de l'état de doute où je m'étais plongé, des
perplexités que j'éprouvais : je me reprochais ma
conduite si différente de ce qu'elle était avant que
j'eusse perdu la foi; je regrettais mes premiers
sentimens, il semblait que j'allais les reprendre
plus vifs et plus purs que jamais. Hélas! je revis
Lausane! et tout fut oublié...

Tandis que je vous écris, le jour commence à
paraître. L'aurore du plus beau jour brille enfin
pour moi; je l'ai prévenue pour épancher mon
cœur et m'entretenir avec vous. L'union la plus
sainte va mettre le comble à mon bonheur. Ah !
fasse le ciel que les suites en soient durables,
que rien à l'avenir ne me rende ingrat et parjure,

13..

que rien au monde ne soit capable d'altérer ma fidélité ! Je m'appuie sur la grâce de mon Sauveur beaucoup plus que sur mes résolutions et mes promesses ; mais ce que je cro's pouvoir assurer, c'est que maintenant Jésus-Christ est tout pour moi. Sa doctrine m'enchante ; ses exemples m'enflamment ; sa vie, sa mort, son sacrifice, le don qu'il me fait, tout ravit mon cœur et l'embrase de son amour. Je médite ses bienfaits et ses lois, je le contemple, je l'admire ; et, désabusé que je suis de toutes les fausses idées de grandeur et d'héroïsme que je m'étais faites, de tous les vains objets de mon culte et de mes hommages, mon Dieu, mon maître, mon modèle, mon héros, c'est Jésus-Christ.

Que je chéris, que je révère les vertus que cet Homme-Dieu m'enseigne ! et que je suis disposé à les suivre ! O mon père ! quel spectacle à mes yeux que celui du vrai chrétien vraiment vertueux, parce que toutes ses vues, ses actions sont dirigées vers cette unique fin, la gloire de son Créateur ; vertueux malgré les passions, malgré l'exemple, malgré les préjugés et la coutume, sans cesse luttant contre le monde, contre le démon, contre sa propre faiblesse; et toujours vainqueur, toujours rapportant à Dieu ses triomphes; toujours droit, équitable, tempérant, bienfaisant; toujours ferme dans ses principes, toujours d'accord avec lui-même, sa vie se déploie comme un système uni-

forme de conduite et de sagesse, consacré tout
entier à l'honneur et à la louange de son Dieu.

Quel contraste avec le caractère des incrédules tels
que je les ai vus, tels que je les ai connus pour la plupart! Sans principes fixes, sans frein, sans règle de
mœurs et de conduite, sans autre loi que leurs penchans, sans autre but que le plaisir, sans autre mobile
que l'intérêt du moment, presque tous sans jugement et sans raison; ai-je bien pu les avouer
pour mes maîtres, ou me glorifier quelquefois de
les avoir pour disciples! Hélas! quels systèmes
que les leurs! quels affreux systèmes! ils sont
tels qu'en les exposant on ne voudrait pas être
pris pour un homme qui les réduisît en pratique,
et qui en admît pour lui-même et dans le cours
de sa vie les horribles conséquences.

Aujourd'hui que je me rappelle tous leurs sophismes, tous leurs vains raisonnemens, je crois
voir cet amas d'impostures fuir et disparaître devant l'éternelle vérité comme les ombres de la
nuit disparaissent et s'éclipsent au grand jour. Je
crois entendre le père des lumières, dissipant ce
faible nuage qu'ils osent élever devant lui, et,
tout indigné de leur présomption et de leur audace, leur dire comme au livre de Job: « Quel
» est celui-là qui mêle des sentences avec des
» discours pleins d'ignorance et de folie? » Ce sont
cependant ces hommes que j'ai vus former une
ligue contre le Seigneur et contre son Christ :

traiter d'esprits faibles et superstitieux, de fanatiques et d'enthousiastes, tous ceux qui ne pensaient pas comme eux; repousser à haute voix et sans ménagement les traits qu'on lançait contre l'irréligion; et, affrontant tout à la fois Dieu, les hommes et les lois, se donner sans honte pour les apologistes du vice et de l'impiété. O mon Dieu, daignerez-vous oublier que j'ai pris part à leurs blasphèmes, et que j'ai pu m'asseoir au milieu d'eux! Ah! pardonnez, Seigneur, les égaremens de ma jeunesse; pardonnez-moi des erreurs que je cours rétracter aux pieds de vos autels, et que mon cœur désavoue pour toujours.

Il s'approche, le moment fortuné, après lequel je soupire, et je vais m'y préparer de nouveau. Bientôt après, mon père, je vole dans vos bras avec ma chère Emilie et toute l'aimable famille qui nous vient de votre part. Tout est disposé pour notre départ. Demain j'abandonne un séjour où je n'aurai rien à regretter, puisque je trouverai tout auprès de vous.

Adieu, monde trompeur qui m'aviez séduit, qui m'aviez promis le bonheur et ne me l'avez point donné! Adieu, toutes les faveurs de la cour, qui étiez autrefois le plus vif objet de mes vœux, et qui l'êtes aujourd'hui de mon indifférence! Je vais apprendre loin de vous à être vrai, sage et vertueux. Sous les auspices du meilleur des citoyens comme du plus tendre des pères, je vais apprendre

à devenir citoyen moi-même, surtout à me
rendre digne par mon étude et par mes soins de
servir désormais fidèlement le roi des rois.

Adieu, mes anciens amis, mes compagnons d'incrédulité ! mon changement vous sera connu, car
je ne craindrai pas de le manifester ; vous en
plaisanterez, et je n'en rougirai pas ; à l'aide de
vos ingénieuses saillies, vous mettrez les rieurs de
votre côté, et vous n'y mettrez pas la raison ;
vous me plaindrez, et je plaindrai encore plus
votre aveuglement, et je prierai le ciel qu'il dissipe vos ténèbres, et je me féliciterai chaque jour
de ne plus penser comme vous. Grâce à la religion, je vais avoir des principes de mœurs ; et
je n'en avais pas.

LETTRE LXe.

Le comte écrit à son père que, pour achever de se convaincre, il a voulu jeter encore les yeux sur ces livres des prétendus philosophes qui l'avaient ébloui et égaré trop long-temps; puis, avec un noble sentiment d'indignation, il s'écrie:

O mon père, pourquoi donc ai-je tant tardé à te comprendre! quelle sagesse que la leur, ou plutôt quel monstrueux excès! et quelle frénésie! il n'y a donc plus rien de sacré pour la nouvelle philosophie. Voilà donc réunis sous un même point de vue les systèmes que j'adoptais, et les moyens dont ces amis de la vérité se servent pour les répandre! Voilà tous les délires que leurs passions enfantent, et qu'ils mettent à la place des clartés vives et pures que la religion nous présente!

L'exposition même qu'ils nous font de leurs dogmes insensés et pervers, dégagée de toutes les précautions dont ils usent pour les adoucir, de tout l'étalage qu'ils emploient pour le faire valoir, ne suffirait-elle pas pour les réfuter? Le Christianisme a ses preuves en même temps qu'il a ses mystères. Mais eux, que nous offrent-ils, des mystères sans preuves, accompagnés des plus grandes absurdités. La matière et le mouvement formant de toute part des chefs-d'œuvre par combinaisons, que rien ne produit, que rien ne combine, si ce n'est une aveugle et fatale nécessité; des effets sans cause proprement dite; une nature partout en contradiction avec elle-même; des suppositions toutes gratuites; définitions arbitraires posées en principes; les organes de nos sensations, de nos perceptions confondus avec la sensation et la perception qu'ils occasionnent; toute vérité morale anéantie; toutes les passions mises en liberté; l'homme réduit à vivre dans les forêts, comme les animaux dont il fait seulement la plus noble partie, ou, selon quelques-uns, la partie la plus dépravée; la confusion à la place de l'ordre, et l'anarchie substituée à l'autorité civile et à la sagesse du gouvernement : c'est donc là à quoi se réduit toute leur doctrine! la fausseté dans le caractère et les démarches; la hauteur dans les enseignemens et les procédés; l'ironie, l'invective ou la séduction dans le langage; la bizarrerie, l'affectation dans les mots! l'entortillement et l'enflure dans les pensées; l'enthousiasme

et le délire dans l'imagination ; la hardiesse et
l'inconséquence dans les raisonnemens; la tyrannie
dans les opinions, tout en prêchant le tolérantisme;
partout les cabales, le manége et l'intrigue, l'audace ou la singularité, une charlatanerie perpé-
tuelle, voilà sur quoi se fondent leurs succès; et
ils ont pu faire des dupes! et ils ont pu trouver
de la considération et du crédit! et ils n'ont pas
encore révolté contre eux le genre humain! Ah!
en effet, le genre humain est donc bien stupide et
bien dépravé! Mais que dis-je? leur secte est si
peu nombreuse, malgré leur prétendu triomphe et
leurs clameurs! elle se décrédite si heureusement
de jour en jour! encore quelques ouvrages dans
le goût de celui qu'ils proposent dans le genre
qu'ils ont essayé avec tant de témérité, et l'illusion
se dissipera entièrement : avec un peu de droiture
et de principes dans ceux qui les lisent, non je
ne voudrais que leurs livres pour achever de les
décrier.

Je me suis, en les parcourant, rappelé cette page
d'un véritable philosophe. « Il n'est pas étonnant,
» dit Palissot, que, dans l'esprit des gens sensés
» et raisonnables, les philosophes soient tombés
» dans un si grand discrédit et une sorte de mé-
» pris. A quoi s'est terminée en dernier ressort
» leur philosophie? On ne saurait trop le dire :
» après de grandes promesses, ils n'ont offert que
» des paradoxes; ils ont tout réduit en problêmes;
» ils se sont élevés contre toute autorité ; ils ont

» détruit tout principe, et étouffé dans les cœurs
» tout germe de sagesse et de vertu; ils ont
» flétri tout mérite ; ils ont répandu le fiel et les
» injures, ils ont employé l'intrigue et la cabale,
» la satire et la calomnie ; ils se sont mordus et
» déchirés les uns les autres ; ils ont multiplié
» dans leurs ouvrages comme dans leurs entretiens
» les images licencieuses et les propos indécens,
» ils ont dégradé les talens, ruiné le goût, cor-
» rompu les mœurs; ils ont flatté bassement les
» protecteurs, et déclamé contre les protégés, lors-
» qu'eux-mêmes ne l'étaient pas : ils ont écrit
» pour la liberté de la presse lorsqu'il était ques-
» tion de répandre librement leurs opinions, de
» détruire la religion et le gouvernement; et ils
» ont crié contre elle lorsqu'on a entrepris de leur
» répondre et de les démasquer; ils ont publié
» sur les toits leurs erreurs dès qu'ils se sont
» sentis soutenus et encouragés; et ils se sont
» honteusement rétractés quand ils ont eu peur :
» ils en ont imposé aux simples par le ton équi-
» voque qui régnait dans leurs écrits, tandis qu'ils
» imbibaient du venin de la séduction et de l'er-
» reur ceux qui, plus au fait de leur langage,
» avaient le don de les entendre : ils ont eu
» l'imagination vive, ardente, la tête chaude, et le
» cœur froid, inaccessible à la compassion, à
» l'amitié pure, à l'amour de l'ordre et de la
» vertu, à un tendre intérêt pour le bonheur des
» autres hommes : la sensibilité de l'égoïsme a

» fait mourir en eux le sentiment. Ils ont affecté
» quelquefois, il est vrai, les grands mots *d'honnêteté*,
» de *mœurs*, de *bienséance*; ils ont parlé le langage
» hypocrite du zèle, de l'humanité, de la bienfai-
» sance; ils en ont fait sonner bien haut quelques œu-
» vres apparentes : et ceux qui ont vécu dans leur
» intimité, qui ont entendu entre eux leurs discours,
» qui ont suivi de l'œil leurs démarches, que des
» circonstances particulières ont associés pour un
» temps à leurs travaux, à leur conduite, à leurs
» erreurs, n'ont aperçu en eux que déraison, que
» désordre, qu'emportement, qu'indifférence pour leurs
» semblables, et qu'un amour exclusif de leurs folles
» inventions, de leur gloire, de leurs intérêts et de
» leurs plaisirs. Le public lui-même s'est désabusé
» sur leur compte; et comme l'a si bien dit un de
» leurs plus célèbres antagonistes : On a compris
» enfin que ces syrènes perfides ne cherchaient à
» flatter les hommes, par leurs chants, que pour les
» conduire à des écueils et se repaître du spectacle
» de leurs naufrages. Les breuvages qu'ils présentaient
» n'ont paru propres, comme ceux de Circé, qu'à
» changer en brutes ceux qui seraient assez impru-
» dens pour en approcher les lèvres. »

C'est ainsi qu'un auteur, également célèbre
pour les coups qu'il leur a portés, a peint la
fausse philosophie de nos jours.

« C'est une philosophie à qui rien n'est sacré,
et qui ne cesse de signaler son fanatisme par de

nouveaux excès, une philosophie contre laquelle, dans tous les états de l'Europe, les ministres des lois sont forcés de s'élever : enfin une philosophie séditieuse et meurtrière qui sape à la fois les fondemens de tous les autels, de tous les trônes, et dont les maximes pernicieuses, si par malheur elles étaient généralement répandues, feraient de la société un repaire de brigands et de criminels. »

Mais les principes sont si rares ! on se laisse si aisément séduire ! Aussi, mon père, je viens de brûler sans pitié tous les ouvrages de cette nature que j'avais pris soin de recueillir. Eh ! de quel malheur ne serai-je pas la cause si, pendant ma vie ou après ma mort, quelques-uns de ces livres tombaient par ma faute entre les mains d'un infortuné ! un accès de fureur, une mort violente serait le triste fruit qu'il retirerait de cette lecture ; et, en les brûlant, je la lui aurais épargnée. Ah ! quel fléau pour l'humanité que nos sages, si, selon la réflexion que vous en avez faite, la nature n'avait mis dans le cœur des hommes cet instinct moral qui combat avec force leurs dogmes impies, et si d'ailleurs ils ne finissaient pas par se combattre et se détruire eux-mêmes ! Quelle perte pour nous que celle de la religion s'ils avaient pu réussir à nous la ravir pour toujours ! Hélas ! sans elle, nulle croyance à laquelle on puisse se fixer ; nulle félicité à laquelle on puisse s'attendre et encore moins à laquelle on puisse s'arrêter : on est entraîné par une pente rapide ; on va de désir en désirs, de jouissances en jouissances, se perdre dans tous les excès et s'abîmer le plus souvent dans toutes les horreurs de l'infortune et du désespoir. On perd de vue tout ce qu'il y a de plus consolant pour ne se réserver d'autre espoir que le néant, et d'autres motifs de résignation que la dure loi de la nécessité : tandis que dans la religion tout porte à la modération, à la tempérance, à la sagesse ; tout concourt à entretenir l'égalité d'âme, le contentement et la paix au sein même des souffrances, tout nous soutient, nous anime, nous console et nous conduit au bonheur.

Vous croiriez, me disiez-vous, mon père, à la religion chrétienne, à ne l'envisager que par son rapport à la vertu ; et moi j'y croirais aujourd'hui à ne l'envisager que par son rapport avec la véritable félicité.

Nos philosophes, pour mieux jouir, s'ôtent les plus sûrs moyens d'être heureux. Ils s'ouvrent une source intarissable de chagrin et de peines ; et l'unique remède qu'ils préparent à leurs maux est de se délivrer de la vie. Mais, dans leurs principes mêmes, sont-ils donc bien certains qu'il n'y ait rien au-delà ! Eh quoi ! la nature si prévoyante en apparence et si sage dans sa marche, tout aveugle qu'on la suppose dans le principe de ses opérations ; cette nature qui a réuni tous les hommes dans le penchant uniforme à admettre de certains principes comme nécessaires au maintien de l'ordre et de la société ; qui leur a donné universellement les notions du bien et du mal moral ; qui leur a imprimé l'idée, le sentiment de l'immortalité, qui déjà même a uni si heureusement ici-bas le trouble et les remords au vice, la paix et le contentement à la vertu, ne pourrait-elle pas aussi, par ses combinaisons diverses, avoir fait un paradis pour les bons, et un enfer pour le matérialiste pensant comme il pense, agissant comme il agit ? et n'y aurait-il pas en effet moins de difficulté à le présumer qu'il n'y en a à croire avec ces faux sages que tout ce que je vois de si bien enchaîné, de si bien ordonné dans l'univers, a été produit seulement par une fatale nécessité ?

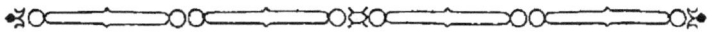

LETTRE LXI° ET DERNIÈRE.

Emilie au marquis.

Il est donc vrai, ô notre bon père, que nous serons bientôt réunis. Nous pourrons enfin nous presser dans vos bras; vous exprimer de vive voix combien nous vous aimons; que n'aura pas surtout à vous dire votre chère Emilie ! c'est à vous qu'elle doit son époux, et avec lui la paix désormais et le bonheur !

En disposant nos malles, j'ai trouvé un papier que j'estime plus que l'or et les plus riches joyaux. Que de fois déjà je l'ai arrosé de mes larmes, il sera bientôt aussi, bon père, mouillé de vos pleurs; j'aurais pu attendre, pour l'envoyer, car j'aurais eu l'ineffable consolation de le lire et de le relire avec vous. Mais pourquoi retarderais-je, ne fût-ce que de quelques jours une des plus douces consolations que puisse goûter votre noble cœur.

Lisez donc ce que j'ai trouvé dans le secrétaire

de mon cher Valmont; j'ai copié littéralement, ne
voulant pas qu'il s'aperçût en rien du vol que je
lui faisais.

« Eclairé par les leçons, soutenu par les conseils
» du guide le plus sage et du plus tendre de tous
» les pères, j'ai pu suivre sans peine la route
» qu'il m'avait tracée. Aujourd'hui, privé de sa pré-
» sence, livré plus que jamais par état et par
» devoir au tourbillon du monde; mûri, il est
» vrai, par l'âge et par les réflexions, mais envi-
» ronné de plus de dangers encore que je n'en ai
» couru dans ma première jeunesse, assailli par
» les passions des autres, et devant toujours crain-
» dre les miennes, je sens combien il m'est né-
» cessaire de rentrer en moi-même, de me rendre
» compte de mes dispositions, et de me former
» un plan fixe qui serve de règle à mes sentimens
» et à ma conduite.

» Les funestes égaremens auxquels se laissent
» aller la plupart des hommes, et dont j'ai fait
» la triste expérience, naissent pour l'ordinaire ou
» du peu de principes qu'ils se sont faits, ou du
» peu de soins qu'ils prennent de les consulter,
» ce qui les rend le jouet de l'illusion et du ca-
» price, et les expose à tomber à chaque instant
» en contradiction avec eux-mêmes.

» Pour me mettre à l'abri de tous les maux
» que cette bizarrerie entraîne, considérons quel

» est le point d'où je pars, et quel est le but
» auquel je dois tendre.

» Je puis me passer maintenant de discussions
» profondes sur tout ce qui a été anciennement
» l'objet de mes recherches. Je ne suis plus réduit,
» comme autrefois, à examiner si la matière et le
» mouvement ont pu produire des êtres intelligens;
» si, dirigés par la nécessité ou par le hasard, ils
» ont pu former ce monde, où éclatent, de toute
» part l'ordre et la sagesse. Des preuves de senti-
» ment, moins de raisonnemens et plus de bonne
» foi suffisent à une âme droite.

» Il fallait à mon cœur un être aussi parfait que
» celui que m'offre la religion. C'était là mon
» premier besoin; et j'avoue que je serais à
» plaindre, si la réalité n'allait pas en ce genre
» jusqu'où peut aller ma pensée, et aussi loin que
» mes désirs. Tout ce qui est imparfait n'a de
» force que pour me faire soupirer après un objet
» sans défaut. Qu'il serait donc triste pour moi
» d'avoir à douter de son existence! Mais indépen-
» damment de toutes les démonstrations qu'on m'en
» a données, j'ouvre les yeux, je contemple la
» nature; je me contemple moi-même, et j'adore
» la souveraine intelligence qui m'a formé. Je fais
» plus, je remonte à la véritable source de mon
» penchant pour le bonheur; je la trouve dans
» cet Etre suprême qui en a imprimé en moi
» le désir, et qui peut seul le satisfaire. Je ne

» doute plus, je n'hésite plus; et en attendant
» cette félicité parfaite pour laquelle je sens qu'il
» m'a créé, j'en jouis davantage par l'amour et
» par l'espérance.

» C'est déjà là un premier culte que je lui
» rends : mais il en est un autre qu'il exige de
» moi; c'est celui de la vertu pratiquée sous ses
» yeux, et dans la vue de lui obéir et de lui
» plaire.

» Je rougis d'avoir pu mettre en question, s'il
» y a une différence réelle entre le bien et le
» mal; si je suis libre de faire le bien; si l'au-
» teur de mon être regarde du même œil la vertu
» et le vice, et leur réserve le même sort. Des
» doutes de cette nature, démentis par l'instinct
» moral, plus forts que tous les sophismes, sont
» l'opprobre de la raison humaine et le délire des
» passions.

» Je rougis d'avoir pu faire consister le bonheur
» dans les plaisirs des sens. Ils ne m'ont jamais
» donné que l'ombre de ce qu'ils m'avaient promis,
» que des joies fausses, suivies presque aussitôt
» de dégoût, de regrets et d'ennuis, suivies de
» remords lors même que je croyais n'avoir rien
» à craindre, et presque toujours accompagnées
» d'un malaise intérieur qui me rendait la vie à
» charge au sein de mes plaisirs.

» Ramené à de plus saines opinions, j'ai goûté
» un autre genre de volupté, qui valait mieux que

» celle qu'il m'a fallu sacrifier au devoir. J'ai
» senti la dignité de mon être; j'ai rencontré dans
» l'amour de l'ordre, dans la pratique du bien,
» des joies pures, une paix solide, un vrai con-
» tentement.

» Je dois l'avouer cependant : malgré ce goût
» et cette habitude de la vertu, malgré l'épreuve
» que j'ai faite de ses charmes, j'ai reconnu dans
» mille instans que j'avais besoin de bien des
» secours pour la pratiquer; j'ai senti combien ces
» secours m'étaient nécessaires pour vaincre l'impé-
» tuosité de mon caractère, pour réprimer la
» fougue de mes passions ardentes et la cruelle
» violence de mes désirs ; pour me détacher des
» biens particuliers qui nous enchantent, et pour
» m'attacher au bien suprême qu'ils nous font trop
» souvent oublier, tandis qu'ils devraient nous y
» rappeler sans cesse comme à leur unique principe
» et à notre véritable fin.

» Où donc les puiserai-je, ces secours assez
» puissans pour m'arracher aux objets sensibles et
» m'armer contre ma propre faiblesse ? Dans le
» Christianisme. Il n'y a que lui qui puisse me
» rendre fort contre moi-même; il est la seule
» religion qui puisse suffire à des esprits raison-
» nables, à des âmes droites et à des cœurs
» vraiment purs. S'il me faut des preuves, cette
» religion si belle m'en offre en tout genre. Son
» ensemble est la plus grande de toutes, et celle

» qui renferme toutes les autres. La religion chré-
» tienne n'est, à le bien prendre, qu'un grand
» fait dont toutes les parties se répondent, et for-
» ment une chaîne que rien n'est capable de
» rompre. S'il me faut des lumières sur les vérités
» les plus importantes, elle me les donne. Loin
» d'elle, je ne vois que des esprits divisés, flot-
» tant dans leurs principes, et se démentant à
» chaque instant; je n'aperçois dans le monde en-
» tier que des ténèbres, des doutes et des erreurs:
» elle les dissipe et nous fixe par le poids de
» son autorité. Si je veux être solidement vertueux,
» je ne le serai que par elle. Ses dogmes sont
» aussi sublimes que sa morale est pure. Non-
» seulement son culte envers la Divinité est celui
» de l'amour; mais tout ce qu'elle m'enseigne me
» porte à l'aimer. Non-seulement elle me fait un
» devoir de toutes les vertus; mais ce devoir, elle
» m'aide à le remplir. Les maximes qu'elle ren-
» ferme, les obligations qu'elle nous prescrit, les
» motifs de soumission qu'elle nous présente, les
» exemples qu'elle nous propose, les pratiques
» saintes auxquelles elle nous invite, les mystères
» qu'elle nous révèle, et qui, en humiliant notre
» entendement, élèvent nos pensées et enflamment
» notre cœur : tout en elle nous sert de moyens
» d'encouragement et de soutien.

» Aussi ne craindrai-je pas de le dire, une
» preuve de sentiment qui pour moi vaut, en fa-
» veur du Christianisme, presque toutes les autres

» preuves, c'est que je ne puis me dissimuler
» que je tiens à cette religion sainte de toute la
» force dont je tiens à Dieu, à la vérité, à la
» vertu ; n'ayant jamais eu de ces grands objets
» une connaissance telle que je l'ai maintenant,
» ni pour eux un véritable amour que par les
» lumières et les secours que j'ai empruntés d'elle.
» Il y a plus, je sens très-bien que cette connais-
» sance et cet amour s'affaibliraient en moi à pro-
» portion que s'affaibliraient mon estime et mon
» respect pour ses dogmes et pour sa morale.

» Maintenant donc que j'ai le bonheur de la
» connaître et d'en sentir tout le prix, combien
» serais-je coupable et peu digne d'excuse si je
» venais à la contredire par mes œuvres ; si je
» me faisais une règle pour croire, et une autre
» pour agir ; si j'imitais ces hommes frivoles dont
» le monde est rempli, qui, incapables de retour
» sur eux-mêmes, ne se rendent compte ni de
» leur croyance, ni de l'accord qu'ils doivent
» mettre entre elle et leur conduite ; si je pouvais
» imaginer un seul moment que mon état, ma
» condition, mon rang me dispensent de l'accom-
» plissement de la loi ; si je pouvais penser que
» Dieu a fait pour les grands un autre Evangile
» que pour les simples fidèles, et qu'il y aura
» pour ceux-ci un autre juge que pour moi !

» Malheur à moi, si, avec une âme immortelle
» et susceptible des plus hautes pensées, des plus

» nobles penchans, je ne craignais pas de la dé-
» grader par des inclinations basses et rampantes ;
» si je me bornais au monde, au temps, à la
» matière, lorsque je suis fait pour Dieu et pour
» l'éternité !

» Eclairé par la religion, j'ai appris à compter
» pour peu de chose les biens qui périssent, ceux
» que peut me donner la faveur des hommes, et
» qu'elle peut me ravir : j'ai appris à tendre aux
» biens solides, à ces biens qui ne dépendent ni
» des suffrages d'une multitude aveugle et incons-
» tante, ni des caprices du sort, qu'aucune force
» humaine ne peut m'enlever, et qui ne finiront
» jamais : j'ai appris à *chercher avant toute chose*
» *le royaume de Dieu et sa justice*, et à sacrifier,
» sans exception, sans réserve, tout ce qui pour-
» rait m'en éloigner.

» Je ne puis obtenir ce royaume, qui n'est autre
» que la possession du souverain bien, pour le-
» quel j'ai été fait, et après lequel je soupire ;
» je ne puis pratiquer cette justice qui renferme
» toutes les vertus et tous les devoirs, sans pro-
» curer autant qu'il est en moi la gloire de l'Etre
» suprême, le bien de mes semblables, et sans
» travailler de jour en jour à me perfectionner
» moi-même.

» Tels sont mes principes, et telle est la fin
» que je dois me proposer. Telles sont aussi les
» dispositions que, par un effet de la bonté divine,

» je trouve au fond de mon cœur. Il ne me reste,
» pour être fidèle à les suivre, qu'à former les
» résolutions les plus propres à m'y affermir.

» Et d'abord je m'appliquerai, non-seulement à
» faire tout le bien qui sera en mon pouvoir,
» mais à le faire par les motifs que me dicte la
» religion, c'est-à-dire par une intention droite et
» pure d'honorer la Divinité comme elle doit être
» honorée, et de me conformer en toute chose à
» sa volonté sainte. Par-là même je ne risquerai
» pas d'être humain et bienfaisant, seulement par
» caprice ou par tempérament, plus souvent encore
» par vanité et par ostentation : je le serais sans
» mérite, et je m'exposerais d'ailleurs à ne l'être
» ni sûrement, ni constamment : par-là encore
» j'ennoblirai toutes mes actions ; ce qui les relève
» en effet aux yeux du souverain juge, c'est sur-
» tout la pureté, la noblesse du motif qui nous
» porte à les faire, et l'union que nous en faisons
» avec les mérites de Jésus-Christ.

» Sous le spécieux prétexte de voir la religion
» en grand, je ne négligerai point les pratiques
» communes qui aident à en conserver l'esprit. Je
» ne dois pas ignorer que, dans l'ordre moral
» comme dans le monde physique, les plus petites
» choses tiennent aux plus grandes : que la négli-
» gence des unes conduit presque nécessairement
» à l'altération, à la ruine des autres, et que ce
» que l'on méprise dans la pratique des petites

» vertus est précisément ce qui maintient la force
» nécessaire dans les occasions importantes qui
» exigent quelquefois des vertus héroïques.

» Rien au reste n'est petit en soi de ce qui
» peut nous former à une vraie justice et à une
» véritable grandeur : nos plus grands hommes
» ont su allier tous les exercices de la piété,
» toutes les pratiques des vertus chrétiennes avec
» les pratiques les plus délicates, les plus difficiles
» à remplir ; ils ont été pieux jusque dans les
» embarras des cours, au milieu de la licence et
» du tumulte des camps. Partout des exemples
» frappans réclament en faveur de la vertu et de
» la religion, et ce sont ces exemples que je veux
» suivre.

» Mais, pour ne pas donner dans des excès qui
» dégradent la piété même, j'aurai soin de ne pas
» m'assujétir tellement à de simples pratiques que
» jamais elles nuisent à mes devoirs. Je me sou-
» viendrai que, loin d'apporter à l'accomplisse-
» ment de ceux-ci le moindre obstacle ou le plus
» léger retard, elles ne doivent être, après tout,
» que de nouveaux moyens pour les bien remplir.
» Je sais toutefois ce que l'on dira. On regardera
» comme perdu pour la société tout ce que j'aurai
» donné à la religion, qui seule cependant nous
» fait retrouver des forces pour être vraiment uti-
» les, pour l'être sans faste, sans découragement
» et sans faiblesse. On me reprochera le peu de

» momens consacrés à la prière; et l'on me par-
» donnerait plus aisément peut-être ceux que
» j'aurais perdus dans les amusemens dangereux ou
» frivoles. Mais qu'importent à un chrétien les
» faux jugemens des hommes? Il fait le bien sans
» se laisser détourner par les critiques ni séduire
» par les éloges.

» Je me ménagerai, autant qu'il me sera possi-
» ble, au milieu du monde, des momens de re-
» traite où je puisse apprécier de sang-froid ses
» usages et ses maximes. Forcé de voir les hommes
» pour les connaître et les servir, j'apprendrai
» dans ces instans de recueillement et de lumières,
» dans le silence des préjugés et des passions, à
» peser toutes choses dans une juste balance, à
» étudier tout ce qui m'environne, et à m'étudier
» moi-même. Le monde, vu de près, mais jugé
» en secret et à une certaine distance, se dépouille
» à nos yeux de cet éclat qui nous impose; et
» le spectacle qu'il nous offre, devenu l'école du
» sage, ne nous laisse plus apercevoir que le vide
» et le néant qu'il renferme.

» Quant aux liaisons habituelles et de confiance,
» je ne choisirai que des personnes dignes de
» toute mon estime, et dont la manière de penser
» et d'agir puisse m'inspirer la sagesse au lieu de
» tendre insensiblement à m'en écarter.

» Je m'attacherai à faire aimer la piété, et je
» prendrai garde de la trahir. Je tâcherai de la

» rendre douce et aimable par la pratique de
» toutes les vertus sociales, dont elle est le plus
» solide fondement; mais jamais par toutes ces
» lâches complaisances qu'enfante le respect humain.
» Je ne ferai dépendre ni mon honneur, ni ma
» vertu de l'opinion des hommes, et ce ne sera
» point sur elle que je règlerai ma conduite. On
» a peine à croire qu'il y ait du mal à faire ce
« que tout le monde fait : cependant le grand
» nombre de ceux qui se trompent ne donne pas
» à l'erreur le caractère de la vérité.

» Ferme et courageux dans mes principes, je
» défendrai la religion, si on l'attaque devant moi;
» je la défendrai par mon exemple, si je ne puis
» donner assez de force à mes discours : si j'ai
» du crédit, je la protégerai de tout mon pouvoir.
» Je mettrai à la servir toute l'ardeur qu'on met
» aujourd'hui à la combattre. Eh! pourquoi faut-il
» que le vrai zèle soit devenu muet et craintif à
» force de circonspection et de réserve, tandis que
» l'irréligion, sous le masque d'une prétendue
» philosophie, lève une tête altière, menace tout
» à la fois le trône et l'autel, et porte ses éclats
» jusqu'à l'emportement et la fureur! Rappelons-
» nous ce que me disait mon père, qu'un des
» plus grands maux pour des siècles corrompus,
» c'est l'audace dans les méchans et les impies, et
» la faiblesse dans les gens de bien.

» Le respect et l'amour que j'aurai eu pour la

14..

» vérité dans mes sentimens, je les porterai dans
» mes paroles et dans mes actions. Toujours d'ac-
» cord avec elle je ne me permettrai rien qui la
» blesse, fallût-il lui sacrifier tout ce que le monde
» appelle des biens. C'est la droiture, c'est la
» franchise, c'est l'amour de la vérité qui fait les
» âmes honnêtes, les belles âmes ; et si je cessais
» un seul instant de l'aimer, je perdrais le droit
» de m'estimer moi-même.

» Quelle que soit la carrière qui s'ouvre devant
» moi, loin d'aller au-devant des places et des
» dignités, je ne les accepterai qu'autant que j'y
» serai contraint, ou qu'elles me mettront à portée
» de faire le bien. Je me défendrai avec le plus
» grand soin de ces deux passions, si dangereuses,
« si funestes à l'humanité, l'intérêt et l'ambition :
» ce sont elles qui amènent à leur suite les intri-
» gues et les bassesses, qui font naître les injus-
» tices et les crimes, qui, par la recherche
» inquiète d'une fausse gloire, conduisent le plus
» souvent à la honte et à l'opprobre ; et qui
» toujours, en faisant le malheur des autres, font
» notre propre tourment.

» Il est une autre passion, non moins terrible,
» non moins funeste par ses suites, parce qu'elle
» dégrade tout l'homme, qu'elle obscurcit toutes
» ses lumières, qu'elle corrompt toutes les bonnes
» qualités qui sont en lui, qu'elle le rend capable
» de tous les excès et de tous les vices : c'est

» celle qui tient de plus près à la faiblesse hu-
» maine, que le monde pardonne le plus aisément,
» et que la religion condamne avec le plus de
» rigueur, parce qu'elle est en nous la source des
» plus honteux désordres. Lié par le nœud le
» plus sacré, trouvant dans les charmes et dans
» les vertus d'Emilie tout ce qui peut fixer mon
» attachement et lui mériter mon estime, je croi-
» rais n'avoir rien à craindre à cet égard, si,
» ayant fait autrefois la triste épreuve de ma fai-
» blesse, je n'avais pas encore à redouter tout ce
» qui peut servir de nouveau à m'égarer, les
» sens, une imagination ardente, et l'extrême sen-
» sibilité du cœur.

» Je veillerai donc avec la plus grande attention
» sur moi-même; je ne me permettrai aucune
» liaison trop intime dans certain genre, aucune
» pensée vaine et frivole, aucun regard peu cir-
» conspect, aucun sentiment trop tendre, et, pour
» le dire en un mot, rien qui ne puisse s'allier
» avec un cœur chaste et pur, ni que puisse
» désavouer la plus austère vertu.

» J'apporterai le même soin à fermer en moi
» tout accès au ressentiment, à la vengeance, à
» la haine, ce poison qui dévore le cœur, et qui
» rend, comme on l'a si bien dit, les mieux
» vengés, les plus mal satisfaits. Je ferai d'une
» bienveillance universelle l'âme de ma conduite ;
» je suivrai à la lettre ce précepte de l'Evangile :

» aimer ceux même qui nous haïssent, et, pour
» tout le mal qu'ils ont pu ou qu'ils ont voulu
» nous faire, leur pardonner et leur faire du bien.
» S'il plaît à la Providence de me mettre dans
» un rang où je puisse faire des heureux, je
» n'oublierai pas que ce n'est point pour moi
» qu'elle m'élève, mais pour ceux à qui elle veut
» me rendre utile; que, lié à la société, ainsi
» que tous les autres hommes, par mes facultés
» et par mes besoins, je dois compte au ciel des
» moyens qu'il me donne pour la servir; et que,
» selon ses lois, toujours justes et sages, mon
» véritable intérêt ne peut se trouver que dans
» l'intérêt général.

» Je tâcherai de ne point faire de mécontens
» par ma faute; et je me garderai néanmoins de
» cette faiblesse si ordinaire aux grands, qui est
» cause que pour ne voir autour de soi que des
» visages ouverts, que des hommes qui soient
» contens de nous, ou qui nous contentent, on
» laisse en place celui qui n'en est pas digne; on
» craint de punir les excès qu'on ne peut s'empê-
» cher de condamner; on fait au loin le malheur
» d'un grand nombre pour ne pas désobliger ceux
» qui nous entourent; et l'on tolère les plus grands
» maux pour ne pas affliger quelques âmes viles
» qui trouvent leur compte à les perpétuer.

» Je ne négligerai rien pour inspirer à mes en-
» fans les sentimens et les maximes dont j'ai cherché

" à me pénétrer moi-même. En perfectionnant leur
" éducation, j'assure autant qu'il est en moi leur
" bonheur et le mien. Il ne serait cependant pas
" impossible, vu la dépravation du siècle, que
» par des circonstances imprévues, par les tristes
" suites d'une passion trop vive, d'une liaison
» dangereuse, quelques-uns d'entre eux ne vinssent
" à s'égarer; et le ciel me préserve d'être témoin
» de l'événement le plus propre à affliger mon
" cœur! mais du moins j'aurai fait tout ce qui
" dépendait de moi pour le prévenir, et j'aurai
» préparé de loin tout ce qui peut y servir de
" remède. Mes enfans auront acquis des principes;
" ils auront pris de bonne heure l'habitude du
" bien, l'amour de l'ordre et le goût de la vertu.
" S'ils étaient assez malheureux pour les perdre,
" leurs principes réclameraient en dépit d'eux
" contre eux-mêmes. Un jour sans doute ils y
" reviendraient; la vérité, la vertu reprendraient
" sur eux leur empire, ils gémiraient d'avoir pu
" les oublier, et répareraient par leur conduite
" leurs illusions et leurs faiblesses.

" O mes chers enfans! puissiez-vous n'avoir
" besoin dans aucun cas d'une épreuve semblable
" à la mienne pour bien sentir tout le prix de la
* sagesse et de la religion! puissent les heureuses
" dispositions que j'ai cultivées en vous ne s'al-
» térer jamais! Si ces lignes que j'ai tracées pour
" moi tombent quelque jour entre vos mains,
" recueillez-y la tendresse et les vœux d'un père

» dont vous avez fait la plus chère espérance·;
» souvenez-vous des soins qu'il s'est donnés pour
» vous former, de l'attachement que vous lui avez
» connu pour vos véritables intérêts , des avis
» que son zèle pour vous lui a dictés : plus que
» tout, croyez-en son exemple ; il n'a commencé
» à être heureux que du moment où il a triom-
» phé de ses passions et abjuré ses erreurs. »

Voilà, mon bon père, le précieux soliloque de
votre fils. Sans doute convaincu déjà de la conversion de mon époux bien-aimé , vous vous faisiez
un bonheur de le revoir ; mais que vos embrassemens, j'en suis sûre , seront plus empressés et
plus doux, maintenant que vous avez la certitude
complète que Valmont *était mort et qu'il est res-
suscité*.

A NOS LECTEURS.

Le digne et savant abbé Gérard, à la fin de son bel ouvrage, adresse lui-même la parole à tous les lecteurs de son COMTE DE VALMONT, et surtout à ceux d'entre eux qui ont eu le malheur d'imiter ce jeune homme dans ses égaremens.

Nous n'avons pas à modifier ces sages recommandations , ces conseils salutaires ; car le temps, les révolutions, n'ont rien changé au fonds dans le cœur des hommes. J.–C. a dit qu'il fallait qu'il y eut des hérésies et des scandales , et, cette parole. ne cessera jamais de s'accomplir; il y avait de grands scandales, d'affreuses impiétés au XVIIIe siècle; et quoique différens un peu par la forme, de grands scandales, d'horribles erreurs contristent encore, au milieu du XIXe , les regards et le cœur de Dieu.

. C'est donc à vous, jeunes chrétiens, à vous, nos fils bien-aimés , que nous présentons ces dernières réflexions qui résument et couronnent le *Comte de Valmont*. Comme lui, nous voyons chaque jour, hélas! un trop grand nombre d'entre vous chercher le bonheur loin des glorieuses et douces voies où le Seigneur l'a placé; et, avec toute l'effusion de la charité de l'abbé Gérard, cœur sensible et brûlant, nous vous répétons que la religion seule de J.-C. a le privilége de consoler vos âmes et de leur donner autant qu'il se peut, en ce monde, la félicité dont elles sont si avides.

Non, non, ne cherchez pas le bonheur hors de Dieu! car en lui seul vous trouverez la vérité dont a soif votre intelligence, et la vertu sans laquelle le cœur ne connaît que le remords, la douleur, le désespoir et la mort. Mais écoutez encore le digne prêtre, vous redisant, nous développant ces précieuses choses avec toute l'éloquence de son style enchanteur.

Tel qu'une tendre fleur qui s'épanouit aux premiers rayons du soleil, notre cœur s'ouvre à la seule idée du bonheur. Quel est l'être intelligent et sensible, quel est l'homme qui ne désire d'être heureux? Penchant irrésistible, doux instinct de la nature, ce désir est en nous la preuve la plus sensible des vues bienfaisantes de celui qui nous a donné l'existence : il nous a créés pour la félicité. Dieu bon! ô toi dont la bonté même fait l'essence, toi qui fais luire à nos yeux l'astre brillant qui nous éclaire, qui embellis pour nous la scène du monde, qui sèmes tant de biens sous nos pas : toi qui unis par les liens du sang, de l'humanité, de la commisération, des besoins et des services réciproques, tous les êtres dans lesquels tu t'es plû à graver quelques traits de ton

auguste ressemblance ; mon Dieu, mon père, ins-
pire-moi ! fais passer dans mon âme ce feu divin
qui nous embrase de l'amour de nos semblables:
que, rempli pour eux des plus tendres sentimens,
je leur ouvre à ta voix la route du bonheur.

Le bonheur ! séduisante et trompeuse chimère !
s'écrieront des hommes trop long-temps déçus par
l'idée qu'ils s'en étaient formée. Soupirant après
lui nous nous sommes lassés dans de vaines pour-
suites. Toujours près de nous en apparence, il nous
échappait comme une ombre fugitive au moment
où nous croyions le saisir. Non, il n'est point
pour nous de bonheur.

O jeunes hommes ! certainement vous vous trom-
pez ; eh ! qu'ici l'erreur est cruelle ! Je l'avouerai
cependant, combien de fois n'ai-je pas tenu le
même langage que vous? Dans ces jours d'une
ardente jeunesse que nous comptons au nombre de
nos plus beaux jours, j'ai marqué presque tous
mes instans par de tristes méprises ; passionné
pour les plaisirs de cet âge, je ne voulais qu'en
jouir, je me plongeais dans une folle ivresse ; et
comme elle ne pouvait durer toujours, rendu à
moi-même, je n'étais point heureux. Les jalousies,
les trahisons, l'inconstance, des prodigalités et
des besoins, l'épuisement des forces et de la
santé, des souvenirs cruels, des repentirs amers
m'apprirent trop tard qu'on peut payer bien cher
quelques momens de joie, de ris et de plaisirs.

La joie est passagère, m'écriai-je alors, *et le rire est trompeur.*

D'autres illusions, moins dangereuses encore, prirent la place de celles qui m'avaient égaré. La fortune semblait s'offrir à réparer mes pertes et à me rendre plus de biens que je n'en avais dissipés : je vis des riches, et je fus détrompé. L'un d'eux m'ouvrit son cœur : Vous êtes témoin, me dit-il un jour, de cet éclat de luxe et d'opulence qui brille autour de moi; des parasites, des flatteurs assis à ma table envient mon sort, me félicitent de ma prospérité; et je suis dévoré de chagrins et d'ennui. Nageant dans l'abondance, ne refusant rien à mes passions et à mes caprices, j'éprouve tous les dégoûts de la satiété ; je ne sens plus rien que le malaise ou la douleur ; je ne jouis plus de rien pour avoir trop joui. Une sorte de consomption me mine insensiblement; mes nerfs, devenus irritables à l'excès, me font souffrir des douleurs aiguës : ah! que je consentirais de tout mon cœur à perdre un de mes membres, et à me retrouver dans cet état de contentement et de vigueur que j'éprouvais au sein de la médiocrité! Etonné de cet aveu, j'en fis part le même jour, sans nommer celui qui me l'avait fait, à un autre homme presque aussi riche que le premier; et combien redoubla ma surprise lorsqu'il me tint le même langage.

La soif des grandeurs devint bientôt mon unique

passion. Je portais en moi le germe de cette ambition démesurée dans un âge peu fait pour la connaître ; il se développa, dès la première lueur d'espérance, avec une force et une rapidité que rien ne semblait capable d'arrêter. Je vis de plus près des hommes en place, je vis des grands ; ils portaient sur leur front le calme et la sérénité, et, dans leur commerce intime, je les vis rongés de soucis, entourés de rivaux, craignant toujours de perdre le crédit et la faveur qui les avaient élevés, craignant d'être précipités du haut rang où la souplesse et l'intrigue les avaient fait monter, et ne le considérant toutefois que comme un degré pour parvenir à de nouveaux honneurs. Je les vis toujours insatiables, toujours tourmentés de nouvelles inquiétudes et de nouveaux désirs, lorsque tout-à-coup l'abîme s'ouvrit sous leurs pas, et leur chute honteuse et subite ne leur laissa de leur grandeur passée que l'idée d'un songe, que celle de l'affreuse nullité à laquelle ils se trouvaient réduits, et qu'un sentiment concentré, celui du désespoir.

J'ai vu dans la suite des temps un spectacle bien plus frappant, une grande révolution détruire, anéantir tout-à-coup richesses, honneurs, dignités, rang suprême ; briser sceptre et couronne, engloutir des familles, des générations entières, faire disparaître jusqu'aux plus précieux monumens, jusqu'aux tombeaux de nos ancètres et ne leur laisser pour tout bien que des ruines. J'ai vu les chefs et les agents de cette révolution à jamais mémorable, des hommes avides de prééminence, ou dévorés de la soif de l'or, et qui sous prétexte de tout faire pour le peuple, avaient tout fait pour eux-mêmes ; je les ai vus, après s'être joués de la vie de leurs semblables et du bonheur de tous , après avoir fait couler à grands flots le sang le plus pur, tomber et se précipiter les uns sur les autres. J'ai vu tous ces événemens divers, et j'ai dit avec un ancien poète : O soins des mortels insensés ! ô néant des choses humaines ! Je me suis dit avec le sage, celui qui plus qu'aucun mortel avait joui de tout : *Vanité des vanités! tout n'est que vanité!*

Le bonheur n'est-il donc qu'une brillante chimère! Celui qui a gravé dans le fond de notre être ce désir invincible d'être heureux ne l'y a-t-il imprimé que pour mettre en action, que pour développer toutes nos facultés, sans que jamais rien puisse les satisfaire et remplir notre cœur! Non, la vérité suprême, la souveraine sagesse ne conduit pas les hommes au but qu'elle se propose par la voie de l'illusion et du mensonge. Peut-être, il est vrai, n'a-t-elle pas voulu que nous fussions parfaitement heureux dans cette courte vie ; peut-être a-t-elle eu dessein de nous offrir sur la terre que comme une légère ébauche de cette félicité qu'elle nous réserve dans un autre séjour : mais du moins si, par la route qu'elle nous trace, nous tendons de jour en jour à nous en rapprocher, elle ne trompera point notre espoir et ce penchant qu'elle nous a donné; elle ne rendra pas nos efforts inutiles; nous éprouverons même ici-bas l'avant-goût, les prémices de ce bonheur parfait, auquel malgré nos défiances, malgré nos craintes et nos murmures, nous nous sentons destinés.

Eh! qu'est-ce donc qui s'oppose à ce que nous nous rapprochions par degré de notre véritable fin? nos préjugés et le déréglement de nos passions. Nous cherchons le bonheur hors de son principe; nous le cherchons hors de nous; et, pour ne parler en cet instant que de nous-mêmes, c'est dans notre cœur qu'il doit établir avant tout le siége de son empire; c'est par le cœur que l'homme peut être heureux, comme c'est par lui seul qu'il peut être vraiment grand. Des biens extérieurs qui ne dépendent pas de nous, des joies empruntées qui se dissipent par une suite ordinaire de la même cause qui les a produites, des richesses qu'on peut nous ravir, des grandeurs factices qui ne sont rien moins que nous, qui nous sont étrangères, tous ces biens futiles qui dégradent le plus souvent notre âme au lieu de la perfectionner et de l'ennoblir, peuvent-ils servir en nous de fondement solide au contentement et à la félicité?

De tes aïeux la mémoire honorable ,
L'autorité de ton emploi,
Ton palais, tes meubles, ta table ,
Tout cela, pauvre homme, est-ce toi ?

Lamotte.

Je ne suis donc pas surpris de l'inutilité de nos recherches ; nous courons après des ombres , tandis que la réalité nous échappe.

Si le bonheur se formait de quelques instans de notre vie, qui de nous ne serait déjà parvenu à en jouir, et ne pourrait se flatter d'en jouir encore ? Mais nos plaintes mêmes prouvent assez que ce ne sont pas des joies fugitives et passagères qui nous rendent heureux. Il faut pour le bonheur une somme de biens qui soit telle qu'elle se répande sur la vie entière ; il faut des biens qui tempèrent jusqu'aux amertumes , jusqu'aux maux dont elle est mélangée et les changent pour nous en des avantages réels ; que dirai-je enfin ? Il nous faut des biens tellement indépendans , tellement inhérens à nous-mêmes que rien hors de nous ne soit capable de nous les faire perdre ; de ces biens dont la jouissance puisse s'accroître par l'usage que nous en ferons, et dont chaque circonstance, quelle qu'elle puisse être, augmente pour nous le prix. Mettre le bonheur à cette épreuve , y attacher des conditions qui paraissent si difficiles à remplir, ce n'est pas sans doute, chers amis, vouloir vous induire en erreur.

Mais pour nous faire une idée plus précise du bonheur dont la nature humaine nous rend susceptibles, essayons de crayonner les principaux traits de l'image fidèle, du tableau ravissant que je m'en suis formé. Je le dessinerai d'après les modèles que j'en ai eu sous les yeux, d'après mes propres études, d'après mon cœur ; et il ne sera pas difficile d'y appliquer par la suite les conditions que je viens d'établir.

Des idées saines sur ce qui nous intéresse le plus, et une juste appréciation de la valeur des choses ; les sentimens les plus agréables, les joies les plus intimes et les plus pures, une paix presque inaltérable, l'égalité d'âme la plus constante, de doux soulagemens dans nos peines, la perspective la plus riante et la plus flatteuse ; dans l'ordre social, les vertus les plus nobles, des affections touchantes, les charmes les plus vrais, telle est l'idée que je me fais du bonheur, et plus elle se réalise, plus nous sentons en effet que nous sommes heureux.

On en conviendra sans doute avec moi. Mais les uns commenceront par nier qu'il soit possible, dans cette vie si mélangée, de jouir d'un bonheur semblable ; et, le renvoyant de nouveau dans la région des chimères, n'y apercevront tout au plus qu'un système. Les autres, arrêtés tout-à-coup par un préjugé aujourd'hui trop à la mode, car les modes sont parmi nous ce qui sert le plus, sinon à établir, du moins à étendre et à fortifier pour un temps les préjugés ; ceux-là, dis-je, entrevoyant du premier coup-d'œil que, si ce système est possible dans l'exécution, il ne peut l'être par le religion, rejeteront et le système et le bonheur en haine de la religion qu'ils ont abjurée. *Si la raison,* dit Hobbes, *combat les sentimens d'un homme, cet homme combattra la raison.* A plus forte raison, si la religion combat et les préventions et les passions d'un homme, cet homme combattra-t-il la religion.

Pour moi, je n'ai trouvé que la religion qui ait pu me rendre heureux ; et je le suis, moi, autant qu'on peut l'être, à plus de vertu près ; et tous ceux qui ont pris le même parti que moi, tous ceux qui ont saisi le véritable esprit de la religion ; tranchons le mot, de la religion chrétienne, telle qu'elle doit être, telle qu'elle est en elle-même, et qui la pratiquent dans toute sa pureté, vous diront comme moi qu'ils ne sont heureux que depuis qu'ils l'ont connue. Cela mérite bien de votre part quelque attention. L'intérêt est trop grand, trop pressant pour ne pas vous engager à méditer encore sur ce grave sujet.

« Chose admirable ! s'écrie Montesquieu, la re-
» ligion chrétienne, qui ne semble avoir d'objet
» que la félicité de l'autre vie, fait encore notre

» bonheur dans celle-ci. » Eh! ne serait-il pas en effet bien digne de la Divinité de s'être révélée aux hommes, non-seulement pour les aider à remplir leur destination future, pour les conduire à leur dernière fin, mais encore pour les rendre heureux ici-bas autant que le comportent les vues de sa sagesse, les mérites qu'elle veut leur faire acquérir, et la perfection à laquelle elle les appelle par cette perfectibilité même qui est un des plus beaux apanages de la nature humaine? Si tel est le plan qu'elle s'est tracé, si elle a daigné nous enseigner elle-même la route du vrai bonheur, ne serions-nous pas bien insensés, ne serait-ce pas en nous un aveuglement bien étrange de ne pas vouloir y entrer?

Mais sur quels fondemens pourrai-je asseoir ma félicité, si je ne connais ni le principe de mon existence, ni ma nature et celle des êtres qui m'environnent, ni ma véritable fin? Tels sont sans contredit les objets dont il m'importe le plus de me former une juste idée, comme étant liés à mes plus chers intérêts.

Consulterai-je ici les anciens sages, ou nos philosophes modernes? Plus les premiers s'éloignent des traditions primitives, plus je les vois s'égarer tous ensemble dans des opinions qui ne s'accordent ni entre elles, ni avec la nature des choses, qui sont d'ailleurs si confuses, qu'à peine peut-on se flatter de les bien saisir, et qu'il est permis de douter s'ils les entendaient eux-mêmes. « Je

15

ne sais pas, a dit Cicéron, comment il se fait
qu'on ne puisse rien dire de si absurde qui n'ait
été dit par quelque philosophe. » O raison humaine,
abandonnée à toi-même, tu ne nous apprends
donc sur ce qu'il importe le plus de savoir, que
ta propre faiblesse et ton impuissance !

Quant aux philosophes modernes, je vous ai
donné une idée de toutes leurs monstrueuses doctrines. Est-ce à une école telle que la leur que
je puiserai les lumières les plus propres à procurer
ma félicité et celle de mes semblables ? O mes
amis ! vous êtes sans doute effrayés de l'abîme
que ces prétendus sages creusaient sous nos pas :
vous ne pouvez qu'être saisis d'horreur à la vue
de ce renversement de toute raison, de tout ordre,
de toute vertu et de tout devoir. Vous les avez
entendu parler ; il y a plus aujourd'hui, vous les
avez vus agir d'après leurs maximes : et qu'en
est-il résulté pour le bonheur de chacun de nous,
pour celui des nations ? Cependant que nous avaient-
ils promis ? Ils avaient fait retentir à nos oreilles les
grands mots de liberté, de patriotisme, d'utilité
publique, de bienfaisance et de philanthropie. A
les en croire, l'âge d'or allait renaître, et ils ne
nous ont amené qu'un siècle de fer. Jamais ils
n'ont fait de mal, s'est écrié leur plus illustre
chef, parce que ce sont des philosophes. Hélas !
tous nos buveurs de sang étaient aussi des philosophes. Nos sages se sont appelés eux-mêmes *les
pacificateurs des empires* : Quelle pacification, grand

Dieu ! quelle paix ils nous ont apportée ! Il n'est
que trop vrai que dans les derniers temps ils
étaient parvenus à régner sur nous ; mais quelle
a été, sous nos yeux, leur domination que l'empire du crime et le règne des méchans ? Ah !
laissons tous ceux qui n'ont rien à perdre ; qui
croient même ne pouvoir que gagner au déchaî-
nement de toutes les passions ; laissons les ambi-
tieux, les riches, ceux du moins qui ne sont
enrichis que des dépouilles de leurs concitoyens,
les hommes de plaisirs et les esclaves de la volupté, tous ces faux raisonneurs, et ces âmes de
boue que rien n'éclaire, que rien n'instruit et ne
corrige ; laissons-les se contenter d'une pareille philosophie, de cette philosophie hideuse et mensongère qui a laissé tomber son masque, et qui s'est
montrée, de nos jours, dans toute sa nudité.
Pour nous, amis et concitoyens, cherchons ailleurs la vérité et le bonheur.

Sorti du chaos ténébreux de l'ancienne et de la
moderne philosophie, où pourrai-je trouver un
guide plus sûr pour me conduire au terme où
tendent mes désirs ? Des opinions si absurdes, des
systèmes si contraires entre eux me disposeraient-
ils à penser que la vérité est inaccessible aux
hommes ? Errerai-je plus long-temps sans savoir où
porter mes pas ; et, las de tant de recherches, me
plongerai-je dans un doute universel ? Non, mes
amis, je vous ai démontré que le catholicisme
dissipait tous nos doutes et ouvrait devant nous la

source réelle de toutes les consolations et de toutes les espérances.

Toutefois ce n'est pas assez pour l'homme éclairé des lumières de la raison et de la religion de faire son bonheur à lui-même, il doit encore contribuer, autant qu'il est en lui, au bonheur des autres : sans cela même, sa raison ne lui aurait donné que des lumières trop imparfaites; sa religion serait fausse ou mal entendue; son propre bonheur serait incomplet et peu solide. Notre sort, en effet, est tellement lié à celui des autres hommes, qu'il n'est pas possible que nous soyons heureux, si nous ne sommes pas portés à concilier leurs intérêts avec les nôtres, à leur procurer tout le bien que nous pouvons leur faire; je dis plus, à sacrifier au bien général nos intérêts du moment, persuadés que le chef de toute société, que le père commun de la grande famille, après nous avoir faits pour le bonheur, ne laissera pas nos sacrifices sans dédommagement et sans récompense. Dieu d'amour, et la charité par essence, la religion qu'il a révélée aux hommes devait avoir pour caractère essentiel la charité universelle, et c'est aussi celui qu'il y a essentiellement attaché. Quiconque agirait contre le véritable esprit de cette loi sainte pourrait donc être chrétien de nom, mais il ne le serait jamais dans la réalité. Il pourrait être alors superstitieux, fanatique, sanguinaire; mais, devenu l'instrument de l'ambition, de la cupidité, de la vengeance, et de toutes les passions de ceux qui, sous prétexte de la religion, lui auraient mis les armes à la main, un faux zèle l'aurait égaré; il serait selon l'expression du Fils de Dieu que nous avons déjà rappelé, l'enfant du tonnerre, et ne serait plus vrai disciple de Jésus-Christ.

Le chrétien, pénétré de l'esprit et des maximes de son divin maître, est dans tous les états de la vie, ce qu'il doit être, bon père, bon fils, époux tendre et fidèle, ami constant et généreux, maître affable et humain, plein d'attachement et de respect pour ceux auxquels sa condition l'a soumis; sensible aux misères d'autrui comme si elles étaient les siennes, et toujours empressé à les soulager; clément et miséricordieux envers ses ennemis les plus déclarés, et ne se vengeant des maux qu'il en a reçus que par le bien qu'il leur fait; regardant non avec une pitié dédaigneuse, mais d'un œil de commisération et d'indulgence, les faiblesses humaines, lors même que par état il est obligé de les punir; dans toutes les fonctions que l'ordre naturel et social lui impose, exact à suivre les règles de la justice et la loi du devoir.... Est-ce un portrait d'imagination que je viens de tracer? Non, chers amis, je ne vous offre ici que les traits des vrais sages, des vrais disciples de la loi évangélique, tels qu'il s'en rencontre encore au milieu de vous, malgré toute la corruption et tous les délires du siècle dans lequel nous vivons. N'oublions pas ce mot de Rousseau.

le plus bel aveu qu'on puisse faire en faveur du Christianisme, et une des plus belles preuves de sa divinité : « Il ne faut au chrétien que de la logique pour être vertueux. »

Dites-moi maintenant qui mériterait mieux votre estime, votre confiance et votre amour? qui serait le plus propre, dans le commerce de la vie, à procurer votre tranquillité, votre bonheur, de cet homme vraiment rempli de l'esprit du Christianisme et fidèle à ses maximes, ou de tout autre, égaré par de vains systèmes, et n'ayant pour guide et pour règle que ses passions?

Portons nos vues plus loin : considérons l'homme religieux et éclairé, relativement à la société civile, à l'état dont il est membre. Attaché par les liens de la religion même à sa patrie, il sent vivement tout ce qu'il lui doit. Né dans son sein comme dans celui d'une seconde mère, ayant reçu d'elle des secours abondans pour son entretien, pour ses plus douces jouissances; lui étant redevable de tout ce qui a concouru à son éducation, au développement de ses facultés, de ses lumières; trouvant au milieu d'elle ses parens, ses amis, ses possessions, sa religion, ou du moins, hors des temps d'égarement et d'ivresse, le libre exercice de son culte, tout ce qu'il a de plus cher : que de nœuds sacrés, joints aux sentimens et à l'instinct de la nature, l'attachent au pays qui l'a vu naître! s'il aime tous les hommes, combien plus aime-t-il ses concitoyens et ses frères! Son amour pour sa patrie est devenu sa passion la plus vive: nul intérêt ici-bas n'est comparable à celui qu'il prend à sa gloire; il s'afflige de ses désastres; il se réjouit de ses succès. Exilé dans des régions étrangères, il soupire après son retour et ne cesse de tourner vers elle des yeux mouillés de larmes, semblable à ces Israélites captifs qui, suspendant leurs lyres aux saules qui bordaient l'Euphrate, réservaient pour Jérusalem leurs concerts, leurs cantiques et leurs plus tendres souvenirs.

Cet amour qu'il porte à sa patrie n'est pas un sentiment stérile. Tant qu'il vit au milieu d'elle, il lui en donne les témoignages les plus constans par sa soumission aux lois, et par tous les services qu'il peut lui rendre, soit en l'éclairant de ses lumières, soit en l'enrichissant des fruits de son industrie et de son travail, soit en s'armant pour sa défense. Son patriotisme n'est pas une effervescence du moment, un nom sans idée, un terme emprunté pour faire illusion à la multitude. en couvrant d'un zèle apparent ses vues personnelles et le déréglement de ses passions. Ce n'est pas, en se donnant pour *patriotes*, un cri de guerre peut-être contre ses concitoyens, et une dérision, un outrage fait à la patrie comme à l'humanité. Dans l'excès d'un enthousiasme simulé, il ne la divinise pas; mais il la révère et se montre le plus tendre de ses enfans. Il ne lui élève pas des autels; mais il sait vivre et mourir pour elle.

Si quelque poste éminent lui donne un grand pouvoir, il ne s'en sert que pour réunir les esprits, et non pour les diviser ; que pour éteindre les haines, et non pour les perpétuer, que pour faire respecter et chérir tout à la fois l'autorité, et non pour se borner à la rendre redoutable ; que pour être le père du peuple, et non pour s'enrichir de ses dépouilles et en devenir le tyran. S'il a le bonheur de vivre dans une condition privée, et qu'il ait quelques talens, il les emploie à la défense de la vérité, au maintien des vrais principes, à faire connaître à ses concitoyens leurs véritables intérêts; ou, s'il ne peut faire davantage, il donne au moins à ceux qui l'entourent l'exemple des vertus qu'il chérit, et qu'il s'efforce de pratiquer.

Pour achever de comparer ici, relativement au bien public, celui que la religion remplit de son esprit, et celui qui en est malheureusement dépourvu, observons combien la différence des vues et des motifs qui les animent doit en mettre dans leur conduite. L'un ne se propose pour objet que la gloire de son Créateur, et la voit liée essentiellement au soin de se perfectionner lui-même, à l'ordre moral et au bien commun ; l'autre n'aspire tout au plus qu'à une fumée de gloire, qu'à se procurer ou de l'autorité, ou des richesses et des plaisirs. Comme que tout aille, selon l'expression de Rousseau, peu lui importe, pourvu qu'à quelque prix que ce puisse être, ses vœux se réalisent, qu'il domine, qu'il jouisse et qu'on le craigne.

Celui-ci encore hait toute espèce d'assujétissement et de contrainte. Il s'élève contre toute puissance, dès qu'elle contrarie ses projets d'agrandissement ou de fortune, et qu'elle met un frein à ses désirs. Il se plaît dans le trouble et la confusion, parce qu'il se flatte d'y trouver son avantage particulier, quoiqu'il n'y rencontre le plus souvent que sa propre ruine.

L'homme religieux, au contraire, le chrétien fidèle, ne comptant pour rien l'intérêt particulier s'il n'est subordonné à l'intérêt général, et soumis par principe de conscience à toute puissance qu'il a plû à Dieu d'établir dans sa justice ou dans sa clémence, se garde bien de troubler l'ordre en invitant à la révolte. Il sait qu'il faut un gouvernement aux hommes et que, si imparfaites que soient par leur nature toutes les institutions humaines, si variables que soient tous les genres de gouvernemens, le pire serait de n'en point avoir. Il sait quels sont les maux qu'entraîne l'anarchie; et quelques lumières qu'il ait acquises sur le régime le plus convenable à tel ou tel état particulier, quelque disposé qu'il fût à se dévouer pour éclairer ses concitoyens, il respecte le régime qu'il voit établi par les lois, et tient par une suite des mêmes principes à ce qui devient, pour l'Etat dont il est membre, le point de ralliement et le centre

15..

d'unité. On ne l'entend pas éclater en plaintes et
en murmures. Il calme autant qu'il est en lui les
esprits; il les console par l'espoir d'un avenir plus
heureux, et par la considération des mérites atta-
chés à leur résignation et à leur obéissance, il les
rappelle à l'exemple de ces premiers chrétiens qui,
parmi les changemens de maître presque continuels,
et sous la domination de leurs plus ardens persécuteurs, se faisaient un devoir de se montrer les
sujets de l'Etat les plus paisibles, les plus dociles
et les plus fidèles, et il pose en fait comme en
principe , que sans cette soumission aux lois ,
dans tout ce qui ne blesse point celles de la religion et de la conscience, le Christianisme lui-
même n'eût pu s'établir nulle part, et nulle part
se maintenir.

Si, pour les plus grands biens de la religion
et de la patrie, et pour se conformer aux plus
saines maximes, l'homme profondément religieux et
vraiment éclairé, ramène autant qu'il est en lui tous
les esprits à une soumission entière pour tout ce
qui, sans déroger aux mœurs ni à sa croyance, tient
à l'ordre civil, sur lequel seul il est censé s'obli-
ger, lui qui se montre toujours prêt à sacrifier sa
vie plutôt que de démentir sa foi ; il voudrait
aussi pour le bonheur de ses concitoyens , et
brûlant du désir de réunir tous les cœurs, qu'il
lui fût donné de faire entendre sa voix à tous
ceux qui peuvent influer sur le sort de tant de
milliers d'hommes, et il leur dirait :

« O vous en qui je respecte l'autorité, que, selon l'usage que vous en ferez, une providence miséricordieuse ou sévère a déposée entre vos mains, souffrez qu'un concitoyen vraiment libre, et pour qui la liberté n'est pas un vain nom ; qu'un enfant de la patrie, objet de nos plus tendres affections, ose pour elle et pour vous-mêmes vous parler ici le langage de la vérité.

» N'oubliez pas que vos intérêts les plus pressans sont liés à ceux de tout un peuple qui attend de vous son repos et sa félicité ; qu'aucune puissance n'est durable, si elle n'a la justice pour base et pour soutien ; qu'en vain prétendriez-vous faire respecter l'autorité, si vous cessiez un seul moment d'employer tous vos soins à la rendre chère, l'un des secrets les plus sûrs pour gouverner en paix ; que ceux à qui vous en confierez la moindre portion doivent concourir avec vous pour une fin si désirable, et qu'ils ne le feront qu'autant qu'ils seront vraiment dignes de votre choix ; c'est ainsi qu'à Athènes on n'admettait personne aux charges publiques sans s'être assuré, autant qu'on pouvait le faire, de sa religion, de ses mœurs, de sa vie privée ; que principalement encore, pour ne rien laisser à l'arbitraire, il faut simplifier les lois, les rendre claires et précises, loin de permettre que, par leur obscurité, par un sens louche et équivoque, elles donnent lieu à de fausses interprétations, ni que par leur nombre. devenu effrayant, elles se contredisent entre elles, d'où résulte infailliblement le mépris des lois et du législateur.

» Mais en même temps rendez aux mœurs toute leur pureté, puisque les lois ne sont rien sans les mœurs. Ajoutez qu'il n'y a rien pour un peuple quelconque ni mœurs, ni vertu, sans religion, comme bientôt il n'y a plus pour lui de religion, dès que tous les cultes lui sont indifférens.

» Par le même principe, ne l'accoutumez pas à regarder les sermens comme de vaines formules, comme des mots qui n'ont plus de sens, à force d'en user et d'en abuser. Ils ne sont plus dès lors un engagement irrévocable que pour le petit nombre de consciences timorées ; et ce ne sont pas celles-là que vous devez craindre. Aux yeux de toutes les nations et de tous les vrais sages, les sermens ont toujours été la chose la plus sacrée ; et l'on sait combien chez les Grecs et chez les Romains ils ont été le mobile des actions les plus mémorables, le fondement inébranlable de la confiance réciproque, le plus sûr garant de la fidélité des citoyens et le nerf de toute discipline.

» Etouffez toutes les rivalités, éteignez toutes les haines, domptez toutes les factions et les soumettez toutes à l'autorité. Ce sont elles qui excitent les plus violens orages, qui entraînent tôt ou tard la ruine de l'Etat, qu'elles déchirent par leurs divisions intestines, et qui creusant sans cesse de nouveaux abîmes, y précipitent l'un après l'autre les chefs et les membres de chaque parti, au gré de celui qui domine à son tour.

» Disons-le enfin, remplis de cette vraie philanthropie qui s'étend sur tous les hommes, sur tous les lieux, sur tous les temps, et que dicte une saine philosophie, mais qu'au fond la religion seule nous inspire, soyez toujours assez généreux; assez grands, assez sages, pour vous élever au-dessus de toute ambition démesurée; et ne cessez de vous montrer par toutes les voies de conciliation qui sont en votre pouvoir, et avec bien plus de vérité, que de faux sages ne nous l'avaient promis, les pacificateurs de l'Europe, et les bienfaiteurs du genre humain.

» Ainsi mériterez-vous d'être pour toutes les nations et dans tous les âges l'objet de l'admiration, de la reconnaissance et de l'amour. »

Tel serait le langage de l'homme religieux et sensible, pour peu qu'il eût assez de talens et de crédit pour se faire entendre; et dès qu'en effet la religion pénètre l'homme de son véritable esprit, elle ne se borne pas à lui inspirer l'amour le plus tendre et le plus ardent pour sa patrie, la soumission à ses lois, le respect pour ceux qui en sont les organes et les dépositaires de son autorité; elle le rend aussi, dans le sens le plus vrai, le citoyen du monde et l'ami de tous les hommes. Non content de se vouer à tous les genres de travaux, d'essuyer toutes les fatigues, d'affronter tous les

périls pour aller, comme l'ont fait dans tous les
siècles tant d'apôtres de l'Evangile, porter la lumière, les bienfaits de la civilisation, et le salut
dans les contrées les plus barbares, il voudrait,
s'il ne dépendait que de lui, rapprocher tous les
peuples, les rallier tous dans le même esprit de
bienveillance, de sagesse et de concorde, et persuader à ceux qui les gouvernent de chercher le
bonheur de chacun d'eux et le leur dans l'étroite
union et le bonheur de tous.

En vérité, de quel prix est pour notre propre
bonheur cette religion qui a pour premier caractère la bienveillance et l'amour ; qui lie cet
amour que nous devons à nos semblables à celui
dont nous sommes redevables à Dieu même, et
en forme la charité chrétienne ; qui, nous rendant
les enfans d'un même père, les membres d'un
même corps, ne fait de tous les hommes qu'une
même famille et qu'un peuple de frères, qui
pourvoit aux vrais besoins de notre cœur, à son
repos, à la douceur constante de ses affections et
de ses mouvemens les plus secrets, en retranchant
tout ce qui les trouble et les déconcerte, tout ce
qui tient à la haine, si ce n'est celle du vice ;
qui, remettant la vengeance à Dieu seul et à
ceux qu'il a établis ici-bas les ministres de sa
justice, prévient en nous les effets d'une passion
aveugle et funeste, si contraire à l'ordre social,
si nuisible aux autres, si préjudiciable à nous-

mêmes, et, pour me servir des expressions d'un
de nos poètes :

Qui rend les mieux vengés les plus mal satisfaits!

DUCHÉ.

Il n'appartient qu'à la religion chrétienne de
former en nous, par son esprit et par ses principes, ce caractère soutenu de grandeur d'âme qui
rend le bien pour le mal; et ne se venge que
par des bienfaits. C'est elle qui nous donne .ces
entrailles de tendresse et de miséricorde dont parle
l'apôtre, une bonté toujours affable, l'esprit de
support et d'indulgence. Portez les fardeaux les
uns des autres, nous dit-elle, et vous accomplirez
ainsi la loi de Jésus-Christ. C'est elle, comme
nous l'avons déjà prouvé et comme nous ne
craindrons pas de le redire encore, qui nous
fait puiser dans ses sentimens et ses maximes les
témoignages de déférence et d'honneur envers tous
ceux qui ont la même nature que nous; les préve-
nances réciproques, la vraie fraternité, l'égalité la
plus réelle, et toute l'aménité de la charité.

Aimable religion, qui nous crie sans cesse :
Aimez-vous les uns les autres; aimez Dieu par-
dessus tout, et votre prochain comme vous-même!
Parvenu à un âge très-avancé et épuisé de forces,
plus par ses grands travaux que par son extrême
vieillesse, saint Jean, était porté par ses disciples

dans l'assemblée des fidèles. Ne pouvant se répandre en de longs discours, il se bornait à leur dire chaque fois ce peu de mots. « Mes petits enfans, aimez-vous les uns les autres. » Etonnés de l'entendre répéter toujours les mêmes paroles, ils lui en demandèrent la raison. » C'est, leur répondit-il, que tel est le commandement du Sauveur, et que, bien accompli, il est, après l'amour de Dieu, l'abrégé de toute la loi.

En un mot, si tels sont les fruits de la religion pour le bonheur de tous, pour le notre en particulier ; si elle fixe notre esprit toujours flottant sans elle au gré des opinions humaines, et qu'elle donne seule à notre raison cette droiture et cette fermeté que, privée de tout secours d'en haut, cette faible raison ne peut trouver en elle-même, s'il n'y a qu'elle qui suffise aux besoins de notre cœur, si elle a des rapports aussi intimes avec la gloire de l'Etre suprême ; la connaissance de ses attributs, son vrai culte et son amour, qu'elle en a avec la vertu dont elle est le soutien le plus solide, avec la vraie grandeur de l'homme à laquelle elle nous rappelle ; avec ce bonheur réel dont elle est pour nous la source la plus pure ; avec le bien commun, celui de la grande famille dont le monde entier est composé ; et que je puisse dire, que je tiens à la religion révélée, de toute la force dont je tiens à Dieu, à mes semblables ; à la vérité même ; à la vertu, pour laquelle tout est lié dans la religion chrétienne, comme ailleurs

tout est lié par le vice, et enfin au *bonheur* : ô
mes concitoyens, mes amis, pourriez-vous balancer
encore à profiter de tous les avantages qu'elle vous
présente ? pourriez-vous hésiter un moment entre
cette philosophie douce, aimable et persuasive,
que nous puisons dans le Christianisme, et celle
qui, après s'être annoncée sous les dehors trompeurs de la tolérance, de l'humanité, de la bienfaisance, sous les attraits séducteurs des plaisirs
des sens, de la liberté, de l'indépendance, ne
nous laisse plus apercevoir dès qu'elle s'est montrée
à découvert, que des contradictions perpétuelles
avec cette nature des choses dont elle se disait
l'interprète, que l'immoralité la plus complète, la
plus cruelle intolérance, un vif et farouche égoïsme, la tyrannie des passions et leur honteuse
servitude ! Monstrueuse philosophie, qui n'est plus
qu'un athéisme plus ou moins déguisé, qui ne nous
rend plus susceptibles d'énergie que pour le mal,
et qui n'est propre qu'à faire l'opprobre et le
tourment de ceux qui se forment à son école !

« Fuyez, dit Rousseau, ceux qui sèment dans
les cœurs des hommes de désolantes doctrines.....
Sous le hautain prétexte qu'eux seuls sont éclairés,
vrais, de bonne foi, ils nous soumettent impé-
rieusement à leurs décisions tranchantes, et pré-
tendent nous donner pour les vrais principes des
choses les inintelligibles systèmes qu'ils ont bâtis
dans leur imagination. Du reste, renversant, détruisant, foulant aux pieds tout ce que les hommes

respectent, ils ôtent aux affligés la dernière consolation de leur misère, aux puissans et aux
riches le seul frein de leurs passions ; ils arra-
chent du fond du cœur le remords du crime,
l'espoir de la vertu, et se vantent encore d'être
les bienfaiteurs du genre humain. Jamais, disent-
ils, la vérité n'est nuisible aux hommes ; je le
crois comme eux, et c'est, à mon avis, une
grande preuve que ce qu'ils enseignent n'est pas
la vérité. »

O vous qu'elle a égarés par ses vains sophismes
et ses fausses promesses, vous à qui il reste encore quelque fonds de droiture, consentiriez-vous
à vous traîner plus long-temps sur les pas des
dangereux apôtres du vice et de l'erreur ! Aime-
riez-vous assez peu vous-mêmes pour ne tenir
qu'à des systèmes pervers, ennemis de tout bien,
et qui, en corrompant les mœurs de tout un
peuple ne peuvent qu'empoisonner la félicité publique et la vôtre.

Selon la pensée de Sénèque, lorsque ce qui
était vice et désordre devient les mœurs d'un
État, il n'y a plus de remède à espérer, *desinit
esse remedio locus ubi quœ fuerunt vitia, mores sunt.*
Or, c'est la religion seule qui peut empêcher les
vices particuliers de devenir les mœurs publiques, et
si, contre l'opinion trop fondée de Sénèque, il restait
à ce dernier mal quelque remède, on ne pourrait
encore le trouver que dans la religion même.

Hélas! que gagneraient vos modernes instituteurs à ce que tout le monde pensât comme eux? et que deviendraient, d'après leur conduite et leurs maximes, la société toute entière? Pères et mères, que gagneraient vos enfans à être sans principes fixes et invariables, sans règle précise, sans motifs déterminans, sans conscience et sans frein? et que pourriez-vous attendre par la suite de leur respect, de leur obéissance et de leur amour? Tendres époux, liés jusqu'à ce moment par de douces chaînes, quel sûr garant vous resterait-il, sans la religion, de votre fidélité réciproque, de la constante durée de votre union? Cruelle incertitude pour une fille honnête, pour une mère tendre, pour une épouse vertueuse! Quel garant de la destinée de vos enfans, condamnés peut-être à se voir un jour le triste jouet de la bizarrerie et du caprice, à devenir en quelque sorte orphelins avant la mort de ceux dont ils auraient reçu le jour, et à ne plus considérer la vie qu'ils tiendraient d'eux que comme un funeste présent? Que gagnerions-nous tous à voir anéantir parmi nous la religion, la base la plus solide des vertus privées, le lien le fort plus des affections et des vertus sociales, et l'unique soutien des mœurs? Qu'ils sont donc ennemis des hommes ceux qui, travaillant à l'arracher de nos cœurs, ne peuvent substituer aucun bien réel à tout le bien qu'elle seule peut faire.

Terminons par cette lettre de d'Alembert à l'impératrice de Russie :

« Est-il en faveur du Christianisme des témoignages qui vaillent celui de ses plus grands ennemis ?

» Il est un lien plus puissant que tous les autres, auquel l'Europe entière doit aujourd'hui l'espèce de société qui s'est perpétuée entre ses membres, le Christianisme. Méprisé à sa naissance, il servit d'asile à ses détracteurs après l'avoir si cruellement et si vainement persécuté.

» Quelques prétendus esprits forts disent que le Christianisme est gênant ; c'est avouer qu'on est incapable de porter le joug des vertus qu'il commande. Il est nuisible, ajoutent-ils; c'est fermer les yeux aux avantages les plus sensibles, les plus indispensables qu'il procure à la société. Ses devoirs excluent ceux de citoyen; c'est le calomnier manifestement, puisque le premier de ses préceptes est de remplir les devoirs de son état. Il favorise le despotisme, l'autorité arbitraire des princes ; c'est méconnaître son esprit, puisqu'il déclare dans les termes les plus énergiques que les souverains, au tribunal de Dieu, seront jugés plus rigoureusement que les autres hommes, et qu'ils paieront avec usure l'impunité dont ils auront joui sur la terre. La foi qu'exige le Christianisme contredit et humilie la raison ; c'est insulter à l'expérience et à la raison même que de regarder comme humiliant un joug qui soutient cette raison toujours vacillante, toujours inquiète quand elle est abandonnée à elle-même.

« Que deviendrait donc le monde, madame, que deviendaient ceux qui l'habitent, si par les douceurs de ses consolations, par l'attrait de ses espérances, par les compensations inestimables qu'elle offre aux malheureux, la religion n'adoucissait dans cette vie les maux inévitables à chaque individu, et plus encore aux gens de bien! C'est surtout dans l'inégalité des conditions, dans l'inexacte distribution des honneurs et des récompenses que cette religion fait connaître la douceur de son empire, et la sagesse de ses lois, qui tempérent et réparent autant qu'il est possible les adversités humaines.

» Comme l'ordre de la société exige pour son propre soutien de la subordination, de la dépendance, de la fatigue; comme la corruption de l'humanité répand sur le général et sur les particuliers, des peines, des travaux, des oppressions, des injustices, quel homme pourrait se soumettre aux rigueurs d'un partage si cruel à la nature, sans une lumière qui lui apprend à supporter les amertumes de son sort; sans un contre-poids qui réprime les soulèvemens d'une sensibilité trop souvent juste; sans une loi de soumission qui lui fait accepter par des vues surhumaines tout ce qui peut blesser son esprit et révolter son cœur? Le mal du chrétien n'est aux yeux de la foi qu'un mal passager et toujours propre à lui mériter des récompenses éternelles. Le mal du philosophe est un aiguillon pour sa malice, un sujet pour ses révoltes, un ferment pour son humeur, un motif d'injustice et d'iniquité.

» Par la religion seule les maux cessent d'être ce qu'ils sont ; par elle seule, souffrir est un moindre mal que de goûter les douceurs de la vie au préjudice de sa conscience et de ses devoirs ; par elle seule l'homme, élevé au-dessus de lui-même, se dérobe en quelque sorte aux mauvais traitemens, à la persécution, à l'iniquité, pour se reposer, sous ses auspices, dans un centre de bonheur et de paix au-dessus de tous les revers. »

Qu'ai-je exposé dans cette théorie sur le prix de la religion chrétienne, et sur le bonheur qu'elle nous procure même ici-bas, dont cette lettre de d'Alembert ne soit comme le précis ?

Quant à moi, mes concitoyens, mes amis et mes frères, j'ai tout fait pour vous ramener par lui et par une raison bien dirigée, à la vérité et au bonheur. Si mon objet est rempli, j'ai assez vécu, et, sans la douce amitié et les liens du sang, il ne me resterait rien à regretter sur la terre.

FIN.

LIMOGES ET ISLE,
Impr. MARTIAL ARDANT FRÈRES.

Cet Ouvrage a été approuvé

PAR Mgr BERNARD BUISSAS,

ÉVÊQUE DE LIMOGES.

www.ingramcontent.com/pod-product-compliance
Lightning Source LLC
Chambersburg PA
CBHW070311030726
47505CB00004B/984